講談社文庫

# 信長と征《ゆ》く 1

## 転生商人の天下取り

入月英一

講談社

# 目次——第一部　熱田商人と戦国の覇者

# 信長と征く 1 転生商人の天下取り

# 第一部　熱田商人と戦国の覇者

# 第一章　銭の力で天下を

事実は小説より奇なり。その言葉をこの世で最も実感しているのは、他ならぬ俺に違いない。

転生だ。ネット小説に散見される、転生というやつを俺は体験した。

いや、よしんば、輪廻《りんね》転生があったとしてもおかしくないのかもしれない。仏教始め、世界各地の宗教で転生について触れられているのだから。

そうとも、百歩譲って転生の存在は認めるのにやぶさかではない。

でも、それでもだ！　過去に転生するのだけは、どう考えてもおかしいだろう！

そんな突っ込みを、転生後の幼少期に幾度も繰り返したが、現実は変わらない。俺は過去に、戦国時代に新たな生を得たのであった。

俺は、熱田《あつた》商人の子として生まれた。今世の父はやり手の商人で、一代で店を大きくした。屋号を浅田屋《あさだや》という。浅田屋と言えば、熱田の人間で知らぬ者はいない。知らなければもぐりだ。それほどの知名度を誇る大店《おおだな》である。

まあ、そうは言っても、上には上がいるもので。熱田全体の中では、上の下といった立ち位置の店だろうか。三年前、俺はその店の二代目となった。

親父《おやじ》は、店をここまででかくするのに遮二無二働いた。その反動か、体を壊してしまい、隠居して久しくなっている。

店を継いだ俺は、よくいる二代目のように浮ついたこともせず、また現代知識を活用したチート商売をするでもなく、ただ堅実に受け継いだ商売をこなした。

私生活でも質素倹約に努め、店で着実に稼いだ銭をコツコツ貯《た》めていった。

ああ、何てつまらない生き方だろう。余りに健全に過ぎる。

折角転生しておいて、それはない！　そんな風に言われても仕方のない生き方。

しかし、これには訳があった。俺は時を待っていたのだ。その日の為《ため》に堅実に銭を貯め続けた。

そして、ついにその時は来た。

永禄《えいろく》三年五月十九日。――桶狭間《おけはざま》の合戦当日である。

「いいな！　街中に触れ回れ！　大通りで浅田屋が、織田《おだ》家中に銭を貸した証《あかし》の証文を買い取っているってな！　分かったな？　いけ！」

俺は店の見習い小僧たちをどやして、店から街中へと放り出す。その背を見送ることなく、すぐさま後ろを振り返る。そこには俺の右腕たる番頭と若衆たちが、銭を入れた袋を次から次へと荷車の上に積んでいく姿があった。

「銭の準備はまだか！　早くしろ！」

やきもきしながら、その姿を見守る。

俺は店の前を行ったり来たり、落ち着かない様子で歩く。

普通なら奇異の目で見られかねない所業だが、今日ばかりは誰も気にも留めなかった。

何故《なぜ》なら、今の熱田は大騒ぎの真《ま》っ只中《ただなか》であるからだ。

熱田は、津島と並んで織田領最大の商業地。つまり、我々の主は織田ということになる。

そして今、その織田の大ピンチなのだ。今川《いまがわ》の侵攻により、国主たる織田が正に滅びるかどうかの瀬戸際。とんでもない大事である。街を上げての大騒ぎになるのも無理からぬことであった。

もしも織田が滅びれば、その影響は計り知れない。新たな主人となる今川が、我々をどのように遇するか？

捨て置かれることはありえない。何せ、この商業地の魅力は相当なもの。

その財力を絞りとろうと、どんなことをしてくるだろうか？

それを思えば、震えが止まらなくなっても仕方のないことだ。

よしんば、今後の統治を考慮して、今川が穏健な処遇をしたとしても。それでも問題が起こる。

それは、織田家、ならびに、織田家中の家々に貸した銭の問題だ。

織田領最大の商人都市だ。熱田商人の中に、織田家や、織田家中の武将たちに銭を貸した商人は掃いて捨てるほどいる。

さて、織田家が滅び、家臣たちも悉《ことごと》く討ち死にすれば、一体どうなるだろう？

決まっている。銭を貸した証である証文は、その全てが紙切れに成り果てる。

街全体に、悲痛な叫び声が上がるのも当然であった。

「二代目！　準備が整いました！」

店の前を歩きながら考え込んでいる内に、準備が整ったようだ。

「よし！　では、大通りへ行くぞ！　一世一代の大博打《おおばくち》だ！」

俺はそう言うや、慌ただしい街中を先頭切って歩く。

後ろからは番頭と、荷車の周囲を固める若衆がついてくる。

大通りに出ると、既に人が集まりつつあった。

見習い小僧の触れを聞き付けた連中、か。そいつらが一斉に俺に視線を向けてくる。

中には遠巻きに、何が何だか分からず通りを窺《うかが》う人もいる。これは、まだ触れを聞いてはいないが、何か人が集まっているからと、やってきた連中だろう。

俺はそんな連中にも理解できるよう、大声を上げる。

「織田家中へ銭を貸した証文を、この浅田屋が買い取るぞ！」

その声が大通りを駆け抜ける。

「何？」

「本当か!?」

「あの走り回っていた小僧の言う通りだ！」

一人の商人が証文片手に慌てたように飛び出てくる。

「本当に買い取ってくれるんだな!?」

「ああ。ただし！　証文の金額の十分の一の値でだ！」

「何ぃ？」

「つまり、十貫の証文なら、一貫で買い取るってこった！」

「糞《くそ》！　足元見やがって！　……だが、唯《ただ》の紙切れになるよりマシだ！　ええい、持ってけ！」

「毎度あり！　銭はウチの若衆から受け取ってくれ！」

一連の遣《や》り取《と》りを見ていた連中が、我も我もと押し寄せてくる。

「俺のも買い取ってくれ！」

「あいよ！　毎度あり！」

「聞いたよ、浅田屋さん！　証文を買い取ってくれるって本当かい!?」

「ああ！　ただし、十分の一の値でだ！」

「それでいい！　買い取っておくれ！」

「浅田屋！　お前正気か⁉　そんなに織田家中の証文買い漁《あさ》って！　時勢が見えてないのかよ⁉」

「ちゃーんと見てる！　その上で買うんだ！　はっ、一世一代の大博打さ！　もしもこの戦に織田様が勝てば、俺は明日から熱田一の大商人だ！」

「あんた、いかれてやがるな！」

次から次へと押し寄せる商人たちを捌《さば》いていく。それにしても、いかれてる……か。

ははは、一世一代の大博打？　傍《はた》からは確かにいかれた博打に見えるだろう。

しかしその実、これは博打でも何でもない。では何か？　その実態は約束された勝利の投機。そう、一種のインサイダー取引だ！

俺はこれまで貯め続けた銭を、全て証文へと変えていく。

狂騒の一日は、瞬く間に過ぎ去っていった。

結論から言おう。織田家の命運をかけた戦いは、俺の歴史知識通り、織田家の勝利に終わった。

それはつまり、俺の資産が十倍に膨れ上がったことを意味する。そう、少なくとも書面上は。

熱田中を包んだ狂騒は冷め、表面上は穏やかな日が戻ってきた。

しかし、俺の正念場はこれからであった。

桶狭間の合戦、その戦後処理が済むと、清洲城《きよすじょう》から使いが来た。——急ぎ登城するように、と。

これも予想できたこと。あれほど派手な騒ぎになったのだ。俺の所業が清洲城まで、信《のぶ》長《なが》の耳まで届くのは当然のことであった。

その騒ぎの顚末《てんまつ》を信長が気にならないわけがない。そうでなくとも、俺は一日にして織田家最大の債権者となったのだ。そりゃあ、一度顔を合わせてみようと思うだろうさ。

俺はこの日の為に用意していた一張羅の着物を身に纏《まと》い、いざ清洲城へと登城した。

清洲城の一室に通された俺は、そこで待つよう申し付けられた。瞑目《めいもく》したまま、背中をしゃんと伸ばして座する。そうして、信長がやってくるのを待つ。

ドタドタドタと、荒々しい足音が近づいてくる。

俺は待ち人が来たことを悟ると、畳に頭を擦《こす》りつけながら平伏《へいふく》した。

バーンと、襖《ふすま》が勢いよく開かれる音。ドタドタ、ダン！　どうやら、信長が上座に座ったようだ。俺はそれでも頭を下げ続ける。

暫《しばら》くの沈黙。俺の頭部に、信長の視線が突き刺さるのを感じる。

「……よい。面を上げよ」

「はっ」

許しを得て、俺はゆっくりと顔を上げる。そして、正面からその男の顔を見た。

鼻筋が通って髭《ひげ》は薄い。整った容貌だ。が、額の皺《しわ》が神経質さを如実に表す。その上、瞳がこれでもかとぎらついていた。この男が……！　どくんと、心臓が高鳴る。

ああ、この男こそが、そうなのか。日本史上最も有名な男。戦国の覇者——織田信長！

「貴様が、件《くだん》の浅田屋か。ふん、ずいぶんと派手なことをしたな」

「はっ」

「……して、何が目的で、あのようなことをした？」

信長が目を細めて、こちらを値踏みするように見る。

「博打です。上総介《かずさのすけ》様が今川を討つべく博打をなされた陰で、手前も博打をしておりました」

「ふん、博打ときたか。では、互いに博打に勝利したというわけか。ワシは今川を討ち、貴様は大金をせしめた」

「いえ。御言葉《おことば》ですが、手前の博打はまだ終わっておりませぬ」

「何……？」

俺は信長の目を真っ直《まっす》ぐ見詰める。

「畏れながら申し上げます。手前が買い漁った証文、これを書面上の額より三分の一の値で、一括して御買い上げ頂きたく」

そう言ってのけ、軽く頭を下げる。

「ほう。まこと博打だな。命が惜しくないと見える」

「商魂逞《たくま》しい、そう言って頂ければ、望外の喜びです。銭に換えねば、証文も唯の紙切れなれば」

「ふん、銭の為に命懸けるが商人か。なれば、望み通り手討ちにしてくれよう」

信長は立ち上がると、刀持ちへと手を伸ばす。刀持ちが慌ててその手に刀を握らせる。

「手前を手討ちになさる前に、今暫く手前の戯言《たわごと》にお付き合い願えれば」

「何だ？　言ってみろ」

すらりと、刀身を鞘《さや》から抜き放ちながら信長は言った。

俺は、信長が刀身を抜いたのに気付いていないかのように言葉を続ける。

「手前の博打の目的は、一時の泡のような小銭を稼ぐために非《あら》ず。真の目的は別にあります」

「何？　それだけの銭を小銭と呼ぶか。それに、真の目的だと？」

こちらに踏み込もうとする信長の足が止まる。

「はっ。手前は商人ですから、真の目的はより多くの銭を稼ぐこと。そのために、上総介様のお役に立ちたく思います」

「より多くの銭？　ワシの役に立つ？　どういう意味だ!?」

言葉尻を大きくし、信長が詰問してくる。ここが正念場と、俺は手に汗を握りながらも、努めて涼やかな表情を保ちながら口を開く。

「まず第一に、熱田に対する織田家中の借財が三分の一になるのです。これは、十二分に上総介様のお役に立てたと言えましょう」

「ああ。違いない。だが、貴様を手討ちにすれば、一文も払わなくて済むぞ」

「仰《おつしや》る通りやもしれません。しかし、上総介様が本気で言っているとも思えません。何故なら、それをすればこの先、誰も織田家中に銭を貸さなくなるでしょうから。それに……」

「それに？」

「手前は、此度《こたび》の一件のみならず、これからも上総介様のお役に立ってみせまする」

「ふむ……」

信長は刀を鞘に収めると、どかりと座り込み胡坐《あぐら》を組む。

「続けよ。如何《いか》にワシの役に立つ？」

「無論、銭の力を以《もつ》て」

信長は眉を顰《ひそ》める。

「上総介様は天下が欲しくはありませんか？　天下取りの為に、必要となるものは何でしょうや？　精強な兵？　有能な将？　確かにそれらも必要です。しかし、一番必要なのは銭の力です」

そもそも、如何にして信長は戦国の覇者となれたのか？

今回の戦、信長は奇襲によって勝利を得た。しかし本来ならば、織田は今川に攻められれば吹き飛ぶような小大名だ。広大な領地を持つわけではなく、大軍を有するわけでもない。どころか、尾張《おわり》兵の弱さは余りに有名である。

ここから如何にして、信長が戦国の覇者にのし上がったのか。

その原動力は、銭の力である。

信長の領内にあった熱田、津島の商業地。ここから生み出される銭が、彼がのし上がる為の力となったのだ。

考えてもみて欲しい。軍団とはただ消費するだけの、非生産的な大集団だ。

彼らを維持する上で必要なものとは何か？　――そう、莫大《ばくだい》な銭である。

その根源的な力をバックボーンに、信長は小大名から、大大名への躍進を遂げた。

後に信長が、当時では極めて開明的な『楽市楽座』という政策を採ったのも、戦における銭の重要性を、彼がよく理解していたからに他ならない。

信長が畿内を制し、大大名となってからも同じこと。

新たに堺《さかい》商人の協力を得た彼は、信長包囲網という、周囲敵だらけの状況でも息切れすることなく戦い続けてみせた。

それもこれも、やはり銭の力なのだ。銭、銭、銭。とかく戦には銭がいる。

それがなければ、大軍団を組織できないし、維持など以ての外。

だからこそ、十分な銭がない他の大名は、苦し紛れに農閑期に徴兵するしかなかった。

そして小競り合いをしては、兵を農村に帰すのだ。その有り様は、まるで鎖に繋《つな》がれた獣のよう。

常に制限下での戦を強いられる。制限を無視して無理を重ねれば、すぐに息切れするだろう。領内がガタガタになるに違いない。

しかし、信長は違う。

常備兵とまでは言わない。それでも、彼が率いた尾張兵は傭兵《ようへい》に近い性質があった。つまり彼だけが、戦国の世で制限少なく戦が出来たのだ。全ては、銭の力によって。

この時点での信長は、まだ銭の力に気付いていないかもしれない。しかし、後にその先見性を以て銭の力に気付ける男だ。説明すれば、必ずや分かってもらえるだろう。

「上総介様、武具一式を揃《そろ》えるに必要なものは何でしょうや？　軍馬を揃えるのに必要なものは？　兵糧を集めるのに必要なものは？　集めた兵に支払うものは？　城を普請するに必要なものは？　戦には何が必要でしょうや？」

「銭……か」

「はい。銭がなくなれば戦が出来なくなります。しかし逆を言えば、銭さえあれば常に戦が出来るのです」

「ッ！　浅田屋ぁぁああ！」

信長が勢いよく立ち上がる。

「貴様が、その銭を用立てようというのか!?」

「はっ！　手前が大商人となる。そう、手始めに熱田、津島を牛耳れる大商人になる。その為の後見を上総介様にして頂けるなら！」

「ははっ！　吹きよるわ！　熱田、津島を牛耳る？　しかも、それを手始めといったか！」

「はっ。上総介様が天下人になられる頃には、手前は天下一の大商人になっていることでしょう」

「がははっ！　このうつけ者が！」

信長は大笑する。笑い終えると、踵《きびす》を返《かえ》して部屋の外へと歩を進める。

「浅田屋、貴様の言う通り、証文を買い取ってやろう。ただし、四分の一の値だ」

そう言い捨てると、部屋を出ていった。俺は深々と平伏して、その後ろ姿を見送る。

賭けに勝った。これから俺は信長と共に天下への階段を登っていく。そうとも、銭の力で天下取りをするのだ。

その門出を祝すように、袖に入れた銭袋が、じゃりと音を立てた。

＊

熱田の大通りを一人歩く。俺が通り過ぎると、通りのそこかしこから視線が飛んでくる。中には景気よく声を掛けてくる者もいる。

「よう、ご機嫌如何《いかが》だい、熱田一の若旦那！」

「悪いわけねえだろう！」

「ちげえねえ！」

とまあ、こんな感じだ。シンデレラガールじゃあるまいが、一日にしてのし上がった若手商人、浅田屋の二代目たる俺は、目下、熱田の注目の的であった。

好奇、羨望、嫉妬、それから、警戒と恐れ。

向けられる感情は必ずしもよいものばかりではない。むしろ悪感情の方が多いと言える。

出る杭《くい》は打たれるというが、俺は飛び出すぎたが故に上から打つこと能《あた》わない。だからと諦められるほど、商人という生き物は人が出来ていないわけで。上から打てねば、足を引っ張ればいい。

それが、生き馬の目を抜く世界に生きる、商人という人種の厭《いや》らしさだ。

まあ、俺もそんな商人たちの一人ではあるのだが。

熱田に店を構える浅田屋の二代目大山源吉《おおやまげんきち》。それが、俺の肩書だ。

何で庶民風情が、苗字《みようじ》を名乗っているんだと思うかもしれない。けれど、実はこの時代、苗字を持つ庶民は多かった。

公式の場では名乗れないし、公文書の類にも憚《はばか》られて書きやしないが、庶民が日常的に苗字を使うのは当たり前のことであった。でなければ、ややこしくて仕方がない。

名前の源吉。これも、庶民にありふれた名付けだ。

庶民に人気の名前として、『源』『平』『藤』『中』といった、大貴族の氏を名前の一字に持ってくるのは、よくあることだ。俺の名前もそうだし、後に天下人となる木下《きのした》『藤《とう》』吉《きち》郎《ろう》もまた、御多分に漏れず、この手の名付けである。

ただ、折角の苗字ではあるが、俺の場合は『浅田屋』と、屋号で呼ばれることがほとんどで、『大山』という苗字が使われることは稀《まれ》であった。

行き交う人々の雑踏の音、呼び込みを行う商売人の声。昼日中の大通りだけあって、熱気がすごい。その上今日は快晴で、お天道様《てんとさま》も燦々《さんさん》とした日差しで照らしてくる。

もう六月に入った。現代の暦でいったら、六月末か、七月の頭に当たる。そろそろ本格的に暑くなり出す時分だ。

ちっ、汗をかいてきやがった。

今着ている着物は、裏地を付けない単衣《ひとえ》の着物。本格的な夏に差し掛かる一歩手前の服装だ。

しかし、こうも暑いとなると、早めに夏着物である薄物に衣替えしておくべきだったか。

少し行儀が悪いが、着物の襟元を軽く引っ張ると、手を団扇《うちわ》にして着物の中に風を送り込む。

やらないよりマシといった具合で、余り涼やかさは感じられない。億劫《おっくう》な気分に浸ったまま、通りを歩いていく。

そうこうしている内に、ようやく俺の店、浅田屋に着いた。

やれやれ、これで少しはゆっくりと涼める……うん？

「二代目！」

番頭の彦次郎《ひこじろう》が、店の入り口から駆け寄ってくる。

……嫌な予感しかしない。どうやら、家でまったり涼むことは許されないらしい。

「どうした？　何かあったのか？」

俺は機先を制して、彦次郎が口を開くより先に問い掛ける。彦次郎は一つ頷《うなず》く。

「はい。二代目に御客人が」

「客？」

来客の予定はなかった筈《はず》だ。連絡も寄こさずやって来た客なら、少しくらい待たせてもバチは当たるまい。と思わなくもないが、しかしこの番頭が無断で店の中に上げる。更には、俺が帰るや駆け寄ってまで、客の来訪を告げるとあっては……。

これは、生半可な来客ではあるまい。そう当たりを付けると、核心に触れる問い掛けをする。

「客ってのは誰だい？」

「清洲城の、織田様の使いの方です」

なるほど、こいつは生半可な来客じゃない。

＊

というわけで、俺は清洲城に再びの登城。前に信長に会った時と同じ部屋に通された。

このクソ暑いのに、正装である。まさかまさか、国主に会うのに、平服というわけにはいかない。分かるとも。よく分かる。

だからといって、これはあんまりだ。まるで拷問じゃねえか。

暑さに辟易《へきえき》していると、ドタドタドタと、前にも聞いた荒々しい足音が近づいてくる。

俺は畳に額を擦りつけ、平伏してみせる。

直後バーンと、襖が勢いよく開く。またもやドタドタ、ダン！　ときた。足音も座る音も荒々しい。……この人は、いつもこの登場の仕方なのだろうか？　内心呆《あき》れてしまう。

「おう、来たな、うらなり！　面を上げよ！」

……うらなり？　一瞬反応が遅れる。暫くして、それが俺のことを指した言葉だと理解した。

そうだ。伝聞によれば信長は、人にあだ名を付けるのが好きだったのだ。

しかし、うらなりは酷《ひど》くないか？

確かに、武将に比べればガタイはよくないし、元気にも見えないだろうが。

「……はっ」

うらなり呼ばわりに、どうも釈然としないまま頭を上げる。

「今日貴様を呼び出したは、他でもない。早速、ワシの役に立ってもらおうと思ってな。おい！　あれを持って参れ！」

「はっ！」

信長の命を受けたのは、小姓だろうか？　まだ幼さを残した少年が、両腕で抱えるようにそれを持ってくる。

「どうじゃ、うらなり？　当然、これが何かは知っておろうな？」

「……種子島《たねがしま》、鉄砲ですか」

信長がにかっと笑う。まるで自分の宝物を披露する童のようである。

「そうじゃ！　ワシはこれに目を付けていての。既に百丁ほど揃えておる」

自慢げに膝を叩《たた》く様は、本当に童そのものである。

だがそれも無理はない。畿内ならいざ知らず、この辺りで百丁も揃えている者は、他にいまい。

さて、重要なのは、信長がただの新しいもの好きで、火縄銃を持《も》て囃《はや》しているのか。あるいは、真《まこと》にこれの価値に気付いているのかだが。

「して、うらなり？　貴様はこの鉄砲をどう見る？」

信長の表情は変わらぬ。が、俄《にわ》かに雰囲気が変わった。最早《もはや》、童の様な稚気は感じられない。

これは試されているな。商人として培ってきた経験が警鐘を鳴らす。下手な回答は出来ないと。

「……もっと数を揃える。それが成れば、戦場の在り様を一変させましょう。それだけの可能性を秘めた武器であるかと」

ぎらりと信長の目が光る。顔付きも戦国大名のそれに変わった。

「貴様もそう思うか……」

「はっ」

これまでの信長の大声に反して、囁《ささや》くような声音。俺もつられて、小さな声で返す。

「うらなり、貴様なら、これを何丁調達できる？」

信長の問いに、暫《しば》し虚空を見詰め思案する。

信長が望むであろう数、それは戦術を一新するに足る数に違いない。

……信長の鉄砲戦術として有名なのは、長篠《ながしの》の戦、か。

一説によれば、あの戦で信長は三千丁の火縄銃を用意したというが。

まあ、いきなり三千丁は無理にして。

例えば、千丁を調達できるか？　……答えは否である。

まず単純に、千丁をも購入するだけの資金を、今の俺も、織田家も、ポンと支払うことなどできはしない。

仮に、購入できるだけの銭を掻《か》き集《あつ》めたとしても、問題はまだある。

火縄銃の主要生産地といえば、近江《おうみ》の国友、紀州の根来、和泉《いずみ》の堺と、見事に畿内に偏っている。いざ大量に購入しようとすれば、畿内に赴き買い付けることになろう。

おそらく、百丁、二百丁なら、銭さえ足りれば売ってくれると思う。

しかし千丁ともなると、たとえ購入しうる銭があっても、売ってはくれまい。

商品が悪い。これが茶器だの、名画だのなら、金儲《かねもう》けの為に簡単に売ってくれるだろう。

しかし、火縄銃は兵器だ。それも最新式の兵器。

それを大量に売るのは、彼らの警戒心が邪魔をするだろう。

何せ、間違いなく他領の戦力向上に繋がるのだ。正当な対価が支払われているとはいえ、その行為は敵に塩を送る以上の利敵行為とすら言える。

畿内商人からそれだけの火縄銃を購入するには、彼らに強い影響力を持つ、彼らに政治的に働き掛けられる、そんな立場にならねばならぬ。

その一番手っ取り早い近道は、畿内を領することだ。

だが、畿内を領する大名になれば、畿内を領するどころか、正当な銭を支払えば売ってくれるだろう。

今の織田家は尾張の片田舎の大名に過ぎない。まだ美濃《みの》も――後の岐阜すらも領していないのだ。

とてもではないが、大量の買い付けなど不可能だろう。

そう結論付けると、俺はようやく口を開く。

「残念ながら、上総介様が望まれるような数は調達できないでしょう。まず、資金が足りませぬ。何より、畿内商人との繋がり、影響力がありません。手前自ら出向いても、精々百丁、二百丁の購入が関の山かと」

「やはりそうか。残念じゃ……」

「申し訳ありませぬ。上総介様の望みを叶《かな》えるには、暫し時が必要でしょう」

俺はそう言って、軽く頭を下げる。

「であるか。致し方あるまい。……それでも百丁でも喉から手が出るほど欲しい。うらなり、畿内に買い付けに行ってくれぬか？」

「相分かりました……が」

「が？」

「手前自ら畿内まで出向くのです。子供の使いでもありません。唯、鉄砲を買い付ける。それだけで終わらせる積りは毛頭ありませぬ」

信長は一瞬訝《いぶか》しげな表情を作り、次いで面白げに笑む。

「何を企《たくら》んでおる、うらなり？」

俺は気持ち、信長に体を近づける。

「手前に提案がございます」

# 第二章　予言者ごっこ

畳の上に正座して瞑目する。背中はぴしりと真っ直ぐに、わずかな乱れすら見せず。人に自分がどう見えるか、見られているか、それに注意を払えないような輩《やから》は、商人の風上にも置けない。

常に折り目正しくしろ、そんなことを言っているわけではない。

むしろ堅苦しいばかりでは、人に敬遠されるだろう。時には、隙を見せてやるのもいい。

ただし、それらは全て計算した上で見せるものだ。

とどのつまり、TPOを弁《わきま》えろと、そんな当たり前のことだ。

「お前さんが客人か。ほーん、ずいぶん若い商人さんだな」

部屋に入ってきた男が、開口一番そんなことを口にする。

俺はその男に対して黙礼する。平伏はしない。しかし如才なく、深く頭を垂れてみせる。

数秒置いてから口を開いた。

「此度は、手前に会談の機会を下さったこと、御礼申し上げます、鈴木様」

そうして頭を上げる。

「礼はいらんよ、仕事の話を持ってきたのなら、聞くのが当然だわな」

男は、何でもないという風に手を振ってみせる。

「いえ、手前のような若造に、鈴木様のような方が時間割いて下さるは、大変有難《ありがた》きこと。たとえ、手前が客の立場とはいえ」

そう、目の前の人物は、高名な男であった。

――鈴木孫市、あるいは、雑賀《さいか》孫市。

鉄砲傭兵集団『雑賀衆』の棟梁《とうりょう》の名を受け継ぐ男なのだから。

雑賀衆、彼らは、ご近所さんの根来衆と共に鉄砲集団として、戦国の世にその武名を高々と掲げて見せた。

彼ら雑賀衆の立ち位置は少し特殊なもので、紀伊《きい》半島《はんとう》北西部を支配していた勢力だが、大名家や、寺社勢力というわけではない。

語弊があるかもしれないが、一番しっくりくるのは傭兵集団という呼称である。

傭兵集団というだけあって、彼らは方々の大名に依頼され、報酬と引き換えに各地の戦場に顔を出した。

鉄砲集団としての彼らの戦働きは凄《すさ》まじく、雑賀を味方にすれば必ず勝つ、だなんて言われるほどであった。

後に、信長を最も苦しめることになる石山本願寺、彼らにも雑賀衆は味方して、織田側にそれはまあ、酷い損害を与えたりもする。

そんな油断ならぬ、油断していいわけがない、傭兵集団。

その棟梁が、目の前の男。

俺は、孫市を不躾《ぶしつけ》でない程度に観察する。

着ている服は上質なものだ。

が、どうも粗野な雰囲気が溢《あふ》れ出《で》んばかりだ。

折角の上等な着物を着崩し、髪はぼさぼさ、無精ひげが何とも厳《いか》めしい。

これが傭兵だ、そう言われれば、なるほどと納得しそうな風態。

さて、問題なのは、これが孫市の真の姿かどうかだ。

見てくれ通りの男なら、交渉相手としてお話にならない。

いくら腕っ節が強かろうが、簡単に手の平の上で転がしてみせよう。

ああしかし、孫市が意識して、敢《あ》えてこのような風態をしているのなら、交渉事においても油断ならぬ手合いだ。

まあ、きっと、後者だろう。

そう思っておくのが無難だ。外れていても痛い目を見なくて済む。

「しかし仕事の話とは言ってもね。兄ちゃん、尾張の織田様の御用商人だっけ？　そりや、俺らは基本、銭ッ子貰《もら》えりゃ、一緒に戦うがねえ。だけんど、尾張はちーっとばかし、離れすぎちゃいないかね」

今回、俺は客としてここに来た。つまり、彼らを雇おうというわけだ。

単純に銃を調達するだけより、鉄砲手もスカウトした方が、戦力化を図る上で手っ取り早い。

しかし孫市は懸念を示す。そう、当然と言えば、当然の懸念を。

だが、問題ない。俺は今、彼らを雇おうというわけじゃない。

本格的な火縄銃の大量導入を、未来の目標に掲げているのと同じく、彼らのことも、将来雇うつもりであった。

ようは、前もって唾を付けに来たのだ。

「鈴木様、これを」

ずっしりと重たい銭袋を、すっと孫市の前に差し出す。

孫市はというと、差し出された銭袋を手に取らず、一瞥《いちべつ》するだけに留める。

「何だい、こいつは？」

「手付金です。将来、雑賀衆を雇う。その報酬の一部を、手付金として前払い致します」

「……手付金、ね。でだ、その将来ってのはいつだ？　戦場はどこだ？」

「時は、十年以内。場所は……雑賀衆に御足労頂くまでもありません。戦場は、この畿内になりましょうから」

「はあ？　何を言って……」

真実困惑した様子の孫市の目を、俺は真っ直ぐ捉える。

「十年以内に織田は、斎藤を下し、六角を下し、上洛《じょうらく》を果たしているでしょう。そして、畿内制圧に取り掛かる。雑賀衆には、畿内制圧の助力をお願いしたく」

孫市は、あんぐりと口を開けている。

「どうかされましたか、鈴木様？」

「どうもこうもねえ。本気で言ってんのか？」

「無論。……戯言と思われますか？」

「そりゃ、お前……」

孫市は落ち着かなげに、自身の顎鬚を撫《な》でる。

「仮に戯言でも構わないじゃないですか」

「あん？」

「そうでしょう？　鈴木様に何の損もありません。後になって、手付金を返せなんて、せこいことは言いません。織田が畿内に到達できねば、雑賀衆は戦働きすることなく、その手付金を懐に入れられるのです」

「確かに、そうだが……」

俺はふっと微笑《ほほえ》みを浮かべる。

「余りに現実味のない話に戸惑っておいでですか？　無理もありません。鈴木様の御視点では、理解できなくて当然です。手前が鈴木様なら、手前の今の言葉を、唯の戯言と切り捨てるでしょう」

「俺の視点では？　どういうこった？　てめえ、俺の目が曇ってるとでも……」

俺は手の平を前に押し出す。首を横に振ってみせた。

「そうではありません。手前と、鈴木様の視点の違い。それは、唯一《ただひと》つの事を見知っているかどうか、それだけに過ぎません。そう、鈴木様は、織田上総介という男を伝聞でしか知らない。だから理解できない。……鈴木様も織田上総介と直接顔を合わせれば、自《おの》ずと気付くことでしょう。彼の男こそが、いずれ天下に大号令を掛ける人物であると」

孫市が俺を見る目は、戯言をのたまう阿呆《あほう》や、狂言を口にする異常者を見る目を通り越し、まるで幽鬼を見ているかのような、そんな目になる。

「それでは、手前はこれで失礼させて頂きます。鈴木様、今日の話をくれぐれもお忘れなく」

孫市は俺を引き留めようとしたのだろうか、口を開く。

が、何の音にもならなかった。

俺はそのまま立ち上がると、部屋の外へと歩み出た。

ふふふ、予言者の真似事《まねごと》も悪くない。

今この時点で、織田が畿内まで領地を拡《ひろ》げる。そんなことを口にすれば、法螺《ほら》吹《ふ》きか、狂人かと判断されるだけだ。

それだけに、もしこの予言が真実になれば、孫市の心胆を寒からしめることが出来るだろう。

この段階で、一介の御用商人にそこまで確信させる。そんな織田信長とは、如何なる大器を持った化物かと。

そう孫市は思うはずだ。信長という男に、畏怖の念を覚えるに違いない。

なれば、こう考えずにはいられまい。

——本当に、そんな化物と敵対していいのかと。

史実では、信長の厄介な敵になった雑賀孫市。

彼の率いる雑賀衆、その中に楔《くさび》を一つ打ち込んだ形だ。

これだけで、信長に敵対しなくなる。

そんな楽観視はしていない。だが、後々の調略で活《い》きてくるはずだ。

そも、雑賀衆とは、一枚岩の集団ではない。

いくつもの小集団が寄り集まった共同体だ。必ずしも、その全てが親本願寺、反織田となるわけではない。

実際、史実でも雑賀衆は分裂し、一向宗と関係の深いものは本願寺側に、織田に友好的であった根来衆に近しい太田《おおた》党は、織田側についた。

今の内から織田に逆らうべきではないと、そう刷り込ませることが出来たなら、来たる本願寺との戦いで、織田側につく雑賀衆を増やせるかもしれない。

まあ、不確定ではあるが。やってみて、損はない調略ではなかろうか？

さて、次は堺だ。ここで鉄砲を百丁ほど調達する。

そんな信長からのお使いをこなしつつ、もう一人重要人物に会うとしよう。

＊

まだ朝日が顔を出したかどうかといった時間帯。

私は自宅を出ると、通りを歩いていく。

日課の散歩だ。薄紫色に染まる街並みは美しく、昼間ほどの喧騒《けんそう》もない。

早朝は比較的落ち着いて散歩が出来た。

そう、比較的である。

昼日中に比べれば、通りを行き交う人の数は確かに少ない。

少ないが、疎《まば》らと言うには、そこかしこに人の姿が散見された。

こんな時間帯にかかわらず、だ。

しかしそれも他の街ならいざ知らず、ここでは至極当然のことではあった。何せ、ここは堺。畿内最大の商業地。商人たちが夜討ち朝駆けと、忙《せわ》しなく動き回る都市であったのだから。

まだ若い商人たちの走り回る様を、私は目を細めて見やる。

熱心で結構なこと。と、そんな感慨が浮かぶのは、年を取った証左か。

そんな風に物思いに耽《ふけ》りながら、走り回る若人たちに注意を割いていたからか、すぐ傍《そば》に歩み寄って来ていた人物に気が付くのが遅れた。

「失礼、今井宗久《いまいそうきゅう》様ではありませんか？」

「……そうですが、貴方《あなた》は？」

不意に声を掛けられて、少しばかり警戒しながら相手の顔を観察する。

見ない顔だ。全体的に線が細い体型、しかしその瞳は爛々《らんらん》と生気に溢れている。

……若いな。そう思う。少し羨ましい。

私ももう四十一になる。

幸い、商売も上手《うま》くいき、この堺でもそれなりの立場になった。

若い商人たちからは、羨望の的であろう。

が、かつては私の内にもあったはずの燃え上がるような熱意は、年を取るにつれ、成功するにつれ、下火になって久しい。

きっと、今の私は目の前の若者と違い、静謐《せいひつ》な目をしているに違いない。

私は内心苦笑する。いかんな、こんな気持ちに囚《とら》われていては。

今は、目の前の若者に対応しなければ。

「どこかでお会いしたことがありましたかな？」

「いえいえ、手前など唯の地方商人。今井様との面識など、あろうはずもありません。本来なら、手前のような若造、気安く今井様に話し掛けるなど憚られることですが。……実は先日、よい商売が出来まして。それで気が大きくなったようです。お許し下さい」

そのように若者は恐縮してみせる。

「何を仰る。私もまた、多少年を喰《く》っただけの商人。公達《きんだち》でもなければ、大名でもありません。遠慮はいりませんよ。そんなことより、貴方がされたというよい商売、こちらの方がよっぽど気になります」

そう言って、恐縮した若者に水を向けてみる。

若者は少し気恥ずかしそうに、だが嬉《うれ》しさを隠せぬとばかりに破顔した。

「ありがとうございます。よい商売というのは、この堺で鉄砲を百丁買い付けさせて頂きまして」

「百丁？　それはまた……」

よい商売といっても、若者の言うことだ。

そう大層な商いではあるまいと、高を括《くく》っていたのだが。鉄砲を百丁とはまた……。とてもではないが、この若者個人に収まる商いとも思えない。

「……まだ、お名前も伺っておりませんでしたね」

「ああ、失礼。手前、大山源吉と申します」

大山源吉……。やはり、聞かぬ名だ。

「地方商人とのことでしたが。どこぞ、大名様の御用商人でしょうか？」

探りを入れれば、若者――大山源吉は頷く。

「はい。幸運に恵まれ、尾張の織田様に御愛顧頂いております」

「ほう。織田様の……」

織田上総介信長。尾張の大うつけと言われた男。

されども先日、海道一の弓取り、今川治部大輔義元《いまがわじぶたいふよしもと》を討ったとして、その武名がここ堺まで届いたばかり。

今川を討ったこと、この鉄砲の買い付け……。なるほど、油断ならぬ男かもしれぬな。

「織田様の先の戦勝は、ここ堺まで鳴り響いておりますよ。織田様は、正にこれから御活躍されるであろう御方。なれば、大山さんもこれからが正念場ですな」

「はい。故に手始めに、鉄砲百丁を買い付けさせて頂きました」

「ははっ！　鉄砲百丁を手始めとは豪気な！　いや、若い内はそのくらいで丁度……」

思わず言葉尻を飲み込んでしまう。

それは、大山源吉が大人しそうな表情を一変、凄《すご》みのある笑みを湛《たた》えたからだ。

「今井様の仰る通り。織田様も、手前も、これからの男です。あの桶狭間も、この百丁の買い付けも、まだまだ序の口……」

何だ？　この私が、若者の放つ気に呑《の》まれそうになっている？

「織田様はこれより、数多《あまた》大名をお下しになられる御方。手前もまた、そんな織田様の為に、いずれ三千丁の鉄砲を買い付ける約束をしております」

「数多の大名を下す？　鉄砲三千丁？」

鸚鵡《おうむ》返《がえ》しのように聞き返すしかできない。

「はい。必ずやそうなります。……今はまだ、織田様の真の才気に、手前しか気付いておりません。しかしいずれ、誰もが思い知るでしょう。そして、その時にはもう遅い。大名も、公達も、寺社勢力も、我々商人も、誰もが等しく、織田様の足元にひれ伏すことになっているでしょうから」

馬鹿な、大山は、この若者は何を言っているのだ？

「信じられませんか？　唯の戯言とお思いになる？」

「そうですな。正直、そのように思わずにいられません。だが……」

「だが？　だが、何でしょう？」

「貴方は嘘《うそ》を吐いていない。それだけは分かります」

そうだ、大山は嘘を吐いていない。

これでも、長年修羅場を潜《くぐ》り抜《ぬ》けてきた商人だ。

相手が嘘を吐いているかどうか、直感的に理解できる。

ならば、狂人の類か？

そうであるなら、嘘を吐かずとも、信じられぬ妄言も口にできよう。

だが、大山が狂人のようにも見えない。

なればこの若者は、織田上総介信長に何かを見出《みいだ》し、彼なりの確信を抱いたのだろう。

それが、正しいか間違っているかは別にして。

「そこまで惚《ほ》れ込《こ》む男に出会える。羨ましいことだ」

「……まだ決して遅くはありません。十年の内に、織田様は畿内まで進出されます。その時、織田様に会って、為人《ひととなり》を確認なさいませ。今井様のお眼鏡に適《かな》えば、今井様も織田様に賭けてみては如何でしょう？」

「……考えておきましょう」

「是非。では、手前はこれにて」

大山は軽く頭を下げると、踵を返し歩み去っていく。

私は遠ざかるその背を見送りながら、先程の会話に考えを巡らせる。

なるほど、大山にあそこまで惚れ込ませるのだ。織田上総介信長とは、一角《ひとかど》の人物なのだろう。

だが、先程の話はどうあっても信じられぬ。織田が畿内まで進出してくるなど、夢物語だ。

大山の言が、嘘でも戯言でもないのなら、若者特有の妄信だ。

そうだ。その筈なのに……。この込み上げる思いは何だ？

いかん。期待しても裏切られるだけだ。

分かるだろう？　私ももう若くはないのだから。だが……。

「大山さん！　最後に教えて下さい！　何故そこまで、他人に入れ込むことが出来るのです⁉」

気付けば私は、遠ざかる大山の背に大声で問い掛けていた。

私の問い掛けに足を止めた大山は、くるりと振り返るや、こちらも大声で言い放つ。

「奇貨居くべし！　我々商人風情が、古の呂不韋《りよふい》のように天下人を生み出せるなら！　これに勝る喜びがありましょうや⁉」

若い、若すぎる！　何と、向こう見ずなことか！

若者の放つ眩《まばゆ》さは、この目を眩《くら》ませるかのようだ。

ああ、若者故の特権だな。私のような年になれば、あんな真似は出来ぬ。

出来ぬし、出来たとしても、してはならぬ。
それなのに、昔のような燃え上がる想《おも》いが湧き上がるのを止められない。
私は一度頭を振るう。――夢物語だ。夢だからこそ、美しい。
袖を皺ができるくらい強く握り締めた。
だが、もしも現実になったら。その時は……。

今井宗久は自身でも気付かぬ内に、凄みのある笑みを浮かべていた。

*

遥々《はるばる》、畿内から尾張まで戻ってきた。正直真夏の旅路は相当応えた。
唯でさえ痩せ……少し細身の体が、もう少しだけ細身になった。
そんな苦労をしたのに、真っ直ぐ熱田に戻って休むわけにもいかない。
まずは清洲城に登城し、信長に報告せねばなるまい。
俺はまず城下町で旅の垢《あか》を落とし、旅装から正装に着替える。
謁見の為に身形《みなり》を整え終わると、真っ直ぐに大手門へと続く道を進む。
門を潜って城の内部へ。
暫く歩いていると、唐突に小煩《こうるさ》い声が聞こえてきた。

「おみゃあ、そこのおみゃあ！　待つんじゃ！」

声のした方を振り向く。

声の主と思われる男が、真っ直ぐ俺の下へと駆け寄ってくる。

どうやら、呼び止められたのは俺であったらしい。

足を止めて、男が近づくのを待った。

「やっぱりそうだ！　おみゃあ、最近殿が気に掛けておられる商人じゃろ？　確か、浅田屋とかいう屋号の」

「左様ですが……」

頷きながら男を観察する。

おそらく年の頃は二十過ぎ、二十半ばには至っていまい。

俺より二、三歳年上といったところか。

小柄な体に、貧相な顔立ち、何とも小者臭のする風態。

だが、俺は警戒心を強める。

目だ。その目に理知的な光が見え隠れする。この男は……。

「貴方は……」

「ほほー、面白い組み合わせじゃの！」

俺の問い掛けは、新たに上がった甲高い声に遮られる。

今度は誰だと、声の主を振り返る。振り返り、思わず絶句した。

先に声を掛けてきた男よりも、ずっと身長が低い。

当然だ。声の主は女人、いや娘子《じょうし》であったから。

大層豪奢《ごうしゃ》な着物を身に纏う。

だが、その着物すら、その主の華やかさの前に霞《かす》んでしまっている。

夜の闇を溶かしたような黒い長髪。

踏み荒らされていない新雪か、麗しい白磁のような白い肌。

整った目鼻立ちに、白い小顔の中、唇に引いた紅が映える。

体軀《たいく》は、硝子《ガラス》細工を思わせるように華奢《きやしゃ》だ。

年の頃は十三、四歳辺りだろうか？

まだ幼さが色濃く残るが、数年も経《た》てば間違いなく絶世の美女と評されるであろう、美しい少女が立っていた。

後ろに控える女人は、付き人であろう。

「おみゃあ、頭を下げるんじゃ！」

はっと、正気付く。下を見れば、先程話し掛けてきた男が平伏していた。

俺も見苦しくない程度に急いで、男に倣い平伏する。

並んで平伏する俺たちの傍まで少女が歩み寄ったのが、足音から分かった。

「面を上げなさい」

「「はっ」」

俺たちは同時に顔を上げる。

見上げた俺の視線と、少女の視線が重なる。

「そなたが、兄上の仰っていた、うらなりですね。そうでしょう？」

「はっ。大山源吉と申します。……許されるなら、姫様の御名をお伺いしても？」

「そなた、わらわが誰か分からぬと申すか？」

少女がむっとした表情になる。

「お初にお目にかかる故。しかし、姫様がどなたであるか、想像はつきます」

「ほう。本当かの？　では、わらわは誰じゃ？」

「身形から高貴な方と推測できます。更に姫様の御年齢と、何より、月花も霞む様な大層麗しい御容貌から、答えは明白……」

俺は一拍置いて答えを告げる。

「織田家が誇る美姫《びき》、上総介様の妹君、市姫様とお見受け致します」

そう口にすると、俺は市姫の顔を見上げる。

すると、どうしたわけか、市姫は頬を赤く染めてしまった。

「どうかされましたか？」

「そ、そなたが、歯の浮くような台詞《せりふ》を吐くからじゃ！　それで、調子が狂うてしまったわ！」

俺は少しばかし首を傾《かし》げてしまう。

「これは異なことを仰ります。市姫様ほどの御容貌でしたら、この程度の賛辞など聞き慣れておいででしょう？」

「馬鹿者！　質実剛健を地でいく武士は、そのような浮ついたことは口にせぬ！」

ははあ、なるほどと、俺は得心する。

「これは失礼を。何せ我々商人は、武家様と違い、美しいと思えば、素直に美しいと口にする故」

「うなっ！」

市姫は益々《ますます》頬を赤く染め、心なしか潤んだ瞳を横に逸《そ》らしてしまう。

「い、市姫様！　ひ、姫様が御容貌を褒めて欲しいのでしたら、せ、拙者も、何度でも褒めさせてもらいます！」

「黙りなさい！　禿《は》げ鼠《ねずみ》！」

「にゃ！　も、申し訳ありません！」

市姫が男を叱責する。男は反射的に謝りながら、額を地に擦りつける。

何とも情けない姿だが……。

禿げ鼠？　禿げ鼠と、市姫は言ったのか？

俺のうらなりよろしく、信長は人にあだ名を付けるのが好きだったという。

信長が家臣に付けたあだ名、その内のいくつかは現代にも伝わっていた。

禿げ鼠、禿げ鼠といえば……。

「市、うらなり、禿げ鼠。珍しい組み合わせ三人が、一体何をしておる？」

俺たちは、はっと声のした方を見る。

俺と、禿げ鼠と呼ばれた男、市姫の付き人が平伏を。市姫が立礼する。

更なる登場人物、それは信長であった。信長は俺に視線をくれる。

「うらなり、貴様帰っておったのか。ならば畿内での報告を聞こう。貴様に話したいこともある」

「はっ」

短く答えると、信長はついてこいとばかりに踵を返す。

俺がその後ろに続こうとした、その時――。

「わらわも御一緒しますわ、兄上！」

信長は市姫に視線を向けると顔を顰める。

しかし、何も言わずに歩き出した。

好きにしろ、そういうことであろう。

あの信長も、可愛《かわい》い妹には甘いと見える。

「で、では、拙者も御一緒したく……」

「貴様はそこにいろ！　禿げ鼠！」

「にゃ！」

男は再び、額を地面に擦りつける。ああ、本当に情けない姿だが……。

俺は歩きながら、先に行く信長に問い掛ける。

「上総介様、先程のお方は……」

「なんじゃ、誰か知らずに話しておったのか？」

「はい。御名前をお聞きしても？」

「あの禿げ鼠の名は、木下藤吉郎だ。が、そんな名は覚えんでもよい。禿げ鼠は、禿げ鼠じゃ」

「そうじゃ、そうじゃ」

市姫が楽しげに相槌《あいづち》を打つ。

木下藤吉郎、やはり。では、あの男が……後の天下人、太閤秀吉《たいこうひでよし》。

俺は、今日一日に出会った歴史上の人物の多さに、少し眩暈《めまい》のするような心地を味わった。

# 第三章　史実との決別

毎度お馴染《なじみ》の部屋に通された。

上座に信長、下座に俺。そして何故か、その中間に市姫。

市姫にじろじろ見られて、どうも据わりが悪い。

「うらなり、まずは畿内の土産話をせい」

「はっ」

俺は軽く頷くと口を開く。

「まず、鉄砲の買い付けですが、予定通り百丁の発注が叶いました。暫しお待ち頂ければ、畿内より到着するでしょう。掛かった費用は、無事予算内に収まりまして。むしろ、少し余ったくらいでしょうか」

「であるか」

信長は短く相槌を打つと、視線で続きを促してくる。

俺が畿内で行った、雑賀孫市、今井宗久との会談のことだろう。

俺は畿内に旅立つ前に、雑賀衆の棟梁と堺の有力商人と接触することを信長に伝えていた。

その結果が気になるに違いない。

「鈴木孫一、ならびに、堺の商人——今井宗久なる商人に接触できました」

「ふむ。して、雑賀の棟梁と、今井なる商人は、うらなりのハッタリを真に受けたのか？」

未来人としての歴史知識による予言者ごっこ。

まさか信長にその実態を言うわけにもいかない。

なので、信長にはハッタリを仕掛けると、そう伝えていた。

今の段階で畿内入りを示唆すれば、現実になった時に彼らへ衝撃を与えうると。

信長は『そんなハッタリをかまして、畿内入りをしくじればどうする？』と、疑問を呈した。

俺は、その疑問に笑ってこう答えたのだ。

『天下取りに畿内入りは必要不可欠。それに失敗したとあっては、つまり我々の天下取りの夢は潰《つい》えたということ。失敗した後のことを案じてどうします』と。

信長は『確かにその通りだ！』と、大笑してみせたのだった。

俺は信長の問い掛けに答える。

「さて、半信半疑。いえ、半分も信じていないでしょう。が、確実に記憶には深く刻まれたに違いありません。なれば、ハッタリが真実となった時こそ、この調略もその効力を発揮するでしょう」

「であるか。くくっ、ようやった、うらなり」

「畏れ入ります」

俺は深々と頭を下げる。すると、横から高い声が響く。

「なんじゃ、よう分からん土産話じゃな。つまらん。そんな話より、何ぞ、物として土産を持って来てはおらぬのか？　わらわが気に入るような物じゃぞ？」

「…………」

つい先程まで一面識もなかった人の為に、俺が土産を買ってきていると、本気で信じているのだろうか、このお姫様は？

「……後程、姫様の下へ土産を運ばせましょう」

「そうか！　期待しておるぞ、うらなり！」

仕方あるまい。自分用に買った土産の中から、何ぞよさそうなものを見繕うしかあるまい。

「うらなりはよい商人じゃ。万事、準備に抜かりない。のう？」

信長が笑いを嚙《か》み殺《ころ》しながら言ってくる。

「……畏れ入ります。それより、上総介様」

「ん。なんじゃ？」

「先程、手前に話があると仰せられましたが。その話とは？」

「おお、それじゃ！」

信長は膝を叩くと、がらりと表情を真剣なものに変える。

「美濃攻めじゃ、うらなり」

「美濃攻め……」

「うむ。そろそろ、長らく続いた小競り合いを終わらせる。終わらせるからには、大掛かりな戦となる。そして、大掛かりな戦には……」

「大量の銭がいる」

「そうじゃ」

俺たちは互いに頷き合う。

史実では、信長は桶狭間と前後するように、美濃の斎藤家と幾度も矛を交えている。

そうして桶狭間以降、本格的に美濃攻略に取り組み、徐々に優位に立ち、更に浅井《あざい》家との同盟も合わさって、ついには斎藤家を下す。

が、美濃攻略が成るのは、永禄十年。これより七年も先のこと。

俺はこの時間が惜しい。惜しくてならない。

信長は尾張、美濃を掌握後、一気に天下への階段を駆け上がっていく。

長らく足踏みしたのは、この美濃攻略だ。

人の時間には限りがある。

天下を手中に収める、その大望を、寿命などといった下らない理由で頓挫させられるのは、道半ばに死ぬことだけは、どうあっても耐え難い。

なれば、足踏みは許されない。俺の力で、この七年を何年縮められるか。

それこそが、喫緊の課題だ。

俺は信長の意を汲《く》み取《と》り発言する。

「つまり手前に、これより上総介様が行う銭集め、その一助になれと」

「そうじゃが、うらなり個人の財力など高が知れておる。ワシは熱田、津島に矢銭を課す積りじゃ」

「熱田、津島に矢銭徴課を……」

「うむ。じゃが、あの業突く張りの商人どもが、諸手《もろて》を上げて賛同するとは思えぬ」

「でしょうね」

苦い顔をした信長に、俺は相槌を打つ。

矢銭徴課――戦をする軍資金を出せと、臨時の税金を課す。喜ぶ商人なぞいない。誰もが出し渋るだろう。

俺の相槌を受けて、信長はぎらりとした目を向けてくる。

「そこで貴様の出番じゃ、うらなり」

「はっ。して、手前は何を？」

「知れておる。熱田、津島を牛耳る、かつての大言を現実にしてもらう。のう、うらなり？　ワシの後見があれば、それを成せるのじゃろ？　よいぞ、大いに力添えしてやろう」

「有難く。して、その力添えとは？」

俺の問い掛けに、信長はにやにやと笑む。何だ？　嫌な予感がする。

「うらなり、貴様まだ妻帯しておらなんだな？」

「はっ？」

唐突に何だ？　確かに俺はまだ妻《めと》を娶っていない。

当年とって十九歳。十五の元服を成人とするなら、とっくに成人はしていた。

だが、早くに体を壊した父の跡を継いだ当初は、何とか店を回すのに必死であったし、落ち着いてからも、あの桶狭間の投機のために銭を掻き集め続けた。

故に、妻を娶る暇がなかったわけだが、それがどうし……まさか!?

「うらなりの為、尾張国主たるワシ直々に縁談をまとめてやった。良縁じゃぞ、不服はあるか？」

不服⁉　あるに決まっているが、口が裂けても言えるものか！

「滅相もありません。不服などあろうはずもなく。……して、縁談の相手とは？」

俺の敗北宣言に、信長は満足そうに頷く。

「津島の有力家、大橋家の娘じゃ。うらなり、貴様はこれより大橋家と手を結び、熱田、津島での影響力を拡大させよ。よいな？」

「はっ！　畏《かしこ》まりました！」

俺は深々と平伏する。

ちくしょう！　これで独身貴族とはおさらば。人生の棺桶《かんおけ》に足を突っ込むわけだ！

願わくは、大橋の娘とやらが気立てよく器量よしであることを。

俺は普段願わぬ神仏に対して祈りを捧《ささ》げてみせた。

＊

信長、市姫の御前を辞した俺は、頭を抱えながら歩く。

嫁、嫁、嫁かぁ。あー、そう来たかぁ……。

政略結婚、この時代だ、その可能性を考えなかったわけじゃない。

別に大名クラスじゃなく、例えば商人でも、大店の若旦那がこれからビジネスパートナーとなる店の娘を娶ったり、そんなことはありふれたことだ。

でもなあ。そうは言っても、たとえ政略結婚であれ、その決定に自分が全くの蚊帳の外に置かれるだなんて、考えてもいなかった。

そうだ。せめて、決定に俺の意思が介在していたなら、ここまで悩むまい。

例えばだ。そう、○○屋の娘と、××屋の娘、嫁候補が二人いたとする。

両方の店とも、政略結婚の相手として甲乙付け難い。

どちらかを選べ、そう言われたなら、器量がよい、あるいは、気立てがよいと評判の方の娘を選ぶ。それくらいの自由はあってしかるべきだ。

冷静に考えれば、候補が二人しかいない時点で、全然自由ではない。

それでも、示された選択肢の中から自分で選んだのだと、そんな思いを抱くことはできる。

だがいきなり、こいつがお前の結婚相手だからと押し付けられれば、納得のしようもない。

納得のしようもないが、最早俺が納得できるかどうかなんて、些事《さじ》に過ぎない。

何せ、尾張国主直々に取りまとめた縁談だ。

そんなものを断れる人間なぞ、この尾張にいようはずもなく。

言わば、伝家の宝刀。いや、ちと違うな。……ああ、そうだ。黄門様の印籠だ。あるいは、錦の御旗だ。端から、逆らうという選択肢は存在すらしていない。

なんて、済んだことをうじうじ引き摺《ひず》りながら城内を歩く。

すると、少し前に聞いた小煩い声が響く。

「待て！　浅田屋、待つんじゃ！」

うんざりとしながら声のする方に顔を向けた。

小柄な体軀、貧相な顔立ち、いかにも小者臭のする男。……やはり、猿木藤か。

見て分からないのか？　俺は今気鬱なんだ。話し掛けてくるなよ。

そんな本音を押し殺して、渋々口を開く。

「何用でしょうか、木下様？」

「にゃ？　何でおみゃあ、オレの名を知っとるんじゃ？」

「上総介様よりお伺いしました」

「殿から……。それなら自己紹介の必要ないにゃあ。話が早うていいわ」

藤吉郎がこくこくと頷く。

「それで？　手前に何か御用がお有りで？」

俺の再度の問い掛けに、藤吉郎はキョロキョロと周囲を窺いながら答える。

「当然じゃ。用もなく話し掛けんわ。……浅田屋に折入って相談があるんじゃ」

その言葉にげんなりする。

周囲を憚りながら商人に頼むことといえば、相場は決まってくる。

俺のそんな心情を察したのだろう。藤吉郎は慌てたように言葉を付け足す。

「手短に済ませる！　だで頼むわ！　少しだけオレの話を聞いてくれ！」

「……何でしょう？」

俺は溜息《ためいき》を堪えて、藤吉郎に続きを促す。

これが将来の天下人でなければ、急用があるだとか、適当な断り文句を口にして、とっとと退散しているところだ。

藤吉郎は一瞬言いにくそうに口を噤《つぐ》んだが、やがて意を決したように話し出す。

「浅田屋、おみゃあに、おみゃあさんに、オレが出世する手助けをして欲しいんじゃ！」

「はっ？　それはどういう……？」

出世の手助け？　俺はてっきり借金の申し出か何かかと思ったのだが。

「オレは、一応部下を数人従える立場だがや。いうても、その部下ちゅうのは、氏素性も分からんような、最底辺の兵じゃ。織田家に対する忠誠心もなきゃ、出世も諦めとる、その日の食《く》い扶持《ぶち》さえありゃあええ。そんな、やる気の欠片《かけら》もないような……」

藤吉郎の口から零《こぼ》れ出るのは、内に秘めた憤怒《ふんぬ》全てを吐き出す様な声音であった。

「あんな連中率いても、手柄なんか立てられるわけないわ！　オレは連中とは違う。……生まれは変わらんけど。でも、あんな風に腐ってはおらんのじゃ！」

貧相な顔が真っ赤に染まる。全身をわななかせる。

「だけど、あんな連中でも、モノには引かれる。……銭じゃ。銭を使えば、馬を人参《にんじん》で釣るように、連中を動かせるんだて」

ようやく、話の行く末が見えてきた。

「つまり、その銭を手前に出して欲しいと？」

藤吉郎が無言で頷く。

「なるほど。木下様の望みは分かりました。しかし、手前が木下様を支援する利益とは何でしょう？　商人は利益なく動きはしませんよ」

当たり前だろう。商人の仕事は、ボランティアじゃない。

さて、藤吉郎はどんなメリットを示してくる？

「……オレが出世すりゃあ、浅田屋は織田家中に味方を増やせるわ」

「ふむ？　それはどういう意味でしょう？」

織田家中に味方を増やす。どういう意図を持った発言だ？

「おみゃあが、殿に目を掛けられてるといっても、決して安泰じゃないわい。おみゃあが、目を掛けられれば、掛けられるほど、重用されれば、されるほど、上の連中は、おみゃあのことが目障りになるんだて」

「ふむ……」

「上の連中は、おみゃあを嫉妬する。危険視する。必ずそうなる。おみゃあの邪魔をするぞ、足を掬おうとするぞ。分かるじゃろ？　……オレが出世して、織田家中でそれなりの立場に立ったら、そん時は浅田屋の味方したる！」

なるほどね。それなりに考えてはいる。だが、甘い。

「木下様の言うことは尤《もっと》も。なれど、出世するかどうかも不確かな木下様を支援するよりも、その銭で重臣の方々の歓心を買う方が手っ取り早くはないですか？」

俺のそんな返しに、藤吉郎は拳をぐっと握り締める。

「おみゃあ、それを本気で言っとりゃあせんよな？」

藤吉郎は怒りすら滲《にじ》ませて、俺を睨《にら》み付《つ》ける。

「上の連中は、どこまでいってもオレたちと相容《あいい》れんて。……銭渡しゃあ、表向きは、ええ顔するじゃろ。でもな、腹の内では、おみゃあのことを見下しとる。商人風情がってな。だで、おみゃあのことを味方なんて思わんて！　都合が変わりゃあ、すぐに手の平返す。悪びれもせんと。でも、オレはそんなことせん！　オレを見てみやあ！　下々の出じゃ！　百姓の子じゃ！　どんだけ出世しても、絶対におみゃあを見下したりせん！」

そう力強く宣言するや、体を俺の足元に投げ出す。

そして、信長や市姫を相手にしたように、額を地面に擦りつける。

「頼むわ！　絶対に後悔はさせん！　恩は返す！　何倍にもして、必ず返すで！」

俺は藤吉郎の頭を見下ろす。心中で感嘆の溜息を吐いた。

これが、この在り方がそうなのか。

今、自分に何が必要なのかを嗅ぎ分ける嗅覚。貪欲なる出世欲。そのために何でもしてみせる泥臭さ。

ああ、これが、戦国一の出世頭……その原点。

「……顔を上げてください、木下様」

「にゃ？」

額に土を付けた顔を、藤吉郎はゆっくりと持ち上げる。

「分かりました。よく、分かりましたから」

「それじゃあ……！」

「ええ。微力ではありますが、手前が支援させて頂きます」

そう言って、藤吉郎の手を取ると立ち上がらせる。

「本当かて⁉」

「ええ、本当です」

「そうか！　そうか！　嬉しいのう！　源さ、二人でふん反り返ってる上の連中をぎゃふんと言わせるんじゃ！」

「源さ？」

「おう。オレたちは今から朋輩《ほうばい》じゃ！　オレは源さと呼ぶで、源さも藤吉郎って呼びゃあて!」

そう言って、貧相な顔をくしゃくしゃにして笑う。

その表情は、お世辞にも見栄えがよくないが。しかし、不思議と人好きする笑顔であった。

「いいでしょう。これからは、藤吉様って呼ばせてもらいます。ご要望通り支援させて頂くので、くれぐれも、手前を失望させぬようお気を付けを」

「おう、分かっとる!」

また、予想外な縁を結んだものだが……。

まあ構うまい。この男が有能なのは、歴史が証明しているのだから。

味方に付けて、損になることはあるまい。

俺はそのように、無理やり理屈付けたのであった。

*

畿内への旅、清洲城でのあれこれ。それらを終わらせて、ようやく熱田の我が家へと帰ってくる。しかし、またすぐに出立の必要があろう。

津島の大橋家だ。と言っても、婚姻の話云々《うんぬん》ではない。

婚姻が決まったとはいえ、では、明日に祝言を、とはいかない。現代日本でも、結婚式を挙げるまで長い準備期間がいる。

それと同じく、いや、それ以上に、この時代の輿入《こしい》れの準備は時間がかかる。祝言の日まで、夫婦となる二人が顔を合わせないなんて、この時代当然なので。嫁となる大橋の娘の顔を見るのは、ずいぶんと先のことになるだろう。

つまり、すぐにでも大橋家を訪ねねばならぬ理由は他にあった。

そう、婚姻はまだ待ってくれる。だが、熱田、津島の攻略は待ったなしだ。悠長に祝言の日取りを待ってなどはいられない。

だから、舅《しゅうと》となる大橋家の当主とは、早々に顔を合わせて、今後の動きについて相談する必要があろう。

よし！　そうと決まれば、熱田でやっておくべきことを、さっさと片付けてしまおう。

取り敢えずは、そうだな。長らく留守にした店に問題が起きてないかの確認。

それから番頭の彦次郎の独断では、決裁できなかった仕事の片付け。

それらを終わらせて、津島へ向かうとしようか。そこで今後の方策を練ることになるだろう。

幸いこの胸の内に、腹案がある。

時の、歴史の流れを早める。その目的を叶えるために。そう、正しく時代を先取った腹案が。

＊

津島湊《みなと》、古くから交通の要衝であり、貿易港としても栄えた土地。

織田家が、信長の祖父信定、父信秀《のぶひで》の時代より重要視してきた商業地だ。

信秀に至っては、この地の有力家に自らの娘を嫁がせてまで、関係強化に努めたほどである。

その織田の姫が嫁いだ家こそが、大橋家。津島随一の有力家であり、俺が今回、嫁にもらう娘の生家でもある。

つまり、舅となる大橋重長は信長の義兄に当たり、嫁にもらう娘は信長の姪《めい》に当たるわけだ。

全く、俺のような成り上がり者には、とんでもない縁組である。

津島は、熱田と同じく、織田領内の商業地だ。そう遠くない上に、色々と商取引上の付き合いもあるので、過去に幾度も訪れたことがある。

久しぶりに顔を出しても、熱気に溢れた街並みは変わらない。

流石《さすが》は、『信長の台所』とまで呼ばれた地だ。

この津島と、熱田、尾張二大商業地が生み出す銭は、必ずや天下取りの足掛かりとなりうる。

そんな思いを胸に、俺は大橋家の門を叩く。この地の実力者に相応《ふさわ》しい屋敷《やしき》だ。

俺は家人に案内されながら、不躾でない程度に屋敷の様子を観察する。

庭は綺麗《きれい》に整えられているし、渡り廊下もまた、よく拭き清められていた。すれ違う家人たちは、皆丁寧に俺に挨拶していく。

屋敷の様子や、そこで働く家人たちを見れば、自ずとその主の器量も見えてくるというもの。

なるほど。大橋家の主は、その声望に違わぬ御仁であるらしい。

暫く歩いて案内されたのは、日当たりのよい客間であった。

「主人をお呼び致します。暫し、お待ちのほどを」

ここまで案内してくれた家人が、丁寧な礼と共に去っていく。

俺は下座に正座したまま、大橋重長の到着を待った。

瞑目すること数分。どこぞの殿様とは違う、落ち着き払った足音が聞こえてくる。

襖を開けて入ってきた男に、俺は深く頭を下げた。

「待たせて悪かったな、大山殿」

「滅相もありません。大橋様」

上座に座った重長は、俺をじっと見ているようだ。少し間を置いて、再び口を開いた。

「そう頭を下げていては、話もできぬ。大山殿、面を上げられよ」

「はい」

俺はゆっくりと顔を上げると、正面に座る重長の顔を見る。

落ち着き払った男だ。佇《たたず》まいに閑《しず》けさを覚える。が、柔和という印象は受けない。厳格さ、静謐な厳格さを纏う男だ。黙って座しているだけでも圧を感じるのは、目力が強いからだろうか。

「お初にお目に掛かります。熱田商人、浅田屋大山源吉と申します」

「大橋家当主、大橋重長だ。……ふむ、織田様の仰る通り、見込みのありそうな若者だな」

「畏れ入ります。しかし、買《か》い被《かぶ》りが過ぎます。織田様も、大袈裟《おおげさ》に語ったのでしょう」

微苦笑しながらそのように返す。そして声音を真剣なものに変えて、言葉を付け足す。

「此度の縁談、手前にとっては望外の良縁ですが。大橋様は、さぞかし気に食わぬことでしょう。されど手前、これからの働きで、必ずや大橋様に認めて頂ける男になります故、どうか長い目で見て下さい」

ふっと、重長は表情を少しだけ和らげる。

「謙遜なさるな、大山殿。桶狭間での一件は聞き及んでおる。それに、あの織田様の覚えもめでたい、新進気鋭の商人。何の不満があろう」

「勿体無《もったいな》いお言葉」

「いやいや、本気で言っているのだよ。むしろ、我が娘の方が、大山殿に釣り合わぬだろう」

俺は再び苦笑を浮かべる。

「それこそ謙遜が過ぎるというもの。津島で声望高き大橋家の娘御。それればかりか、外戚とはいえ、織田の血筋を引く姫君です。さぞや、貴き姫君なのでしょう」

俺がそのように返すや、重長の顔が若干引《ひ》き攣《つ》ったように見えたが、はて気のせいだろうか？

「う、うむ。……ああ、そのだな、大山殿。年長者としての助言だが、夫婦とは長い人生を共に歩むもの」

うん？　何だ、何やら語り始めたぞ？

「初めは上手くいかぬことも、多々あろう。うむ。ワシもそうじゃった。あー、故に、もしも娘に不満があっても、夫婦生活の始まりに挫《くじ》けそうになっても。まあなんだ、こちらこそ、長い目で見てもらえれば、有難い」

「………………」

何だ、その歯切れの悪い助言は。……嫌な予感しかしない。

信長の言い付けで、いきなり娘をくれてやらねばいけなくなったのだ。

恨み言の一つくらい、聞かされるものと覚悟していたのだが。これは……。

……謀《はかりごと》に長《た》けた者は、一つの謀で、複数の利益を引き出すという。

今回の縁談、それは、熱田の大山、津島の大橋、この両家を結びつけること。そして、その両家を通して、熱田、津島への織田家の影響力を拡大すること。

そう、それが主目的には違いない。

しかし、同時に別の目的がないと、どうして言い切れる？

もう一つの目的、それはもしや、不良債権の押し付けではなかろうか？

あれで意外に、身内に甘い所もある信長だ。

この大橋の娘が、信長の姪が、何らかの問題を抱えていたと仮定しよう。

信長が姪のことを慮《おもんぱか》って、何とか結婚できる相手を、押し付ける相手を見つけようと……。

いや、考えすぎか。押し付け女房――押しかけの誤字に非ず――だけに、無駄に警戒してしまっているな。

きっと重長も、初めて会う娘婿にどのような対応をすればよいのか、勝手が分からないだけに違いない。……そうだよな？

「ははは。可愛い娘を連れていく、そんな手前が憎いのかもしれませぬが、そう脅さないで下さい。全く、大橋様は悪い冗談を言われる」

半分笑い交じりに、されど、目だけは決して笑わずに、重長の目を真っ直ぐ見詰める。

重長は、ふいっと視線を逸らした。……っておい！

嘘だろ!?　えっ？　何？　そんなに大橋の娘ってヤバい娘なの？

頭の中に疑問符と不安が嵐のように吹き回る。

「ゴホン。そ、それより、大山殿。縁談も大事であるが、目下最大の課題は別であろう」

「……はい」

重長が、話を本題に逃がす。俺も敢えてそれを見逃した。

これ以上精神にダメージを被れば、本題を話せなくなると危ぶんだからだ。

「織田様は、津島に影響力ある当家、熱田で台頭してきた大山家、この両家を通して、津島、熱田への影響力を拡大せんと欲しておられる。それに、相違ないかね？」

「その通りです。最終目的は、矢銭を課すこと。来る、美濃への大攻勢に備えて」

「……なるほど」

重長は腕を組むと、難しい顔付きになる。

「手前味噌《てまえみそ》ではあるが、ワシが一声掛ければ、津島商人たちは大概の事なら頷く。が、矢銭徴課となると……。難しい。無論、額にもよるであろうが」

その言葉に、俺は頷く。

「でしょうね。大橋様ですらそれです。手前など、もっと絶望的ですよ。……只《ただ》、銭を出せと言っただけでは、出すわけもなく。なれば、銭を出した者に、代わりとなる利益を示さなければ」

「ふむ。銭を出してもよい、そう思わせるだけの利益を提示できれば話が早い。だが、そんなものがあるかね？」

重長が顎鬚を撫でながら問い掛けてくる。

「はい。手前に腹案があります」

「……その腹案とは？」

俺は居住まいを正すと、厳かな声音で語り出す。

「それは、既存の枠組みを破壊し、刷新する、新たなる枠組み。それが成れば、織田に協力した商人たちは飛躍の機会を得るでしょう。それの導入を条件に、商人たちに銭を出させる」

「新たなる枠組み……」

「ええ。六角でも似たようなことをしているようですが、それを更に推し進めたもの。……そうですね、その枠組みに名前を付けるならば――楽市楽座と」

俺は不敵な笑みを浮かべてみせた。

この俺が、史実の岐阜に先立ち、この尾張で楽市楽座をなす。

そう、時計の針を、何年も早める腹積もりであった。

＊

会談を終えると、俺は再び大橋家の家人に先導されながら屋敷内を歩く。

その帰りの道すがら、頭の中を占めるのは、これからの動きであった。

――楽市楽座。史実でのそれは、それまで特権を有していた、『座、問丸』を排除して、新興商人の育成と、都市経済の活性化を図った施策である。

同時に、これまでの『市、座』から、朝廷・大名・国人領主・寺社領等々、複数の権力者が中間搾取していた状態を、大名のみが搾取する形とした。

これにより、比較的、市場が健全化すると共に、大名の市場に対する影響力を拡大、絶大な領主権を確立するに至ったのだ。

なるほど、市場の規制緩和と健全化、大変結構な施策だ。

が、これは完全な自由市場を意味しない。

何故なら、大名は依然市場への影響力を保持、いや、むしろ増大させたのだから。

この施策の裏には、市場を統制しようという大名の意図がある。

また、大名が市場への影響力を強めるにつれ、ある特定の商人も、その力を増大させることとなった。その商人とは、大名と結びつきの強い御用商人たちである。

彼ら御用商人は、楽市楽座以降も、厳然とした権益を握り続けたのだ。

清濁併せ呑む、光と影がある施策、楽市楽座。

しかし、俺たちの目的の為に、この影こそが重要であった。

俺たちの目的は、商人たちに矢銭を課すこと。では、この楽市楽座で如何にして説得するのか？

それは、矢銭徴課に応じた一部の商人たちに、楽市楽座後の市場においても、その権益を約束することに他ならない。

そう、矢銭徴課に応じれば、その後の楽市楽座が敷かれた市場内でも、織田の御用商人として権益を握り続けられると、メリットを提示するのだ。

さてさて、そうは言っても、誰にも彼にも銭を出させて御用商人に、というわけにはいかない。

例えば、熱田一の織物屋《おりもの》と、熱田二番手の織物屋、これらを同時に御用商人に取り立てても、何が何やらだ。

ライバルに差をつけるための権益だ。ライバルも有していては意味がない。

熱田、津島の大商人たち。彼らの中から味方に引き入れる者、そうでない者、これを早急に選別しなくては……。

その後に、味方に引き入れるべき大商人を説得して回る。

理屈で言えば、俺たちの要請を受けた商人が、これを断る理由はない。そう、その筈だ。

　ただ、余りに突飛な施策だけに、彼らの理解を得るのも一苦労だろう。

　そうでなくても、良きにしろ悪《あ》しきにしろ、人は本能的に変化を嫌うもの。

　大商人たちの変化に対する警戒心、これを和らげるには、一朝一夕ではいかないかもしれない。

　まあ、そこらへんは、俺たちの頑張り次第、か。熱田は俺が、津島は重長が、それぞれ説得して回って……うん？　考えを巡らせながら歩いていると、ふと、視線を感じた。

　俺は足を止め、視線を感じた方に振り向く。

　果たしてそこには、建物の陰から顔を覗《のぞ》かせている娘がいた。

　ぱっちりとした大きな瞳。その瞳が印象的な娘だ。

　視線が合わさるや、娘は慌てたように顔を引っ込めてしまった。……今の娘は？

「どうかされましたか、大山様？」

　先導する家人が、急に足を止めた俺に不思議そうに問い掛けてくる。

「ああ。いや……何でもありません」

　俺はそう言って、再び歩みを進める。

　今の娘は誰だろうか？　ひょっとすると……。

　一転、頭の中は、先程の娘のことで一杯になる。

俺は垣間見《かいまみ》た娘の顔を脳裏に浮かべながら帰途についた。

＊

それからの日々は、矢のように過ぎ去っていった。

熱田の目ぼしい大店の旦那たちの下を、足を使って回る日々。

膝突き合わせて、懇々と新たな枠組み、楽市楽座のことを説明する。

「何です、そのけったいな政策は!? 座、問丸がなくなる? なら、誰でも自由に商売が出来る。つまりは、私の仕事の領分を荒らせるってわけですかい!?」

「ですから、大黒屋さん! そうではないのです。よいですか、楽市楽座とは……」

時に、楽市楽座がもたらす、熱田の発展を熱く語り、美しい夢を見せてやる。

「現状はどうです! やれ、国人だ。寺だ。神社だと、わらわらと嘴《くちばし》を突っ込んで来ては、我々の儲けを摘まんでいく。ですが楽市楽座が成れば……! 想像してみて下さい。織田様を除けば、我々の儲けを掠《かす》め取《と》る輩がいなくなるのです!」

「う、ううむ。それはそうじゃが……」

時に、織田に協力した後に得られる権益で、ライバル商人を蹴落としてしまえと唆す。

「分かるでしょう、山城屋さん？　楽市楽座が敷かれた後の市場では、織田様のみが市場を統制しうるのです。その市場で、織田の御用商人を務めるという意味が」

「それは……」

「織田様の御用商人だけが、尾張では特権を保持するのです。さすれば、御用商人とそうでない商人、そこにどれだけの差が生まれます？　……山城屋さんにとって、不倶戴天《ふぐたいてん》の敵である、天野屋を追い落とす好機なのですよ！」

楽市楽座が持つ、光と影。その両側面から、大商人たちを説得して回る。

ある程度、大商人たちの了解を得れば、次は具体的に話を詰めていく。

これは、商人だけでなく、織田家中の役人連中も巻き込んでの話し合いだ。

当然ではある。領内に敷かれる新制度のことなのだから。だが、余り歓迎できるものでもない。

同じ人種である商人だけなら、まだ話が早い。しかし、ここに役人が加われば、そうはいかない。話が紛糾し、暗礁に乗り上げかねない事態も多々起こった。

「何を言う、浅田屋！　そのようなこと前例がないわ！」

「前例がないのは百も承知！　ですが、新しい枠組みを作るには、それこそが必要なのです！」

「されど……！」

「織田様もそれを望まれているのですよ！　そのことを含みおき願いたい！」

それでも、辛抱強く打ち合わせを重ねていく。

夏が終わり、秋が過ぎ、冬が訪れる。長い、長い、新制度作りの日々。

無論、その間に、信長もじっと待っているばかりではない。

来る大攻勢に向けて、足掛かりを築くべく国境《くにざかい》に頻繁に進出。国境沿いの小城を攻め取っていく。

桶狭間の勝勢そのままに、勢いづいた織田の攻勢凄まじく。それら小競り合いは、おおむね織田側優勢となった。

やれ、かかれ柴田《しばた》が活躍しただの米五郎左《こめごろうざ》が活躍しただの、という話が頻繁に舞い込んでくる。

そんな中、主だった諸将にまぎれて、稀に漏れ聞こえてくる名前があった。

曰《いわ》く、木下某《なにがし》とかいう男、目覚ましい戦功こそないものの、誰もが嫌がる仕事を率先して引き受け、各地を駆けずり回っておる。

音を上げず、慌ただしい働きに耐えうるその様、まさに木綿の如《ごと》し、と。

ふん、猿木藤も頑張っていると見える。銭振りかざして、部下に発破をかけている様が目に浮かぶようだ。……俺も負けちゃいられねえな。

そんな藤吉郎の活躍にも励まされながら、あーだ、こーだと、まとまらない話を何とかまとめていく。そして――。

桜の花が咲き誇る季節。清洲城の大広間では、上座に座する信長の面前に、俺と重長の二人を先頭とした、熱田、津島に名高い大商人たちが居並ぶ姿があった。

後ろに座る彼らは、俺たちの説得に応じ、矢銭を支払うことを呑んだ商人たちだ。

そう、未来に約束された利益を欲して。

「各々、大儀である」

「「はっ！」」

俺たち商人は、信長に対して、その頭を一斉に下げたのだった。

永禄四年三月、信長は史実にない大規模な矢銭徴課を、熱田、津島でおこなう。

この瞬間、歴史の流れは本来のそれとの決別を告げたのである。

そして、この流れを主導した大山、大橋両家の門出を祝すように、両家を結ぶ祝言の日が間近に迫っていた。

# 第四章　於藤《おふじ》

朝、目が覚めると、お布団の上でむくりと体を起こす。

暫くぼーっと、意味もなく正面を見詰め続ける。

頭がまだ半分寝ている。この夢現《ゆめうつつ》のような感覚は、存外嫌いではない。

覚醒するにつれ、込み上げてくるものを抑えられず、ふああーと、欠伸《あくび》を漏らす。

口元に当てた手は、せめてもの乙女らしさだ。

あらら、誰も見ていないとはいえ、はしたない。

全く、私には嫁入り前の娘としての自覚が足りぬようだわ。

のほほんと、まだ少し微睡を残した頭の中から、そんな言葉が自然と浮き上がる。

直後、はっと顔を強張《こわば》らせた。眠気が一気に吹き飛ぶ。──嫁入り前、その文言はここ最近の気鬱の原因そのものであったので。

ふと、脳裏に過るのは、昨年の夏に見た殿方の後ろ姿だ。

振り返った彼と、確かに合わさった視線。遠目であるから判然とはしなかった。しかし、何となくではあるけれど、振り返った殿方に驚いた様子が見受けられたのだ。

そこまで思い返すと、苦い気持ちが湧いてくる。一度頭を振るう。すっと立ち上がった。

腰元の紐《ひも》を解き、ぱさりと寝間着を布団の上に脱ぎ落とす。脱ぎ落としたそれを手早く折り畳んでいく。畳み終えると、衣装簞笥《だんす》から新しい襦袢《じゅばん》を取り出して、すすすっと身に纏う。しゅるしゅる、きゅっと紐を結んだ。

次いで取り出したのは、紅緋《べにひ》色《いろ》が鮮やかな色無地の長着、そして染め帯である。

畏まった着物ではない。気軽に、身軽に、外を歩けるようにと選んだ着物であった。

今日は久々に、津島の街並みを散策する予定だ。もっとも、その予定は私の中にだけあるものであったが。家人には内緒でのお忍び。そう、建前は。

昔から私が何度も繰り返してきた津島での散策。初めは猛然と反対していた父上も、最早呆れ返ってしまい、黙認するようになって久しい。が、父上から公認されたわけでもないので。

だからこそ、建前上は秘密の散策であった。いわゆる公然の秘密というものね。

私は着付けを終えると、伸ばした黒髪に櫛《くし》を通す。

他家のお嬢さんだと、この髪の手入れも、着付けも、世話係の女に手伝わせる者も多いそうだけど、私は全て自分一人でやる。

他人に自分の髪を弄《いじ》らせるのが好きになれなかったし、それに、着付けの手伝いなど、自分がうんと小さな娘になったような気がしてしまうのだ。

髪を高い位置で結わえる。これもまた外行きの為。身嗜《みだしな》みを整えると、確認してみようと金属鏡に手を伸ばす。蓋を外し、その鏡面に自身の髪を映す。

うんうん、問題ないわね。私は一つ頷くと、軽く化粧を施していく。

そうして出来栄えを、今一度確認する。問題はない。問題は……。

それまで敢えて目に留めないよう努めていたのに、ふと、鏡面に映る自身の目と視線が重なってしまう。じっと睨み合うこと暫し。

むっとした私は、パタンと蓋を閉めてやった。

立ち上がり障子を開けると、気持ちよく晴れた青空が私を出迎える。

すっと、私室の外に足を踏み出す。渡り廊下を歩いていると、朝のあれこれの仕事の為に歩き回っている家人たちと時折すれ違う。彼、ないし、彼女たちは、私の格好に片眉を上げるも、何も言わぬまま、見て見ぬふりをして通り過ぎていく。

何とも、できた家人たちだわ。私は内心そのように思う。

誰に命じられるでもなく、公然の秘密に気付かないふりをしてのけるのだから。

私は居間に到着するや、自分の指定席に座る。

暫く待っていると、母上、次いで、父上が居間に顔を出した。

母上、くらの方は、絶世の美少女との誉れ高い織田の市姫様と姉妹の間柄だけあって、大層麗しい顔立ちをしておられる。その優美なお顔がこちらに向く。直後、冷徹な細い目が、娘の悪戯《いたずら》を見つけた時特有の愉《たの》しげな色を帯びる。

私は母上の目を羨ましく思いながら見詰め返した。

「おはよう、於藤」

「おはようございます、母上」

次いで私は、家長である父上に丁寧に体を向け直して挨拶をする。

「おはようございます、父上」

「……ああ、おはよう」

父上のぎょろりとした目は、咎《とが》めるように私の髪や服を見やる。

――大橋の当主は、大層目力がお強い。そう評される父上の視線は、人に威厳と共に恐れをも与えるものであったが、見慣れた私にとっては、痛痒《つうよう》を感じさせるものではない。

私は澄まし顔で、その視線を受け流した。

父上はそれきり、文句を漏らさず上座に座る。すると、家人たちが食膳を運んでくる。

私たちは、暫し無言で朝食に箸を伸ばす。

「……於藤」

沈黙を破ったのは、味噌汁《みそしる》のお椀《わん》を手に取った父上であった。

「はい、父上」

「今日は一日どう過ごす予定だね？」

父上が味噌汁を啜《すす》りながら、嫌味ったらしく問い掛けてくる。

「今日は私室で一日、書写をする予定ですわ」

「……そうか」

私がしれっと言い返すと、父上は眉を顰めるも、それきり押し黙る。

ふんだ。そんな嫌味も、数年繰り返せば、慣れっこというものよ。

私は澄ました表情のまま、内心で舌を出してみせる。

そんな様子を見ていた母上が、今度は口を開く。

「於藤」

「はい。何でしょうか、母上？」

「くれぐれも気を付けてね？」

「はい？　書写の何に気を付けよと？」

「ふふふ。ほら、墨が着物に飛んでしまうかもしれないでしょう？」

「……そうですね。気を付けるようにします」

私は素直に頷く。

残った食事を、はしたなく映らない程度に急いで、お腹《なか》の中に収めていった。

朝食後、一旦私室に戻ると、文机《ふづくえ》の上に置いておいた合切袋を手に取る。

その中に、こまごまとした小物を入れていく。準備も手慣れたもので、必要となるであろうものを、手早く入れ終えてしまう。

よし、これで出立の準備が整ったと、障子を開けるや首だけ外に出す。

ひょい、ひょいっと、左右を見る。……家人の姿はなし。

ほうほう。本当にできた家人たちだわ。

決定的な瞬間だけは目撃しないようにと、朝食後すぐの時間には、家人たちは姿を現さないようにしているのだ。

私は一応忍び足で渡り廊下を行く。一応、一応ね。一歩踏み出す度に気分が高揚してくる。

そうして歩を進めると、ついに屋敷の門まで到達した。

ちらりと背後を確認。……うん、誰もいない。

「ふふーん、それでは、街に繰り出しましょう」

私は意気揚々と門を潜ると、足を速めて大橋家の屋敷から遠ざかっていった。

俗に津島商人たちが言うところの、『ぎょろ目於藤様の津島巡り』が、久方ぶりに開幕と相成ったのであった。

——『ぎょろ目於藤様の津島巡り』。

＊

それは、四年ほど前から、於藤が度々繰り返してきた悪癖である。

ただ、悪癖と言っても、津島の商家を順繰り覗いていくだけなので、別に本当に悪さをしているわけではない。

勿論《もちろん》、良家の子女としては、大変好ましくない行動ではあったが。

この物見遊山、初めの頃はまだ十歳ということもあり、お付きを何人か伴っていたのだが。

ここ一年ほどは、たった一人で津島中を散策していた。

全く以て、物騒極まりないことだが、意外とこれまで問題は起きてない。

それというのも、於藤に、常に大通りを歩く、そして入り組んだ所、人気のない所には立ち寄らない、という分別があったこと。何より大通りなら、於藤を見守る目がそこかしこにあったからである。

そう、於藤を見守る、津島商人たちの目が。

おおむね、津島の商人たちは、於藤のことを好ましく思っていた。

於藤が津島中の店々に顔を出す度、商人たちは仕事の手を止めて対応せざるを得ない。

それは、それは、面倒なことではあった。

しかし子供が、それも津島一の姫君が、目を輝かせながら、自分の仕事についてあれこれと尋ねてくるのだ。

大概の人間は、悪い気がしないものである。中には、仕事など忘れ果てて、あることないこと自慢げに、この姫君に語ってみせる商人もいた。

だからこの悪癖に関しても、津島商人たちは好ましく見守っているのだ。

ああでも、最近では、この物見遊山を恐れる商人も出てきた。

というのも、於藤がこの四年で、油断ならぬ知識を身に付けてきていたので。

銭儲けに勤《いそ》しむ商人たち。彼らの全てが、常に清廉潔白な商いができているだろうか？

答えは、当然否である。

商人なら、探られたくない腹の一つや二つはあるもの。

そして、下手な見習い小僧より、よっぽど商売に詳しくなってしまった於藤。

その妙に鋭くなった視線で、店のあれこれを見物して回るわけだ。

津島商人たちの肝が冷える様が、察せられるというものだろう。

何せ於藤ときたら、その世間擦れしていない純真さを以て、一度悪事を見つければ咎めずにはいられないのだ。

彼女に不味《まず》い所を見つけられた商人は一様にこう嘆く。――誰が、このお姫様に余計な入れ知恵をしたのか、と。

それが、自分たち自身が行ったことだというのを、棚に上げた上での嘆きであった。

そう例えば、こんな風に……。

「こんにちは、東屋《あずまや》さん」

東屋の店頭に、於藤がふらりと顔を出す。

「これは、これは！　於藤様！」

津島の米問屋である東屋の主人は、その背中に冷や汗をかく。

よりにもよって、この時分に来るか！　そう心中で嘆いた。

東屋にとっては、大層都合の悪いタイミングであった。

「早速だけど、一つ聞いてもいいかしら？」

「……はい。何なりと」

東屋の主人は聞かれずとも、於藤が何を言うか既に分かってはいたのだが。

しかし、それ以外に何と返事ができるというのか。

「お米の値段だけど、どうしてこんなに高いのかしら？」

「それは……。昨今の致し方ない事情がありまして」

東屋の主人は、頬にまで流れ出した汗を拭いながら答える。

昨今の事情？　と、暫し小首を傾げる於藤であったが、東屋の主人がその答えを口にする前に、ああ！　と、納得したように頷いてみせる。

「なるほど、織田様の美濃攻めですね？」

「はい。左様です。織田様が大量の兵糧米をお買い上げなさり、米が不足がちなのです。それで、どうしても値が上がってしまうのですよ」

「それならば、仕方ありませんね」

於藤がこくりと頷く。

東屋の主人は、乗り切ったと、内心安堵《あんど》したのだが……。

「でも、どんな理由であれ、これが最高値だと思うの。もう、これ以上の値上げはなされないわよね、東屋さん？」

「それは……はい、勿論」

「本当ですね？　また後日、家人に東屋さんを訪ねさせますよ？」

於藤は父親譲りの大きな目で、じっと東屋の主人を見上げる。

「さ、左様ですか。……はい、値上げはしません」

その一言を聞いて、於藤は花開くような満面の笑みを浮かべる。

「そうですか！　安心しました！　では、私はこれで」

於藤は踵を返すと、とてとてと東屋を後にする。

その後ろ姿を見送った東屋の主人は、がっくしと項垂《うなだ》れた。

こうしてまた一人、犠牲者を生み出した『ぎょろ目於藤様の津島巡り』。

されどまだまだ、この物見遊山は終わらない。後半日近い時が残されているのであった。

＊

むう、少し小腹が空いてきましたね。

私はお腹を押さえながら、そんなことを思う。

何か買い食いをしましょうか。

脳内に津島の地図を思い浮かべる。歩き慣れた津島の地理だ。どの店がどこにあるかなど、当然記憶している。ここから近いのは……。

うん、平治爺《じい》やのお団子屋さんに決定ね。うん、うん。

団子、お団子ーっと、頭の中が煩悩で埋め尽くされる。

私は小走りで通りを抜けると、ほどなくして目的の団子屋に到着した。

「平治爺や、於藤はお団子を所望よ」

「おやおや、於藤様。ええ、すぐに御用意致しましょう」

初めて会った頃より、ずいぶんと皺が深くなってしまった、平治爺や。

しかし昔と変わらぬ人好きのする笑みを浮かべると、店の中へ引っ込んでいく。

私は店頭に置かれた縁台に腰掛ける。

丁度よい時分に店を訪れたようだ。私以外、平治爺やの店に客はいない。これなら、すぐに注文した団子がやってくることだろう。

そう思っていると、店の中から団子を焼く匂いが漂ってくる。鼻腔《びこう》を擽《くすぐ》る食欲を掻き立てる匂いに、うきうきしてくる。はしたないとは思うが、足をぶらぶらと揺らした。

「お待たせしました、於藤様」

平治爺やが店頭へと再び顔を出す。

私が合切袋から銭袋を取り出そうとすると、平治爺やが押《お》し止《とど》めるように手を掲げた。

「於藤様、お代は受け取れません」

「ん？　どういうことなの？」

私は訝しげに問い返す。

「些少《さしょう》ながら、お祝いです。そう、お輿入れの。今日は爺やに是非奢《おご》らせて下さい、於藤様」

「まあ……」

ここで固辞するのも如何なものかと思い、私は銭袋を仕舞う。平治爺やが焼いてくれた団子をありがたく頂くことにした。

平治爺やは傍に立ちながら、私が団子を食べる様子を眺める。そして、しみじみと呟《つぶや》く。

「於藤様がお輿入れですか……。いやはや、早いものです。ふむ、於藤様はおいくつになられたのでしたかな？」

「十四よ」

「十四ですか。それはよろしいことで。私の娘などは嫁ぎ遅れてしまって。十九まで嫁に行けなかったのですよ」

「そうなの……」

おお、そういえば、と平治爺やは声を上げる。

「昔、於藤様がお小さい頃、私はきっと嫁ぎ遅れるのだと言って、お泣きになっていたことがありましたなあ。爺やは、於藤様は気性のよい御方だから、そんなことはない、そう言いましたが。どうです？　爺やの言う通りになったでしょう？」

「そうね……」

平治爺やは、うんうんと頷く。

「しかし、おめでたいことではありますが。寂しくなってしまいますなあ……」

「……爺や」

「はい？」

「寂しがる必要はないかも。ひょっとすると、すぐに津島に出戻りになるかもしれないから」

「な、何を仰る、於藤様!?」

平治爺やが驚愕《きょうがく》する。

「そんなに驚くことかしら？　出戻りの理由、そんなもの、私の顔にはっきりあるじゃない？　そう、この父上譲りの『ぎょろ目』が」

――『ぎょろ目』の於藤様。気立てのよい姫君。目を閉じた姿は、御母上くらの方に似て大層麗しい。されど、残念ながら開かれた目は、御父上そっくりだ。

よくしてくれている津島の者たちすら、私のことをそう評す。

なれば、織田様に押し付けられる形で、私の旦那となる殿方がどのように思われるか？　想像するに容易《たやす》い。

「於藤様……」

平治爺やが難しい顔をしながら首を横に振る。

「於藤様のお目は、確かに麗しいとは言えぬかもしれません。されど、於藤様はそれ以外によい所が沢山お有りになります。於藤様の旦那様となられる御方も、きっと分かって下さるでしょう」

「そうかしら？」

「そうですとも！　それに……」

「それに？」

私は平治爺やの言葉の続きを、小首を傾げることで促す。

平治爺やは、悪戯気な笑みを浮かべながら口を開く。

「もしも於藤様の旦那が、於藤様のよい所に気付かぬような輩で、あまつさえ破談などしようものなら。その時は、爺や始め、津島商人悉く、熱田まで討ち入りに参りましょう。大山某とやらを、後悔させてやりまする」

「ふふふ、それはいいわね」

私は思わず笑い声を漏らしてしまう。

そうして平治爺やと笑い合っていると、不意に影が差した。

「破談に、討ち入り、ずいぶんと物騒かつ、楽しげな会話をされていますね」

私は声の主を仰ぎ見る。若い殿方だ。少し線の細い、すっと長身の殿方。

ふと思う。今話題にしていた、私の旦那となる殿方も、この殿方と似通った体型だったな、と。

「お隣よろしいでしょうか？」

殿方は、手振りで縁台を指し示す。

「ええ、どうぞ」

私はすっと横にずれる。殿方は私の隣に腰掛けた。

「店主、俺にも団子を頼む」

「はいよ」

平治爺やが注文を受けて、店の中に入っていく。私は無言で団子を口に運んだ。

「お嬢さん、先程の話を詳しく聞いても？　破談云々というからには、これから嫁入りなのかな？　何でまた嫁入り前に、破談だの、討ち入りなどと、物騒な未来を話し合っていたのです？」

――お嬢さん、という呼び掛けに引っ掛かる。

津島の人間で、私の顔を知らぬ者は少ない。知らずとも、この特徴的な目から、すぐに誰かを察するものだ。それをお嬢さんと呼ぶからには、津島の人間ではないのだろう。旅の者かしら？　それなら話しても後腐れない、かしらね。

「破談云々というのは、私の容貌からくる当然の懸念です」

「容貌？」

「ええ。私の目を見れば、一目瞭然でしょう？」

「目？　その大きな……」

「ええ、大きな」

「愛らしい目のことですか？」

「は……？」

私はあんぐりと口を開ける。

そして閉じる。はしたない、はしたない。いや、そんなことより……。

「正気ですか？」

「ん。別に気が狂ってやしませんが」

「なら、お目が悪くていらっしゃる？」

「いいや。生来、目はよく見える」

「……つまり、からかっているんですか？」

私は声を低くした。じっと殿方を睨み付ける。すると、彼は肩を竦《すく》めてみせた。

「美醜の好みなど、人それぞれでしょう。俺がお嬢さんの目を愛らしいと思うのは、俺の勝手だと思うのだけど、違いますか？」

「違いませんけど……」

私は言葉を濁しながら、ふと、ある言葉を思い出す。

「蓼《たで》喰う虫も好き好き、そういうことですね」

「……自分の容姿のことなのに、酷い言い様だな。君は、ずいぶんと変わったお嬢さんですね」

「いや、貴方にだけは言われたくありませんが」

私は不満を声音に乗せて言い放つ。殿方は、くくっと含み笑いした。

「なら、変人同士仲良くしましょう。お嬢さんのお名前は？」

「私は、藤と申します。貴方は？」

「源吉という」

「えっ!?」

私は思わず驚きの声を上げる。

「どうかしましたか？」

「いえ、私の旦那となる方と同じお名前だったので」

「へえ。それは奇遇ですね」

そう返すと、源吉と名乗った殿方は楽しげに言う。

「ふむ。ならば、同じ名の誼《よしみ》というか、奇遇ついでというか。ひょっとすると、その某源吉殿という、藤さんの旦那となられる方も、俺と同じ感性の持ち主かもしれないね」

「そんなわけないでしょう」

私はばっさりと妄言を切り捨てる。

「そうか。まあ、それでも構わないでしょう」

「何が構わないのです？」

一体何が構わないのだと、疑問を口にする。

「いや、誰にしろ、欠点の一つや二つあるものだ。そのくせに、自分のことは棚に上げて、藤さんの目をあげつらい、何か言ってくるようなら、藤さんも言い返せばいい」

「言い返す？」

「そう。例えば、その某源吉殿の鼻がひん曲がっているなら、そんなひん曲がった鼻をして、よく私の目のことを言えたものだな、と」

「あるいは、そんな痩せぎすの体でよく言いますね、とかですか？」

「……それは、俺の体を見て言ったのか？」

殿方は初めて不満げな表情をされる。私は思わず吹き出してしまった。

「ははは！　いいですね、きっと言い返しましょう」

私はそう言うと、最後の団子を口の中に放り込む。そうして立ち上がった。

「私はもう行きます。相談に乗って頂き、ありがとうございました」

「役に立てたのなら、よかった」

殿方に軽く会釈してから、店の奥の平治爺やに声を掛ける。

「爺や、ごちそうさまでした！」

私は踵を返すと、軽やかに走り出す。

ここ最近わだかまっていた気鬱が晴れたような心地であった。

「さあて、もう少し見て回りましょうか！」

於藤は勢いよく、津島の街並みを回っていく。

於藤の祝言まで後一週間。そして――。

彼女が、旦那となる男の顔を見て、驚きの声を上げるまで、後一週間。
＊

いよいよ、娘の祝言の日が訪れた。

今、我々大橋家一行は、輿入れのために大山家に向かっている所だ。

ワシは藤が乗っている輿を横目に見ながら物思いに耽る。

出立前に白無垢《しろむく》姿の娘を見て、ワシは感慨を覚えた。が、それと同時に拭い切れぬ不安をも覚えたのだ。

娘、藤の顔の造りは、おおむね妻のそれに似通っていた。

美姫と名高い妻に似たのだ。大変結構なこと。

されど唯《ただ》一点、大きすぎる目だけは、ワシに似てしまった。

ワシの場合は構うまい。何せ、男だ。

やれ、大橋の当主は目力がある。凄みがある。などと、まだ好意的な受け取られ方をした。

実際、交渉事でこの目力が役に立ったことも少なくない。

弊害と言えば、道ですれ違った童が、ワシの顔を見て泣き出すくらいか。……それはそれで、何とも弱り切ってしまうが。だが、その程度のつまらぬ悩みである。

しかし、女人である藤は違う。

小さな頃から、ぎょろ目、ぎょろ目と呼ばれ、どんなに辛《つら》かったろうか？

どうしてワシに似てしまったのか？　不憫《ふびん》でならないし、ワシがこんな目をしていたばかりにと、自責の念に駆られた。娘に申し訳がなかった。

娘はそれでも、中々気立てのよい娘に育ってくれた。

育ってくれたが、それでも気掛かりなのは、丁度年頃の見合う男と相対する時だけに娘が見せる卑屈さであった。

言うまでもなく、それは自身の容姿から来る劣等感故に相違なかった。

そのような時には、普段の快活さが鳴りを潜め、引っ込み思案になってしまうのだ。

そんな様を見る度に、ワシは藤の将来を危ぶんだ。

唯でさえ、女人の美醜の評判は婚期を左右しかねない。その上、美点である気立てのよさも、年頃の男の前では鳴りを潜めてしまう。

これでは、嫁の貰い手がないではないか。そんな不安が常に頭の中にあった。

藤に至っては、ワシ以上に婚姻の困難さを危惧し、そして恐らく半ば諦めていた。

自身を必要以上に着飾ることに興味を示さず。料理や裁縫にも無頓着だ。逆に、商いという、女人の幸せとは無縁な物事に興味を示したのは、つまりそういうことなのであった。

あの津島巡りなる悪癖こそ、その最たる例であろう。

ワシはその悪癖に反対の声を上げこそすれ、無理やり止めさせることは出来なかった。

それは、娘に対する後ろめたさからだ。

次第に、それが娘の慰めになるのであればと、黙認するようにさえなった。

この頃には、ワシの中にも諦めが芽生え始めていたのであろう。

されどそんな折、降って湧いたように、藤の縁談が舞い込んだのだ。

縁談を持ち込んだのは、ワシの妻の弟、尾張国主である織田上総介様であった。縁談の相手は、あの桶狭間で噂《うわさ》になった新進気鋭の若手商人。

財力、実力、将来性、どれをとっても申し分ない。その上、織田様の覚えもめでたいという。

ワシは一も二もなく飛びついた。逃せば、これに勝る縁談など来よう筈もなかった。

そして、縁談が既定路線になった後、将来娘婿となる若者、大山源吉と共に、新たなる制度『楽市楽座』の導入のために奔走することとなった。

源吉なる若者は、中々見所のある商人であった。気持ちのよい男であった。

共に苦楽を越える度、仲間意識も芽生えてきた。すると、またもや後ろめたさが鎌首をもたげ始める。共に困難に立ち向かった仲間に、騙《だま》し討ちをするのは如何なものか、と。ワシはついに耐え切れなくなって、正直に源吉に白状してしまった。ワシの告白に、源吉は、『では、祝言前に一度会ってみましょう』と言った。そこで、津島巡りに合わせて、源吉が藤と会うことになった。

いよいよ二人が顔を合わせる当日、ワシはやきもきしたものだ。いざ、源吉が藤に会って、何を思うだろうか？　ワシに何を言ってくる？　まさか破談にはなるまい。いや、本当にそうだろうか？

やがてワシの前に姿を現した源吉はこう言った。『娘さんとお会いしました。きっと、大丈夫だと思います』と。

ワシは恐れていた言葉が出てこなかったことに安堵したが、同時に怪しんだ。源吉は無理をしていないだろうかと。もしそうなら、源吉には申し訳ないことだ。

それに源吉の我慢の上で成り立つ夫婦生活が、果たして上手くいくのかと不安に思う。やはり気が晴れぬまま、祝言当日を迎えるに至ったのだった。

輿に乗った藤の隣を、大橋家側の参列者たちと共に歩む。いよいよ、源吉の家が見えてきた。

古式に則《のっと》り門火が焚《た》かれ、輿入れを出迎えてくれている。輿から降りた藤を、大山家の出迎え人が案内していく。我々は藤とは別口で、祝言の間へと案内される。

祝言の間に通されると、既に大山家中の主だった者たちが座していた。

我々は、『これはこれは』『今日はおめでたい日で』などと、ありふれた挨拶を交わす。挨拶を終えて我々も座ると、今宵《こよい》の主役が現れるのを待った。

晴れの日だ。心中の不安を表に出さぬように努めながら、黙して時を待つ。

すると、襖がすっと開かれる。白装束に身を包んだ藤が姿を現す。

伏し目がちに、そろりそろりと現れた藤は上座に静かに座る。座った後も顔を伏せたままで、更には瞳まで閉ざしてしまう。その大きな目を、衆目にさらさぬためだろう。

ああと、ワシは呻《うめ》きそうになる。

何故、藤は晴れの日に、こんな惨めな思いをしなくてはならないのか。

ワシは心中でそのように嘆く。

せめてもの救いは、大山家側の参列者たちが、この新婦の振る舞いを不自然に受け取らなかったことであろうか。どうも彼らは、新婦が極度の緊張下にあるらしいと、そう判じたようであった。

続いて、新郎である源吉が姿を現す。ゆっくりと藤の座る上座へと近づいていく。

藤はそっと、僅かに顔を持ち上げる。ちらりと盗み見るように新郎の顔を見上げたのだが……。

はて、と言わんばかりに小首を傾げると、藤は二度三度、瞬きを繰り返す。訝しげな表情を隠しもせずに、僅かと言わず顔を持ち上げて――。

「あああああああああ!!」

そんな驚愕の声を上げた。ワシは頭を抱えそうになる。

どうして、津島で会った御仁が、大山源吉なのだと伝えなかったのか?

いやそれは、源吉が言わなくていいと言ったからだ。つまり、源吉が悪い。

大山家側の参列者は、新婦の奇行に、次いで新婦が露《あら》わにした顔に驚きを表す。

静かなどよめきが祝言の間に起こる。

ええい! どうするのだ!? ワシは源吉を睨み付ける。

ワシの視線の先、藤の視線の先で、源吉が柔らかく微笑む。そうして口を開いた。

「そんなに驚かれて、どうなされたのですか? むしろ、驚きの声を上げたいのは私の方なのに。そう……」

源吉は一拍置いて、言葉を続ける。

「何と美しい姫君を妻に迎えたのか、とね。貴女《あなた》こそ正しく、日の本一の美姫と言えましょう」

その仰々しすぎる言葉に、誰もが毒気を抜かれる。

皆、暫し呆然《ぼうぜん》とした後、取り敢えず式の進行を見守ることにしたようだった。

何とか先程の奇行は誤魔化せたかと、ワシは胸を撫で下ろす。

何もなかったかのように式が進行していく。

朱塗りの銚子《ちょうし》と杯が、新郎新婦の下に運ばれてくる。そうして式三献《しきさんこん》が始まる。

まず小さな杯に酒が注がれる。その一つの杯に新郎新婦が順繰りに口を付ける。

次いで、中ぐらいの杯、大きな杯と、同じことを繰り返していく。

三々九度の盃《さかずき》だ。これを飲み交わすことによって、夫婦の契りを交わすのだ。

うーむ。少し藤の所作が固いが、隣り合い酒を酌み交わす二人の姿は、傍目から見てもよい雰囲気である。

式三献が終わると、新郎新婦始め、参列者たちの前に食膳が運ばれてくる。

晴れの日に相応しい、雑煮と酒であった。

参列者たちが新郎新婦に言葉を掛けるのは、ある程度食事が進んでからが常であった。

皆、まずは自分の食膳に箸を伸ばす。ワシも取り敢えず雑煮に箸を伸ばしてはみるが、どうも喉を通るとは思えぬ。仕方なく箸を置くと、ワシは杯を手に取った。

さりとて、その中身を飲み干すでもなく、杯を持ち上げたまま上座の様子を窺う。

上座では、丁度源吉が藤に何やら囁いたところであった。藤は顔を朱に染める。少しして何事か言い返す。……悪い雰囲気ではない、な。

暫く様子を窺っていると、源吉が藤との距離を詰め、二人寄り添うように、ぴったりとくっ付き合う距離で座る。恥ずかし気な様子を見せる藤。源吉はそんな藤の手にそっと己の手を添えた。

藤は目を白黒させる。衆目がなければ、またもや奇声を上げていたことだろう。

さっと、顔全体を朱に染めるや、俯《うつむ》いてしまった。

ただ俯く直前、本当に一瞬だけだが、確かに嬉しそうに微笑んだのだ。

ワシはその表情を見て得心した。ワシの心配は全て杞憂《きゆう》だったのだと。

源吉に任せておけば、きっと藤は大丈夫だ。そう思う。

どっと、肩の荷が下りたような心地であった。

ワシは上座から視線を離すと、手に持つ杯に口を付ける。――美味《うま》い！　まるで天上の甘露のようだ！　酒とは、こんなに美味いものだったろうか？

ワシは一杯目を飲み干すと、続けざまに二杯目を注ぎ、またも飲み干す。

ああ、美味い。今宵は、何と幸せな夜だろうか。

一杯、一杯、また一杯。どんどん杯を重ねていく。

妻がワシの袖を引き、小声で窘《たしな》めてくる。

ああ、されども。こんなにも幸せな夜に、こんなにも美味い酒があるのだ。

どうして飲むのを止めることなど出来ようか？

更に飲む。飲む。一杯、一杯、もう一杯……。

ふと、目が覚める。……知らない天井じゃ。ここはどこだ？

ワシは身を起こす。ずきりと頭が痛んだ。

頭を押さえながら記憶を遡る。確か、ワシは藤の祝言に立ち会い、そこで酒を飲んでいたのだ。そう、幸せな気分に浸ったまま……。

瞬間、肝が冷える。

あの幸せな時間は、夢であったのではないか？　そんな疑問が脳裏を過ったからだ。

あの時間が夢ではなかった。それを確認したくて、見知らぬ部屋の中に視線を走らせる。

すると、妻の顔が目に入った。美しく、そして、余りにも恐ろしい微笑が。

「あら？　お目覚めになられたのですね？」

そんなことを口にして、妻はワシの方に歩み寄ってくる。

まるで背筋に氷を当てられたかのような心地だ。心臓が早鐘のように打ち鳴らされる。

駄目だ。逃げなくてはならぬ。だが、体が動かない。

「旦那様、昨晩のことは覚えておいでですか？」

昨晩？　一体何があったと？　いや、ワシは何をしたのだ？

早く、早く思い出さねばならぬ。だが、頭は空回りするばかりで何事も思い出せない。

ああ！　妻がもう、すぐ目の前に……！　ワシは……一体何を……？

# 第五章　織田舞蘭度《ぶらんど》

厠《かわや》を出て手水場《ちょうずば》で手を洗う。手拭いで水気を拭き終わると、母屋の方に歩いていく。

一段高くなった沓脱石《くつぬぎいし》に上ると、草履を脱ぎ、木製の渡り廊下に足を乗せる。

ギッと、僅かに木板が軋《きし》む音がした。

俺は朝日の暖かさを感じながら渡り廊下を歩く。

ほどなくして目的の居間へと辿《たど》り着《つ》いた。すっと、障子を開ける。

すると、障子の開く音に応えるように見上げられた大きな瞳が、俺の姿を映す。

ただ、俺の視線と合わさるや、伏し目がちになってしまう。

その瞳の主は恥ずかし気に頬を染めていた。大方、昨晩の情事を思い出してしまったのだろう。

何とも、『萌《も》え』である。いやー、恥じらう新妻とか最高だ。しかも現代人の感覚でいくと、十四歳の幼妻だ。素晴らしい。

ああ、甘んじてロリコンの誹《そし》りすら受けてやろうじゃないか。もっとも、この時代だと決しておかしな年齢ではなかったが。

大橋家の娘、於藤との祝言から半月が経った。

新婚生活は仲睦《なかむつ》まじくやれていると言っていいだろう。つまり、やることはやっている。

まあね。俺もほら、若く健全な男だから。仕方ないよね。

そも、いきなり冷え込んだ夫婦生活を送るより、よっぽどいいだろう。

などと、ここ最近の爛《ただ》れた生活を自己弁護してみる。

俺は家長として上座に座るや、横目で於藤の顔を窺う。そう、その大層麗しい顔《かんばせ》を。

市姫を筆頭に、織田の女系は容姿に恵まれた女人が多い。於藤も例に漏れず、美しい容貌をしていた。

唯一点、目だけは、この時代の美意識にそぐわない、零れ落ちそうな大きな瞳をしている。というのも、この時代だと細い目が美人の条件の一つであったので。

が、現代人の感覚も有す俺にしては、ぱっちり大きなお目々は減点対象になりえない。

むしろ、好ましく映るというもの。

まるで前世でモニター越しに見ていたアイドルのような美少女。それが俺の妻なのだ。

少しばかし、自制が利かなくなるのも致し方ないことだろう。

うん？　何、リア充爆発しろ？

ハハハ、こんなに幸せなのに、爆発して堪るか。爆発するのは、松永《まつなが》弾正一人で十分だ。

ふむ、今日はいい天気だし、縁側で於藤を横に座らせて、共に茶を飲むのもいいかもしれない。

なんて、幸せに浸りすぎていたから罰が当たったのだろうか？

それとも、嫉妬に狂える野郎どもの怨嗟《えんさ》の声のなせる業か。

朝の静けさを破る、慌ただしい足音が近づいてくる。

バンと、勢いよく障子が開かれた。不届き者は、番頭の彦次郎だ。

誰ぞの訃報でも届いたかのように、彦次郎の顔は色を失っている。

「に、二代目！」

「何だ、何だ、一体どうした⁉」

俺は彦次郎の常にない様子に驚いてしまう。

「お、織田様が……」

「織田様がどうした？」

——まさか？　一瞬あってはならぬ疑念が過る。

いや、この時分に、信長の身に何かが起きるわけもない。歴史がそれを証明して……ッ！　馬鹿か、俺は！　俺の存在が、歴史に変化をもたらしているだろうが！

そんな、それでは本当に？

俺はごくりと生唾を飲む。動揺に揺れる目で、彦次郎の顔を見上げた。

その視線の先、彦次郎の口が好ましからざる言葉を吐く。

「織田様が！　こ、こちらに向かっておられるとの由！」

……ん？　織田様がこちらに向かわれている？

兎《と》にも角《かく》にも、信長がくたばったわけではないようだが……。

「待て、彦次郎、こちらとはどちらだ？」

「当家です！　ここに織田様が来られると！　先程、突然先触れが！　あと数刻の内に到着されるとのことです！」

一瞬、何を言われたか理解できなかった。

しかし二、三秒おいて、彦次郎の言葉が脳内に浸透していく。

「な、何だとおおお!?」

俺は驚愕の声を上げた。

突然の信長来訪の知らせ。

浅田屋中が嵐の真っ只中のような慌ただしさに包まれる。

まるで師走が来たかのよう。いや、師走でもここまで忙しくない。

「とっとと、その見苦しい物を隠せ！　……あん？　蔵にでも投げ込んでこい！」

「店頭を掃き清めろ！　床という床を磨き上げろ！」

「ちくしょう！　何でウチの店は、こんなにとっ散らかっているんだ！」

俺は陣頭に立ち、若衆や見習い小僧に指示を飛ばしながら、時折悲嘆の声を上げる。

ちなみに於藤は、付きの女性と共に奥に引っ込んで、急ぎでめかしこんでいる真っ最中だ。

「二代目！」

「おう、何だ、彦次郎？」

「茶と、茶菓子の準備ですが。遠江屋《とおとうみ》と大黒屋に使いを飛ばそうと思います。一等よいものを出してくれと」

「そうだな、それがいい。織田様の分だけじゃなく、御付きの方の分も……待て、彦次郎、御付きの方は何人おられるんだ？」

「あっ！　……申し訳ありません。動転の余り、先触れに来た人間に確認しませんでした」

彦次郎の顔からさっと血の気が引く。俺も肝が冷える思いだ。

まさか、御付きの人間を立ったまま待たせるわけにもいくまい。

信長とは別に供応する必要があろう。

だが何人だ？　何人やってくる？

今回の信長の熱田訪問が、お忍びだと考えて。

人数はそう多くはあるまい。しかし、多くないとはつまり、何人の事を指す？

果たして、一国の国主はお忍びの際、どれほどの御付きを付けるのか？

十人？　二十人？　あるいは、それ以上か？

何人分の供応の準備がいる？　いや、そもそもウチの店に収容し切れるのか？

「ッ〜〜！」

呻き声を噛み殺しながら天を仰ぐ。髪をぐしゃぐしゃに掻《か》き毟《むし》った。

糞！　何もかも投げ出したい気分だが、そうもいかねえだろう！

「と、とにかく、掻き集められるだけ、掻き集めろ！　それから、周囲の商家に協力を要請しろ！　ウチに収まらない場合、周りの店に面倒見てもらう！」

「はい！　承知しました！」

彦次郎は矢継ぎ早に何人かの人間に指示を飛ばすと、番頭である自らも店からすっ飛んでいく。

ああ、胃が痛い。これか、これがそうなのか。これこそが、常識を知らない、顧みない、そんな上司に振り回される気分か！

今なら藤吉郎始め、織田家中の武将たちを心の底から尊敬できる。

彼らは、こんな無茶ぶりに耐え続けてきたのか。そして、耐え続けていくのか。

いや、あるいは、耐え切れなかったからこそ、明智君《あけち》は本能寺をファイヤーしてしまうのかもしれない。ついにこう、ぷっちんと切れてしまって。

それなら明智君らしからぬ不手際の多さも頷ける。本当に突発的犯行であったのかもしれない。

俺は歴史の謎に触れたような気がした。

あーもう、ホントにアポなし突撃とか止めてくれよ。

近所の人間ですら、それをやられると応えるのだ。

ましてや国主自らのアポなし突撃なぞ、最早桶狭間に匹敵する奇襲攻撃だ。

俺は頭を振る。

馬鹿なこと考えている場合か。とにかく残された時間で、出来るだけのことをしなくては。

俺は再び声を張り上げ、陣頭指揮を取り始めた。

貴賓用の客間、俺はその部屋の障子をそっと開けると中に入る。

続いて客間に入ってきた於藤が、そっと障子を閉めた。

俺たち夫婦は下座に座すと、揃って上座に座る男に平伏する。

「面を上げよ」

「「はっ」」

俺たちは同時に顔を上げると、上座に座る信長の顔を見た。

信長はまず俺の顔を、次いで於藤の顔を見る。

「うらなりと、そなたが藤か。最後に会ったのは何年前だったか？　うむ、大きゅうなった。藤、息災であったか？」

「はい」

於藤が言葉短く首肯する。

「ふむ。旦那に——うらなりには、よくしてもらっておるか？」

「はい。主人源吉には、折に触れて気遣ってもらい、藤は新しい家でも恙《つつが》なく暮らしております」

「であるか。ならばよい。……藤、うらなりと二人で話がある。暫しの間、藤の旦那を貸してもらうぞ」

「畏まりました。それでは、私はこれにて……」

於藤は深々と頭を下げると、立ち上がり客間を後にする。そっと障子が閉じられた。

信長は退室する於藤を優しげな目付きで見送る。それは正しく、親戚の娘を案じる年長者の目であった。……この男もこういう目をするのか。

いやはや、本当に身内には甘い所がある御仁だ。

「さて、熱田を訪れた用事の半分は済んだ」

信長は視線を俺の顔に移す。

「では、もう半分の話じゃ、うらなり」

「はっ」

＊

自宅の客間で、俺は信長と相対している。

ふむ。於藤を下がらせた上で、もう半分の話……か。

於藤の様子を見るのが半分、ならば、もう半分は？

決まっている。熱田、津島への矢銭徴課、そのための楽市楽座の施行。それらの道筋が立った。ならば、新たに俺に命じる仕事の話に相違ない。

「うらなり、ワシは矢銭徴課によって当面の軍資金を得たわけじゃ」

「はい」

俺は言葉短く頷く。信長は続けて言葉を繋ぐ。

「だが、それは一時的なものじゃ。そして、何度も繰り返せるものでもない」

「確かに……」

軍資金の調達にと臨時の戦時課税を行う。確かに何度も繰り返せるものではない。

つまり、信長の望みとは……。

「恒常的に銭を生み出す仕組みがいる。うらなり、知恵を出せ」

信長の言に、俺は少しばかり呆れる。

普通、そんなこと急に言われても、誰も即答できないぞ。

俺みたく常日頃から如何にして銭で天下取りをするか、その道筋を考えてでもいなければ、な。

それとも、これは信長の信頼なのか？　俺ならば信長の天下取りを助けるため、それを常日頃考えているだろう、と。だとしたら……。

俺は、ふっと笑みを浮かべそうになるのを抑え、一つ頷いてみせる。

「上総介様、手前に一つ、温め続けてきた腹案が」

「ほう。聞かせてもらおうか」

信長が、じっとこちらの目を見詰めてくる。

俺はその目を真っ直ぐに見返しながら口を開く。

「はっ。上辺だけの方策では、根本的な解決には至りません。なれば、まさに根本から変えていくべきかと」

信長は眉を顰める。

「根本とは何のことじゃ？」

「根本とはつまり、織田領を下支えする民草たちのことです」

「ふむ……」

間髪容れず答えた俺の言葉に、信長が思案気な顔になる。

「……うらなり貴様、米の収穫量でも増やしてみせると、法螺でも吹く積りか？　なるほど確かに、尾張の石高が底上げされれば、税収としてワシに入る銭もまた増えるわけじゃが」

言外に出来るわけがないと、信長は言い放つ。

「仰る通り、石高を増やせるならば、それは単純な解答です。が、簡単に増やせるようなら、既に増やしているでしょう」

そうだ。石高を増やすとして、その方法は？

新たに田畑を開墾する？　馬鹿な、田畑に適した土地なぞ、既に開墾され尽くしている。使える土地を遊ばせる余裕など、あるわけもないのだから。

なら、面積当たりの収穫量を増やすか？　刷新的な農業改革で、生産性を向上させる？

生憎《あいにく》と、俺に農業の専門的な知識などない。

通った大学で在籍したのは経済学部で、農学部ではなかった。

勿論、中学、高校の教科書レベルの知識ならあるが……。

そんな生兵法を試して、却《かえ》って生産量を落としたらどうする気だ？

下手を打てば、いや、下手しなくても、信長に首を切られかねない。当然、物理的にだ。

　ならば、底上げするのは生産性ではない。底上げすべきは効率性である。

　俺は信長に向かって、その結論を言い放つ。

「石高は増やせません。が、民草の作業効率を高めることならできます。実は、そのための農具の開発をかねてより試行しております」

「んん？　どういう意味じゃ？」

「つまり、新たな農具の導入により、農家の作業にかかる時間、それを以前より大幅に短縮させようというわけです」

　俺の説明に、信長の渋面がより深くなる。

「……まだ分からん。民草に楽をさせて、一体どうするのじゃ？」

　信長は訝しげに問い掛けてくる。

　俺はその疑問を晴らすべく、簡単な例え話をすることにした。

「仮に、ある農具が導入されたとしましょう。結果、作業時間が一刻《いっとき》より半刻になった。つまり、半刻分の時間が空いたわけです」

「うむ」

　信長は素直に頷く。俺は更に説明を続ける。

「あるいは、仮にある農具を導入する。それによって、従来三人でしていた仕事が、一人で出来るようになった。なれば、二人分の労働力が浮いたわけです」

「はは、なるほどのう」

信長は得心したと言わんばかりに笑みを浮かべる。膝を叩いてみせた。

「ようやく理解が追いついたわ！　つまり、その空いた時間、浮いた労働力、それらを使って、別の仕事をさせる。そういうことじゃな？」

俺は恭しく頭を垂れてみせる。

「御明察にて」

そう狙いは、効率性の向上による余剰労働力の創出。

そして、その余剰労働力を用いた、新たな産業の確立である。

イメージするのは、問屋制手工業である。

俺たち商人が、道具、材料を支給した上で、各農家に指定した工芸品などを製作させる。工賃と引き換えにそれらの製品を手に入れ、販売するわけだ。

これには旨《うま》みが複数ある。

まず、余剰労働力で新しい仕事が生まれた農家は、現金収入を増やせる。

今までも、現金収入が皆無だったわけではない。しかし、微々たるものだ。そこに現金収入が大幅に増加する。つまりは、農家が銭を蓄えることになる。それは、新たな購買層が生まれることを意味する。

ようは、俺たち商人にとって新たな客層が現れる。大変結構なことだ。

無論、新産業自体も、商人にとっておいしい。

これで新たな商材、新たな商売の機会を得る。やはり、銭儲けに繋がるわけだ。

俺たち商人にとって、いいこと尽くめだ。そして商人が潤うこと自体が、市場の活性化に繋がる。世間に銭が出回るわけなのだから。

信長にとっても、まずは即物的な利益として……。そうだな、この新産業のどこかで、税という形で啄《ついば》めばいい。

それに、領内の市場が活発化することは、それ自体が織田領の経済向上へと繋がる。税も増えることだろう。やはり、悪いことではない。

では問題は、本当に農業の効率を大幅に上げられるのか、だ。

繰り返すが、俺に農業の専門的な知識はない。精々、聞きかじった程度の生兵法が関の山。

しかし、教科書レベルでも、間違いなく効果を発揮する農具がいくつか有った。

代表的なものは、勿論あれだ。

後に、後家倒しの異名で呼ばれた農具、そう、千歯こきである。

余りにシンプルな構造。ワンアイデアさえあれば、誰でも形に出来る代物だ。

これを使えば、脱穀の時間を大幅に短縮できる。

効果の程は、史実で付けられた、後家倒しの異名が全てを物語っていよう。

それまで後家さんの仕事であった脱穀が、千歯こきの導入であっという間に終わってしまう。

結果、後家さんの貴重な収入源であった仕事がなくなってしまったほどなのだ。

そう、つまりは、余剰労働力の創出だ。

無論、農閑期であれば、農家の手は空いているが、その間は既に出稼ぎなどの何某《なにがし》かの仕事をしているものだ。

出稼ぎを頼りにしている産業が既にあるのだから、ここに手を加えるのはよろしくない。

故に繁忙期の労働の効率化により、今まで全くなかった新しい労働力を創出するのが一番だ。

千歯こき、唐箕《とうみ》などの新農具、農具以外でも、労働の効率化というテーマに絞れば、いくらかアイデアが出てくるものだ。

ただ、この千歯こきなどを導入しただけでは、従来の仕事が奪われて、後家さんを筆頭に農家の者たちが困るだけ。

それこそ、産業革命期に起きたイギリスのラダイト運動よろしく、後家さんが千歯こきを破壊して回るやもしれない。……笑えない想像だな。

なら、織田領では、代替となる仕事をあらかじめきちんと用意すれば？　混乱は少ないだろう。そう、織田領では。

「何じゃ、うらなり？　悪だくみをしておる顔じゃぞ？」

信長が楽しげに聞いてくる。

「手前、商人ですので。無論、悪だくみの一つや二つ……」

俺は含み笑いしながら言った。

「ほう？　興味深いな」

「……既に試作が完了している農具もございます。それを見物していただきながら、悪だくみの中身をご説明しましょう」

「ははっ、楽しみじゃの」

信長は笑う。俺は逆に笑みを引っ込めると、表情を改めて信長の顔を見る。

そこで、信長もまた笑みを引っ込めた。

「分かっておる、うらなり。次なる問題は、手の空いた民草に何を作らせるかじゃな？」

「左様です」

「うむ。それについて、何か案はないのか？　無論、考えておるのじゃろう？」

「はい。当然考えております。候補も複数挙がっていますが……」

「が？　なんじゃ？」

「正直、これだ！　という、ずば抜けた良案が思い浮かばず。何か旨いものはないかと」

「そうじゃのう。売れるモノなら、何でも銭稼ぎにはなろうが……」

二人して首を捻《ひね》った。少し間を置いて、俺は自分の存念を述べる。

「そうですね。折角国策として推し進めるのです。どうせなら、よっぽど旨みのあるモノを拵《こしら》えたく。それこそ、ブランドとなるような」

「ん？　うらなり、ぶらんど、とは何じゃ？」

あっ！　しまったな。つい、横文字を口走ってしまった。

俺は少し焦りながら、ブランドという言葉の概要を説明していく。

「ブランドとは、南蛮語の一種です。偶々《たまたま》聞きかじりまして。そうですな。言わば、同じ品目でも、他の有象無象の商品と違うと、はっきり分かる。そんな名声が形になったようなものです。焼き物で言えば、瀬戸物、これはブランドと言えましょう。瀬戸物と言うだけで、他の有象無象の焼き物と一線を画しまする」

「確かにな」

信長はうんうんと頷く。

ああ、よかった。焼き物の例えは、信長には効果覿面《てきめん》だな。

「それと同じく、これこれなら織田、そう言わしめるような特産品を、ブランドを作れれば、と」

「ほほう！　面白い！　なるほど、ぶらんどのう。よい南蛮語じゃ。……うらなり、筆を持てい！」

「は？」

「筆じゃ！　筆じゃ！」

「は、はあ……」

俺は困惑しながらも、家人を呼びつけて筆を持ってくるよう言い付ける。

家人はバタバタと駆けると、やがて筆に硯《すずり》に紙にと持ってくる。

信長はそれを受け取ると、何やら筆で書き始める。

ほどなくして書き終わったのか、満足げに頷く。そうして、半紙を高々と掲げてみせた。

果たしてそこには、『織田舞蘭度』なる、珍妙な五文字が躍っていた。

「どうじゃ、うらなり!?」

えっ、いや、どうじゃと聞かれても……。

何も返せぬ俺を置いて、信長はうんうんと頷く。

「気に入ったわ！　うらなり！　貴様は、この織田舞蘭度の創設に尽力せよ！　よいな！」

「は、はっ！」

冗談だろう？　どこぞの暴走族じゃあるまいし。何だ、その当て字は。

まさか、本当にその名称で行く気なのか？　って、待て待て、そうなると……！

俺は嫌な想像をして眩暈を覚える。

もしも、このブランド政策が軌道に乗れば、そうなれば……。

ああ、後世の日本史の教科書に、楽市楽座なんかの文言に並んで、織田舞蘭度なる珍妙な言葉が記されるわけか！

糞！　これぞ、文字通りの黒歴史じゃねえか！

ご機嫌な信長とは対照的に、俺は暗澹《あんたん》たる気持ちに囚われたのだった。

＊

客間から移動すると、信長を我が家の蔵の前へと案内した。

無駄に大きな蔵である。その中はというと、統一性のない物が溢れ返っている有り様であった。

浅田屋の先代である今世の親父は、元は熱田湊の船乗りだったからか、余り商人らしくない気質の男であった。

金に困った者が売り込みに訪れると、よっぽど酷い物でない限り、買い取るようにしていた。

それに苦言を申し立てる家人もいたそうだが、親父はいつも『買い取った物が売れねえのは、商人としての腕に問題があるんだ』、そう言って聞かなかったらしい。

そんなこんなで、人情味溢れる商人という、ＵＭＡの如き親父の下には、本当に色々な物が持ち込まれた。

結果として浅田屋は、万屋《よろずや》というか、後の商社に近い商業形態となった。

まあ、それも悪いばかりでもない。

親父の人柄から来る評判により、浅田屋は無体な買い叩きはしないと、一種の信用に繋がったこと。また、浅田屋なら大概の物が手に入ると、顧客からも認識されたこと。

そして何より、人との繋がり。

親父に助けられた者が、全て身を持ち直したわけじゃない。

が、中には窮地を凌《しの》ぎ、今では立派に活躍している者もいる。そういった手合いは、浅田屋に並々ならぬ恩義を感じているものだった。

故に、浅田屋の頼みなら、よほどの無茶じゃない限り応えてくれるのだ。

今回、新農具の開発に協力してくれている職人連中も、親父に助けられた者たちであった。

ウチの若衆が、二人掛かりでそれを蔵から持ち出してくる。

陽の下に現れたそれを、信長はまじまじと見詰める。

「うらなり、何じゃ、このお化け櫛は？」

――お化け櫛、か。

確かにその外観は、巨大な櫛そのものである。

「千歯こきと名付けました。上総介様は、農家の脱穀がどのようなものかご存じでしょうか？」

「うむ。収穫期に馬で遠乗りした折、何度か見かけたことがある。こう、二つ割の竹の先で扱《こ》き落とすのじゃろ？」

信長は手振りで真似してみせる。

そう、従来では、木や竹を二本並べて結んだ、『こきばし』という農具を使っていた。先端の二つ割になっているところに、稲穂を挟んで引くのだ。

「仰る通りです。そのようにして、数本ずつ籾《もみ》を落としていく。……この千歯こきなら、もっとまとめて稲穂を扱き落とすことが出来ます。こう、櫛の間に穂を差し込み、引っ張るようにして」

「ふむ。……それで、どの程度作業が早まる？」

「はい。試験結果では、従来のこきばしで丸一日かかった作業量を、千歯こきでは一刻半で終わらせることが出来ました」

「何？　丸一日を一刻半とな!?　段違いではないか！」

「はい」

俺は、驚きの声を上げる信長に頷いてみせる。

うーむ、と唸《うな》りながら千歯こきを見詰める信長。その間に、新たなる試作品が運ばれてくる。

「む？　そちらは何じゃ、うらなり？」

「こちらは、唐箕と名付けました。籾、籾殻、塵《ごみ》を選別するための農具です。原理としては、この取っ手を回すことで、内部の四枚羽も連動して回転します。そうすることで、横向きの風を送り込んでやるのです」

「ふむ」

「実の詰まった籾と、葉屑《はくず》や実の詰まってない籾殻では、重みが違いまする。それを利用して、風に乗って手前に落ちるのが、実の詰まった籾。より奥まで吹き飛ばされるのが、葉屑や、実の詰まってない籾殻でございます」

「ほほう！　よう考えておる！」

信長がしきりに頷いてみせる。

「なるほどのう。これなら確かに、農家の作業は早まろう。……ならば、確認すべき案件は後一つじゃ。先程言《い》い淀《よど》んだ悪だくみ、それを聞かせてもらおうか」

「はっ」

信長との距離を詰めると、心なし声を潜めて語り始める。

「これらの農具で、農家の手を浮かす。浮いた手で新たな生産物を作らせる。先程、手前はそのように語りました」

「それ《ヽ》がの」

「当然、これらの農具の導入以前に、新たに与える仕事、その準備を万全にします。それからの農具の普及。でなければ、急に手が空いた農家は混乱してしまいますから」

「ふむ……」

「されど、他領はどうでしょう？　急に降って湧いた新農具により、農家の手隙問題が起こります。代替となる仕事をすぐに与えられるわけもなく。必ずや混乱するでしょう」

「む？　他領にもこれらの農具を普及させるのか？」

信長が眉を顰めてしまう。俺は、その懸念について存念を述べる。

「はい。新農具の構造は単純です。必ずや真似されるでしょう。なれば、真似される前に大々的に売り出し、銭を稼ぐべきです」

「うーむ。そうか、そうじゃろうな」

信長は納得したような顔付きになる。

「話を元に戻しましょう。急な新農具の導入は、他領を混乱させます。例えば脱穀、これは農村における、後家の貴重な収入源です。しかし、それが断たれることになる。大層、弱り切ることでしょう」

「であるか」

「はい。故に、そこに付け込みます」

「ほう？　如何に付け込む？」

信長が面白げな表情を作る。俺はにやりと笑んでみせた。

「流言です。『新農具は、我々の仕事を奪う。我々の首を却って絞めてしまうものだ。得するは、上の人間ばかり。下々は苦しむことになるぞ。……故に、新農具を破壊して回れ』と」

流言飛語による扇動だ。

他領の農家が困るのは事実。その事実をより誇張して流す。

新農具排斥運動に走らせるよう、扇動する為に。実態よりも大問題であるように煽《あお》るのだ。

ようは、日本版ラダイト運動。

産業革命期。イギリスの工場に導入された新式の機械は、労働者たちを恐怖に陥れた。格段に作業効率が高まることにより、工場で必要とされる労働者の数が激減したからだ。

失職を恐れた労働者たちは、何と、工場という工場にある新式の機械を破壊して回るという騒動を起こしてしまった。

これが世に言う、ラダイト（機械打ち壊し）運動である。

これと同じことを、他領でも引き起こさせるのだ。

「上総介様、対岸の火事を指差して、高笑いといこうではありませんか」

俺は温めてきた悪だくみを進言する。

受けて、信長は大笑してみせた。

「がははっ！　傑作じゃの！　うらなり貴様、途方もない悪だくみを思い付くものよ！　よい！　委細任せる！　好きにせよ！」

「はっ！」

俺は頭を垂れる。

暫く信長は大笑していたが、ふと何かに気付いたように笑いを止める。

「そうじゃ。竹千代には、事前に通知しておかねばな」

竹千代、竹千代といえば……。

「竹千代……様といえば、松平《まつだいら》様のことでしょうか？」

「うむ、そうじゃ。……ここだけの話。松平とは、水面下で同盟の話が進んでおってな」

松平との同盟、清洲同盟か！

この時期、松平は今川からの独立を図っている真っ最中。

今川から独立し、三河を完全に掌中に収めるため、対今川に集中したい。

一方、織田も美濃攻めに集中したいがために、他と争っている暇はない。

この両家の意向により、結ばれることとなる同盟、それが清洲同盟だ。

戦国の世には珍しく、信長が死ぬまで、いや、信長の死後、小牧・長久手の戦いまで守られることとなる軍事同盟が結ばれる。

確かにそれなら、松平にも通知する必要があろう。

なれば三河でも、新農具導入前に、新産業の準備を整える必要がある。

三河でも新産業……か。

俺はふと思う。尾張、三河で、それぞれ独立した新産業を興すのではなく、両者で連携する、そんな新産業を興せないだろうかと。

松平──徳川《とくがわ》は、長いお付き合いとなる軍事パートナー。ならば、商売上のパートナーにもなりえるのではないか？

まだ思い付きで、具体案も何もないが。しかし、これが上手くいけば面白い。

そのためには、具体案を捻り出すこと。そして──。

信長だけでなく、あの松平元康《もとやす》、後の徳川家康《いえやす》も説得する必要がある。

家康……か。

後に、戦国の世を終わらせ、二百数十年に亘《わた》る太平の世の礎を築く男。

一体、如何なる男なのか？

俺はまだ見ぬ歴史上の偉人に、思いを馳《は》せたのだった。

# 第六章　三河の若狸《わかだぬき》

台風のような暴君は去った。が、それで俺の悩みが消えたわけじゃない。

むしろ、信長は大変な宿題を残していったわけで。

織田舞……織田・松平ブランドの創設、か。

ブランドとしての名声は、織田、松平の名を借りれば事足りよう。

我々尾張、そして三河の御用商人が、その独占販売権を得る。

両家の名を借りること、独占販売権の許可、それらの見返りに、売り上げの一部を織田、松平に還元する。おおむねの方針は、これで問題ないだろう。

上手くいけば、俺たち御用商人は笑いが止まらぬほど儲けられる。

織田、松平も銭が入り、それを軍資金の足しにするといい。

問題は……ブランドとは、名声だけのものではない、ということ。

ブランドを形作るのは、名声、そして信頼に足る品質である。

ブランドができればいい、そう口走ったが。それは、一番の理想として言ったこと。真実、それの達成を目指すなら中々骨が折れる。

元々考えていた問屋制手工業、それぞれの農家で個別に生産物を作らせるわけだが……。

これには、ブランド化の上で無視しえない問題を孕《はら》んでいる。

そう。どうしたって、品質にばらつきが出てしまうのだ。

これを解決するには……。

「二代目。……二代目？　二代目！　……駄目だ、こりゃ。……今は別に難しい案件はないな。よし！　取り敢えずは、番頭である俺が取り仕切る！　いいな！」

「「へい！」」

どうする？　どうする？　一定した品質……思い切って工場制手工業を？

だが、まだまだ民草は土地への拘《こだわ》りが強い。

将来的には土地に縛られない経済を目指す。つまりは米を基軸とする経済からの脱却を図る気だ。とはいえ、現状では時期尚早に過ぎる。

糞！　何か妙案はないのか!?

「旦那様？　旦那様！　……仕方ありませんね。居間まで引っ張っていきますか。袖を失敬。ほら、夕食の時間ですよ」

……問屋制手工業と、工場制手工業、この混合形態はどうだ!?

各農家に下請として、ある程度まで製品の元となる材料、ないし、部品を作らせる。

それら、下請で製作した物を一括して尾張国内に設けた工場に送る。

そしてその工場で仕上げを行うのだ！

これなら、工場に大規模動員する必要もなく、更に一定の品質が……。

「えい！」

「いたっ！……痛いな、何だ、何だ？」

すぐ目の前には、身を乗り出した於藤の姿。まさか、彼女が狼藉者《ろうぜきもの》か？

「あっ。やっと、戻ってきましたね。旦那様、夕食の時間ですよ」

「何を言って……ううん!?」

あれ!? 俺はいつの間に居間に？

しかも目の前には、夕食と思《おぼ》しき食膳が据えられている、だと!?

事態の変化に混乱する。

「そんなに何を考え込んでおられたのですか？」

於藤がコテンと小首を傾げる。あっ、可愛い。

うーん、そうだな。煮詰まった時は、他人の意見を聞くのもいい。

新鮮な意見が、ブレイクスルーになることも少なくない。

取り敢えず、問屋制手工業と、工場制手工業の混合形態、ここまでは考えがまとまった。

ならば後は、何を作るかだ。

「……於藤」

「はい」

「これはまだ内密の話だが、今度三河の松平様と、織田様を協力させて、新たな商売をしようと思っている。が、何を作るかをまだ決めてない」

「つまり、何を作るかを悩んでおられたのですか？」

「ああ。沢山作って、沢山売れる。そんな物が理想なんだが……」

於藤は顎に手を当てる。んー、と可愛らしい声を上げながら暫し虚空を見詰めて……。

「綿織物は如何でしょう？」

「綿織物？」

「はい。三河は、綿花の生産地として有名であったかと。それを利用しない手はないのでは？　やはり織物は、女性に人気がありますし」

「なるほどなあ。そういえば、於藤も最近は以前より着物に凝っているそうだしなあ」

於藤が実家から連れてきた付き人が、そんなことを口にしていた筈だ。

「なっ！　そ、それは、少しでも旦那様に……」

ごにょごにょと、言葉尻が小さくなる。大体想像はできるが。

何せ朱に染まった頬が雄弁に物語っている。ああ、可愛い。

しかし、綿織物か……。

確かに三河は綿花の生産地だ。それに……。

江戸時代以降の話だが、尾張は藍の専売と、それを利用した有松《ありまつ》絞りで有名になる。

有松絞りは、確か木綿布を藍で染めた物が代表的だったはず。

これを作れるか？　まあ、有松絞りそのものは出来なくても。それに近い物をだ。

三河で、効率性の向上により生まれた米農家の余剰人員を、綿花栽培に振り分ける。そうして、綿花の生産量を増やす。

尾張で、農家から捻出した余剰労働力に、木綿布を作らせる。

出来上がった大量の木綿布は一括して工場へ。この工場で、有松絞りもどきを製造する。

有松絞りという伝統工芸は複数の工程を持つ、複雑な製品だ。

一朝一夕で、その技法は身に付かない。

しかし、そこは工場生産の利点でカバーできる。

工場生産の利点とは、製造工程の分業に他ならない。

仮に、有松絞りに十の工程があったとしよう。作業員の数も十人だ。

十人全員に、一から十まで全ての工程を一人でこなさせる。

これでは、覚えることが多すぎて、中々覚え切れない。また、覚えることは出来ても、熟練工になるには時間を要する。

しかしこの問題は、分業によって解消される。

十の工程に一人ずつ人員を振り分け、担当となった工程にのみ従事させる。

これで覚えることは十分の一に。また、同じ工程ばかり繰り返すため、習熟の早さも段違いだ。

……いけるな。まだ、机上の空論だが、光明は見えてきた。

道筋が示されたことで、色々とアイデアも湧いてくる。

有松絞りもどきの着物が完成すれば、市姫様に着てもらい、広告塔にでもなってもらおうか。

あの美姫が愛用されてる着物！　まあ、私も着てみたいわ！

なんて具合に、購買意欲を煽ることができるかもしれない。うん、いけるな。

素敵な着物をせっせと貢げば、市姫様の覚えもめでたくなるだろうし。妹に甘い信長も、悪い気はしないだろう。

於藤にも、何か一着贈ってもいいかもしれない。

後は、織物の専門知識はさっぱりだから、織物職人を何人か雇って、工場での教導要員として詰めてもらおうか。

よし、よし！　悪くないぞ。

まずは信長の許可を取り、次いで、信長を通じて家康を説得する。

これが成れば、舞……ブランドへの道が……。

「えい！」

「いてっ！」

「旦那様、夕食を頂きましょう」

「……ああ、そうだな」

俺は取り敢えず、目の前の食事を片付けることにしたのだった。

＊

尾張、三河の連携。問屋制、工場制の混合形態。綿織物によるブランド商品の創設。

これら閃《ひらめ》いた案の是非を問うべく、早速清洲城の信長に文を出した。

すると、光の速さで呼び出しを受けた。故にまたもや、清洲城に登城と相成ったわけである。

……信長は、相手にも都合があるのを理解できないのか？　それとも理解していて、敢えて無視しているのか。……多分後者だな。そんなことだから本能寺を（以下略）。

そんなこんなで、またもやいつもの部屋で待たされる。

ほどなくして響くのは、例の落ち着きない足音だ。

ドタドタドタ、バーン！　勢いよく襖が開かれた。俺は平伏する。

「おう！　来たか、うらなり！」

ドタドタ、ドスンと、上座に座る音。

「面を上げよ。あの文、読んだぞ、うらなり！」

「はっ……」

俺は顔を上げながら問い掛ける。

「して、如何でしたか？」

「面白い！　……が、尾張国内に留まる話でもない。故に、ワシ一人では決められん。松平の賛同もいるぞ」

「承知の上です。畏れながら、松平様には上総介様からご説得頂きたく」

「ふむ……」

信長は虚空を見上げながら顎鬚を撫でる。

「……水面下で同盟の話を進めているのは話したな」

「はい」

「本腰を入れた交渉はまだ先じゃが……。その時、うらなりの案も話せばよい」

「ありが……」

俺の言葉を信長の眼光が遮る。

「が、同盟交渉を任せておる者では、うらなりの案を上手く説明出来ぬやもしれん。うらなりよ」

「……はっ」

「交渉が大詰めに至れば、貴様もその場に参加せよ。見事、自らの言で竹千代を口説き落としてみよ。よいな？」

「ッ！　承知致しました！」

俺が家康を説得する！　何て大任だ！　体が震えそうになる。

これは恐れか？　ああ、当然恐ろしいとも。決まっているだろうが！　だが！　同時に湧き起こるこの感情は……！

そうだ。これは桶狭間の後、信長に初めて会った時と同じ感情。——興奮だ。なれば、この震えは武者震い！

いいぞ。やってやろうじゃないか！　俺が、他の誰でもない、この俺が！　またも歴史に爪痕を残すのだ。取るに足らぬ商人の身で。歴史上の偉人でもない俺こそが！

ハッ、何とも痛快じゃないか！　これに勝る遣り甲斐《がい》のある仕事なぞ他にあるものか！

俺は震えながらも、真っ直ぐに信長の目を見詰める。

「よい目じゃ。野心溢るる男の目じゃ」

信長はにやりと笑む。

「失敗は許さんぞ、うらなり。……励め」

「はっ！」

俺は力強く返事してみせる。受けて、信長は満足げに頷いた。

「よし！　この話は終《しま》いじゃ！　次は……ワシの愚痴に付き合え、うらなり」

「はっ……？」

は？　愚痴？　……んん？

臨界点まで高まった熱が、急速に冷やされていくのを感じる。

いや、そんなもの聞かせなくていい。俺だって暇じゃないんだ。

と思うが、口に出来るわけもなく。なので、心の声が信長に届くわけもない。

……仮に届いても、聞く耳など持ちやしないだろうが。

「此度、美濃攻めの為に尾張北部に城を築くこととなった。美濃攻めのための一大拠点じゃ」

「一大拠点……それはどちらに？」

「小牧山じゃ」

小牧山……。信長の死後、家康と秀吉が争った戦、小牧・長久手の戦いの際、家康が陣取るのを知ってはいるが……。

城が築かれるのはこの頃だったのか？　あるいは、資金面が史実より潤沢になったことにより、史実とは違うタイミングで城が築かれようとしている？

判断つかない。流石に、小牧山にいつ城が築かれたなんか、俺には分からん。

「……それで、何が上総介様をお悩ましに？　資金繰りに問題が？」

信長は忌々しそうに鼻を鳴らす。

「資金は問題ない。問題は別よ。この際思い切って、清洲から小牧山に本拠を移そうと思うたのじゃが。……ふん！　どいつもこいつも、難色を示しよる」

本拠の移転！　なるほど一大事だ。織田家中の者たちが慎重になるのも頷けるが……。

「本拠をお移しになりたいという、その御心中は？　前線拠点としての使用に留めるのではいけぬのでしょうか？」

信長は蝿《はえ》でも追い払うように手を振る。その表情は鬱陶しげだ。

「うらなり、貴様まで、我が家中の石頭どもと同じことを言うでない」

「はあ。申し訳ありませぬ」

幾分、気の抜けた返しをした俺に、信長が移転の理由を口にする。

「本拠を移すは、ワシの決定を速やかに前線に反映させるためよ。それに、前線の一大拠点を任せる将に、清洲のワシにと、頭が二つになるは混乱の元よ」

なるほど。トップの意思決定、その伝達の速さを重視する、か。加えて、指揮系統の一本化による混乱の防止。

事を始める前に、そのことに気付ける。何とも、非凡なる男だ。

「上総介様の御意思は理解しました。同じことを家中の方々にもお話しなされればよいのでは？」

信長の眉間にこれでもかと皺が寄る。

「連中はそれでも文句を垂れるのだ。……別に反対意見を口にするは構わぬ。理屈ある反論ならな！　うらなり、連中は急な変化に及び腰なだけよ。それだけで、理由なく反対しよる！」

信長の語気は次第に強くなっていく。相当、日頃の鬱憤が溜《た》まっているようだ。

無理もない。そう思う。

信長の先見性、思考回路、それらは戦国の世の者が有するものとは思えない。

信長が、俺と同じ現代からの転生者なのだと言われたら、大いに納得しただろう。

それぐらい信長はかけ離れている。一人、先を歩みすぎている。

大きすぎる才気は、必ずしも本人のためになるとは限らない。信長を見ていたら、それを実感せざるを得ない。

信長にとっては当たり前の事象。それにすら気付けぬ己が家臣たちを見るのは、さぞや歯痒《はがゆ》いことだろう。

俺は初めて、この男のことを哀れに思った。

天与の才、いや、時代を超越した異才。それは信長を否応《いやおう》なしに孤高の存在へと引き上げる。引き上げてしまう。

「何じゃ、その目は？　うらなり？」

「いえ……」

「口籠るな。申せ！」

「…………」

「ふん。いつもの減らず口は何処《どこ》へ行った？　もう一度問うぞ？　此度のことに限らぬ。何故、家中の者たちは、事あるごとにワシの意見に拒絶反応を示す。さしたる理由もないままに。一体、何故じゃ？」

俺は目を伏せる。喉で止まりそうになる言葉を吐き出した。

「それは……上総介様御一人だけが違うからです」

「違う？　ワシの何が違うというのだ？」

「喩えるなら、上総介様は、滝を登り切った稀有《けう》なる鯉《こい》です。これより、天をも翔《か》けようとなさっておられる。……どうして、凡庸なる鯉どもが、天翔ける龍についていけましょうや？」

「……であるか」

信長は俺から視線を離すと、開かれた障子の先の庭を眺める。

「龍の想いが鯉に伝わる道理もなし、か。……なるほどのう。得心いったわ」

信長の見せるその横顔に、俺は胸が締め付けられそうになる。

信長は庭を眺めたまま言葉を繋ぐ。

「しかし、なればどうすればよい？　理解求めるが無駄ならば、無理やり動かせと？」

俺は首を左右に振る。

「家中の方々は、先が見通せぬ闇だからこそ恐れ、足踏みなさっているのです。無理やりその背を押し、闇の中へと放り込めば、益々恐怖するでしょう」

「……ふむ。ならば？」

「無理やり動かすのではなく、自ずと動くように仕向ければよろしいかと」

「どういう意味じゃ？」

信長の視線が俺の顔に戻される。

「さて、此度の場合ですと……。ふむ、商人ならこうするという知恵をお貸ししましょう。上総介様、小牧山への本拠移転よりも、無茶なことをご提案なさいませ」

「んん？」

信長が疑問の声を上げる。俺は説明を続けた。

「例えば、小牧山より最前線に近い地に、より北方《ほっぽう》の地に、新たな本拠を構えると言うのです。当然、家中の皆様は猛反対なさるでしょう」

「当然じゃな」

「はい。その後に本命である小牧山案を持ち出す。本当なら、最初の無茶な案が本命だが、抵抗に遭い、渋々譲歩案を示したのだと、そういう体で」

「ふむ……。それで、納得するか？」

「恐らくは。少なくとも抵抗は減じましょう。止めに、最初の無茶な案か、小牧山案か好きな方を選べ。そう仰って下さい」

無茶な要求を通す際に、より無茶な要求を先にする。そうすることで、無茶な要求を無茶と思わぬように誤認させる。人間心理を利用した、よくある手だ。

更に、二択という形で、相手に決定権を放り投げる行為。これは一見、相手に選択の自由権を与えているようだが、何てことはない。二択の時点で、自由もくそもないのだから。

「……なるほど。それが商人の知恵、か。参考にしよう」

「はい。是非とも」

俺は軽く頷く。暫し流れる沈黙。それを信長が破る。

「時にうらなりよ」

「はっ。何でしょうか？」

「貴様は、我が家中の鯉どもより話が通じるようじゃが。これはどういうことか？」

信長の問いに、俺はわざとらしく笑みを浮かべてみせる。

「ああ、それは簡単なことです。我ら商人は、常にずる賢く、餌《りえき》を求めて飛び回る烏《からす》なれば。同じ空を飛ぶ生き物同士、まだ鯉より話が通じるも道理でしょう」

「ふん。たわけたことを。……かねてよりの疑問に答えてみせたこと。礼を言うぞ、うらなり」

「滅相もありませぬ」

俺は深々と平伏する。

信長はすっと立ち上がると、静かに歩み去っていった。

＊

旅装を身に纏い、浅田屋の暖簾《のれん》を潜って店頭へと出る。

空を仰いだ。旅立ちには幸先《さいさき》のいい、晴れ渡った空模様である。手の平で庇《ひさし》を作り、眩《まぶ》しげにお天道様を見上げた。

……三河に行き家康を説得する。上首尾に終わらせたいものだ。

俺は視線を下ろすと振り返り、見送りに出てきた者たちを見る。先頭は妻である於藤だ。

「旦那様……」

そう呼ぶと、於藤は俺の頭上でカチカチと火打石を打ち合わせる。

「旦那様、どうかお気をつけて。藤は、旦那様の無事のお帰りをお待ちしております」

「ああ。暫く家を空ける。家中のことは任せたよ」

「はい」

「うん。……彦次郎」

「へい」

「店のことはお前に任せた。俺が帰ってきたら店が傾いていた。そんなことがないようにしろ」

「お任せ下さい」

俺は一つ頷く。

「では、行ってくる」

「「いってらっしゃいませ」」

俺は身を翻すと、大通りを歩き出した。

＊

ってなわけで、やってきたぜ、三河！　……ではなく、いつもの清洲城。

三河には、織田家の交渉役一行と同道することになっていた。

得体も知れぬ商人が一人ふらりと現れても、家康が会ってくれるわけもなく。彼らと同道するのは当然のことであったけれど……。

しかし、正直な気持ちとしては、一人旅の方が気楽で嬉しいのだが。織田家中のお侍さんたちの中に、商人一人混じるのは億劫で仕方ない。

はあ、岡崎城の城下町で、現地集合とはいかないのかねえ。

あちらだって、商人風情と仲良し小良しの三河行なんぞ、勘弁してもらいたいに決まっているのだから。

まあ、愚痴を零しても仕方ない。今後の付き合いもあることだしな。

コネ作りのよい機会だと割り切って、溶け込めるよう努めるか。

なれば気になるのは、この交渉の責任者だ。

今回の交渉、最終的な交渉に入る手前の、事前交渉となる。

最後は家康自ら清洲城に出向いてもらい、そこで信長とのトップ会談を、というのが織田側の筋書きであるらしい。

最後にトップ同士話して決めるなら、その前に何をするのか？

そう、疑問に思う者もいるかもしれない。

が、実際には、トップ会談の方は交渉事でも何でもなかった。それは儀礼的な意味合いが強い。

現代でも、主要国首脳が集まるサミットが開催されているが。

あそこでも、サミット本番で何かを決めてなんかいない。

実際には、サミット前に、各国の外交官同士で話を詰め、ある程度の結論を出してしまっているわけだ。

そんなこと、よく考えてみれば分かることだ。

トップ同士のガチ交渉なんかして、超険悪な事態に発展したらどうする？　話がまとまらず、物別れになってしまったら？　対外的なイメージが悪すぎるだろう。

交渉決裂！　○○と××の仲は険悪に！　そんな風評が立ってしまったら、目も当てられない。

だから事前交渉とはいっても、これが本番みたいなものだ。

しかも、あちらは家康自身が出てくるとのこと。

重要も、重要。まさしく清洲同盟締結の山場と言えよう。

ならば、その交渉を任される人物とは何者か？　誰かは知らないが、そこらのボンクラが任されたわけもない。

つまり織田家中でもそれなりの人物が出てくる筈である。だからこそ、コネ作りの貴重な機会でもあったのだ。

さて、誰が出てくるのやら？　何故知らないのかというと、信長から届いた文には、日取りしか記されていなかったからである。

何という端的な伝達であろうか。あの男ほど、報連相がなってない上司も中々いまい。気遣いが足りないんだよなあ、と心中で愚痴を零している内に大手門が見えてくる。そこには既に、何人かの男たちが集まっていた。

格好を見るに、揃いも揃って旅装だ。あれが例の交渉団か？　……不味いな、集合に遅れるのは頂けない。たとえ知らされていた刻限より早く着いたとしても、だ。

何せ、信長に目を掛けられているとはいえ、所詮は商人。それが俺の立場だからな。

小走りで一団に近づいていく。次第に、はっきりとその一団の様子が窺えるようになる。

俺はほっと胸を撫で下ろした。それは集まっている者たちが、まだ若輩の者ばかりだったからだ。

おそらく彼らは、交渉役を任されたお偉方の御付きの者たちだろう。

どうやら、お偉方はまだ来ていないと見える。少なくとも、重要人物を待たせることは避けられたようだ。

小走りで近づく俺に、一番手前にいる男が視線を向けてくる。

俺はその男の前で立ち止まると、軽く頭を下げた。

「おはようございます。お尋ねしますが、皆様は三河に向かう御一行様でしょうか？」

「そうだが……。お前は何者だ？」

「手前、熱田商人、浅田屋大山源吉と申します」

「ああ、お前が……」

男は胡散臭《うさんくさ》げに俺の頭から爪先まで見やる。

「……そこらで待っていろ。じき、村井《むらい》様方も来られよう」

「承知しました」

……村井様方。と、言うからには、トップはその村井某か。

織田の家臣で村井と言えば……。もしかしなくても、あの村井貞勝《さだかつ》のことか？

おいおい、信長の側近中の側近じゃないか。

村井貞勝といえば、後に京都所司代として、信長の下で行政の一切を取り仕切った敏腕行政屋だ。彼《か》のルイス・フロイスは、貞勝のことを京都の総督と記したほどである。

そんな人物が同盟の事前交渉を詰めるのか……。信長の本気具合が分かろうというものだ。

しかし、村井貞勝か……。貞勝なら、如才なく俺の描いた青写真を語ってみせそうだが……。

俺が本当に必要なのか？　そんなことも思わなくはない。

いや、ブランド事業は俺が発案し信長に任された仕事だ。責任を持ってやり遂げたいし、もしも貞勝では説明し切れない所があれば、補佐せねばなるまい。

それに貞勝は、本来の軍事同盟の交渉に注力する必要があろう。

片手間に、俺のブランド化計画までプレゼンする余裕はないかもしれないし。

仮にあったとしても、そんな片手間仕事なら、敏腕行政屋とはいえ、やはり任せるわけにはいかないだろう。

やはり俺が……っと！

大手門で待っていた若者たちが一斉に頭を下げる。待ち人来たり、か。

俺も彼らに倣って頭を下げる。

「出立の準備は終わったか？」

「はっ！　万事抜かりありません、村井様！」

聞かれた若者が、少々大きすぎる声で返事する。

俺はゆっくり顔を上げた。新たに加わった数名の内、村井様と呼ばれた男を見る。

年の頃、四十辺りか？　そこにいるだけで、こちらの背筋が伸びるような厳格さを覚える。冷徹な瞳からは、確かな知性と、まさに切れ者という印象を受けた。

不意にその瞳と視線が合わさる。村井某が、こちらに歩み寄ってくる。

「お主が、大山とかいう商人か？」

「はっ。浅田屋大山源吉と申します」

「ふむ……。村井貞勝だ。此度の事前交渉は私が取り仕切ることとなった」

「はい」

「が、舞蘭度といったか。それは私の与《あずか》り知らぬ所。故に、お主に一任する」

「はっ。必ずや、ご期待に応えましょう」

貞勝がピクリと眉を動かす。

「期待？　ふん、私は舞蘭度とやらの交渉が失敗しようが一向に構わぬ。故に、私がお主に望むことは一つだけだ。私の足だけは引っ張るな。よいな？」

「……はい」

おいおい、いきなりご挨拶じゃないか。ふと、藤吉郎の言葉が蘇《よみがえ》る。

『腹の内では、おみゃあのことを見下しとる。商人風情がってな』

なるほど、な。まさか貞勝ほどの男が、俺に嫉妬したり、足を掬おうとしたりなんて考えるほど、落ちぶれちゃいないだろうが……。

むしろ眼中にない。そういうことだろう。

お前のやることには関わらないから勝手にやってろ。フォローを期待するな。そして足を引っ張るな。つまりは、そういうわけだ。

いいだろう。お前の力を借りようだなんて、そんなことは言わない。

俺一人の力で、必ずや家康を説得してみせよう。

商人風情なぞ、眼中にないというのなら。無理やりにでも、俺の活躍を視界に捻じ込んでやる！

そう、心中で気炎を吐いた。

＊

というわけで、今度こそ三河！　しかも岡崎城の一室だ。

まあ、三河なんて、お隣さんだからな。

東海道を東に抜けて、境川を越えたら、もう三河だ。さしたる苦労もない。

いつかの畿内への旅の方が、ずっと苦労させられたものだ。

さて、今この部屋には、織田側の人間は貞勝と、俺、他数人。松平側は、名は知らぬ松平の家臣が何人か控えている。両者の仲介役は、水野信元。

水野信元は家康の伯父。そして家康よりも先に今川を見限り、織田と同盟を結んだ男であった。

此度の、織田、松平の仲介役に打ってつけの人物である。

ほどなくして、部屋に居並ぶ面々が一斉に平伏する。そう。誰あろう、家康――松平《まつだいら》蔵人佐元康《くらんどのすけもとやす》の登場である。

頭を下げて待つこと暫し、俺たちの頭上に声が降りる。

「面を上げよ」

「「はっ」」

許しを得て顔を上げる。果たして視線の先にいたのは――細マッチョであった。

は？　俺は二度三度瞬きする。やはり上座に座るのは細マッチョだ。

「遠路遥々ご苦労であった。今日は、両家の未来のため、胸襟を開き忌憚《きたん》なく語り合おう」

細マッチョはそんなことを言う。

「はっ。拙者、村井貞勝と申します。蔵人佐様にお目にかかれ恐悦至極。では、早速お言葉に甘えさせて頂き、我が殿の想いを代弁したく思いますが。よろしいでしょうか？」

「よい。申せ」

うん。貞勝が蔵人佐様と呼んで、それに答える細マッチョ。つまりこれは……。

ッ！　こんなの、俺の知ってる狸さんじゃない！

俺は心中で、そんな叫び声を上げげたのだった。

＊

ダウト！　ダウトだ！　え？　そういうゲームじゃない？　ならばチェンジで！

マジかよ、細マッチョだぜ、兄貴！

いや、家康はまだ二十歳。腹黒狸になるには、早すぎる年頃なのだろう。

思えば、武家の若者がぶくぶく太っているわけもなく。

若き日の家康が、凜々《りり》しい若武者であってもおかしくない。むしろ、自然なのだろう。

だが、細マッチョは、俺の勝手に抱いていたイメージから乖離《かいり》しすぎている。

駄目だ、こいつ……。早く何とかしないと……。

しかしどうする？　決まっている！　太らせるには食べさせるのが一番。

だが何を……。ハッ！　家康といえば天ぷらだ！　それだ！　至高の天ぷらを献上し、天ぷら愛に目覚めさせる。

それが成れば……。くくっ、家康狸化計画は、成功したも同然だ。

などと、動揺の余り、頭の中で馬鹿なことを考えてしまった。

その間にも貞勝の口上は続いている。

「……故に、織田、松平両家が手を結ぶのです。さすれば、両家共に後顧の憂いなく前方の敵に注力出来ましょう」

「なるほど。不戦条約自体に否やはない。俺は東三河との、果ては今川との戦いに専念できる。織田は斎藤との戦いに。……だが、それだけでは弱くないか？　もっと積極的に協力し合える同盟であればと、そう思うのだが」

「……と、言いますれば？」

貞勝の問いに、家康は心なしか身を乗り出すようにする。

「自らの恥をさらすは忍びないが……。我が松平は独立したばかり。西三河は抑えようとも、東三河を抑えるに至らず。また、今川という大敵が控えておる。……三河の抑えが盤石になるまで、織田の援軍を請いたい。いざ同盟を結んでも、早々に松平が倒れれば、織田もまた困るであろう？」

言葉とは裏腹に、家康は全く恥ずかしげもなく言い放つ。受けて、貞勝も言葉を返す。

「……仰ることは尤もではありますが。互いが互いの正面の敵に注力するための同盟。織田が松平に援軍を派遣するは、本末転倒でしょう」

「分かっておる。だから、三河の抑えが盤石になるまでの、最初の内だけじゃ。その後は互いの敵に注力する。それでどうか？　いや、いずれ余裕が出来れば、松平が美濃攻めに協力することもあるやもしれん」

貞勝は露骨に顔を顰める。

「……何とも厳しい御申し出。ですが、規模、期間によっては相談の余地もありましょう」

貞勝は渋い声ながらも、否定の言葉だけは吐かなかった。が、その表情も声も演技である。俺にはそれが分かった。

貞勝とて、松平の状況が厳しいことは分かっている。援軍の要請があることも、事前に織り込み済みだろう。

つまり、その演技は一種の交渉術だ。大変苦しい御申し出ですが、何とか叶えるように努めましょう。そうポーズを決め込むことで、相手に一つ貸しを作る。相手に更なる要求を言い難くさせる。

ふむ。流石は貞勝だ。さて、未来の腹黒狸はどう返す？

「おお、有難い！　では、兵を五千……いや、三千でよい。二年ほど貸してもらえれば、東三河を完全に掌握してみせると約しよう！」

家康は破顔しながら、そのように言い放つ。

一方、貞勝は渋面から一転、完全な無表情になってしまう。

分かるよ。余りの物言いに、面食らってしまったんだな。演技を忘れるほどに。

「それでよいかな、村井殿？」

家康の問い掛けに、貞勝はようやく再起動する。

「あいや！　暫しお待ちを！　流石にそれは過剰な援助かと……！」

「過剰とな？　されどそのくらいの援助なくば当家は立ち行かぬ。村井殿は当家の窮状を、いまいち理解しておられぬようだ」

「ッ！」

貞勝が思わずといった具合に歯噛《はが》みする。まあね、仕方ない。

家康も図々《ずうずう》しい要求をするものだ。

そして性質《たち》が悪いのは、松平の窮状が嘘ではないこと。

東三河の諸勢力が今川と合力して松平を攻めれば、松平は存亡の機に立たされかねない。

そのくらい状況はよろしくないのだ。よろしくないのだが……。

ったく！　普通は自分の弱みを隠そうとするだろうに。隠すどころか、それを交渉の武器に変えてくるとは。

なるほどね。将来のそれに比べれば、まだまだ可愛いものだろうが。ふん、狸の片鱗《へんりん》が見え隠れしているぞ。細マッチョのくせに。

さて、ではどうするか？　決まっている。余り面白くはないが、貞勝に助け船を出してやろう。

そも、このまま家康と貞勝の二人だけに話させては、俺の立場がない。

交渉の主導権を握る為に、今こそが前に出ていくべき時！

「畏れながら、手前にも発言をお許し頂きたく！」

貞勝がじろりと横目で睨み付けてくる。

余計なことはするな、そういうことだろう。が、聞いてやる義理はない。

「ふむ。そなたは何者か？」

「手前、尾張商人大山源吉と申します」

「商人……」

俺の名乗りに、家康がそのように呟く。

「蔵人佐様の御申し出はやはり、余りに過剰であるかと」

「ふむ。が、村井殿に申した通り、そのくらいの援助なくば立ち行かぬ」

「御言葉ですが、何も軍事援助は兵を出すだけではありませぬ。上総介様より、新農具を使った他領への謀略と、ブランド創設による矢銭の確保、これらについての、事前の申し出があったかと思いますが……」

俺の確認に、家康は一つ頷く。

「確かに、上総介殿よりの書状に、そのようなことが書かれていた」

「ならば御理解できましょう？　謀略により他領を弱体化させる。矢銭の確保により蔵人佐様ご自身の軍団を強化できる。これも立派な軍事援助かと」

「うむ。だが、それは上手くいったとすればの話であろう？」

家康が懐疑的な視線を向けてくる。

「余りに斬新な試みに過ぎる。新たな試みは、上手くいけば旨みも大きいが……。失敗する公算も大きく、その上、失敗した時の痛手も大きい」

「それは……」

「とてもではないが、当家が今すべきことではない。大山とやら、新たな試みというものはな、まずは他人にさせて、それで上手くいくようなら、初めて真似すればよいのじゃ。それが利口な振る舞いというものよ」

ッ～～！　これだから三河人は！

三河人の気質は慎重に過ぎるきらいがある。

それを表すものとして、三河商人を評するこんな言葉がある。

曰く、『三河商人は石橋叩いても渡らず、他人を先に渡らせる』と。

糞！　どう言い返す!?　口籠ったその瞬間に、別の声が割って入る。

「これは異なこと！　自らの窮状を悟りながらも、慎重策に拘泥しようとは！　蔵人佐様はほんに自らの状況を御理解されておられるのか？　いや、苦しいというのは偽りで、実は余裕がおありなのでは？」

「何と言った、村井殿……」

割って入った声は、貞勝のものであった。

家康は低い声音で呟きながら貞勝を睨み付ける。されど、貞勝の顔は涼しいままだ。

「状況を理解されておられるのか、そう申しました。窮地に立っているはご自身であられるのに、自らは危険も冒さず織田に頼り切る。如何なものでしょうや？　これのどこが対等な同盟か！　それとも松平は、織田の傘下にお入りになられるのか!?」

「なっ！」

貞勝はそのように喝破する。家康は見る見る内に、その顔を紅潮させた。

おい、貞勝さんよ！　ちょっと言いすぎじゃないか!?

それに俺のフォローはしないって……。いや、違うな。交渉が上手くいってなかったのは、貞勝も同じこと。だから流れを読んで、事態を打開するために俺を利用しようというわけだ。

当初の方針に拘泥しない。使えるモノは何でも使う。

なるほど、これが長年信長の側近を務めることになる男か。

家康はふー、ふーと息を吐きながらも、何とか怒鳴り散らすのを堪える。

貞勝は深く頭を下げた。

「言葉が過ぎました。非礼をお許し下さい。が、唯今《ただいま》の言は両家のことを思えばこそ。どうか、御理解下さい」

「……相分かった」

まだ怒り収まらぬようだが、家康は何とかその言葉を絞り出す。

思えば、この同盟を結べねば家康も困るのだ。いや、家康の方が困るのだ。

怒り狂って、交渉を破談させるわけにもいくまい。

……だからといって、貞勝の言は大胆に過ぎるが。

顔を上げた貞勝は再度口を開く。

「それに、大山の提言は確かに危険を孕みますが、それに見合う旨みがありまする。……大山も人が悪い。肝心要のことを伏せるとは」

「ほう……」

家康が興味深げに俺の顔を見る。貞勝が何か言えと言わんばかりに、流し目を寄こす。

……貞勝さんよ。俺たち何も事前打ち合わせしていないよね？　何、そのキラーパス⁉

俺が受けられなかったらどうする気だよ！　いや、何が何でも受けるけどな！

幸いなことに、実は奥の手を一つ隠し持っているが。

ああ、それでも心臓に悪い！　糞ったれめ！

「……蔵人佐様、聞き及ぶところによれば、東からの余所者《よそもの》に、三河商人たちは度々煮え湯を飲まされているとか」

「何の話だ？」

「駿河《するが》の御用商人、友野氏のことです」

「………」

駿河の御用商人、つまりは、今川の御用商人のこと。その代表格が友野氏。この友野は、駿河国における木綿商人たちの親玉である。

今川より、駿河国中の木綿商人を牛耳るに足る特権を与えられ、その見返りに今川へと奉公しているのが、友野という御用商人だ。

将来的には、徳川の御用商人にもなるのだが……。

この時点では、敵である今川の御用商人であり、今川に利する存在だ。

そして、友野の息のかかった木綿商人たちは、国内のみならず国境を越えて、商魂逞しく商売に勤しんでいる。

無論、今川領に隣接する三河の市場も荒らしに来るわけだ。そういった意味でも、やはり敵対者と言える存在。

「友野の商いといえば、綿織物にございます。そして、上総介様が御提案になるブランド、その品目もまた、綿織物。……もうお分かりですね？」

「……新たなる舞蘭度で、綿織物で、商売敵を打倒すると？」

俺は無言で首肯する。家康は暫し黙考した。そうして、口を開く。

「……そう狙い通りにいくのか？」

家康の呟きに、俺は頷いてみせる。

「我らのブランドの強みは、一定以上の品質を保ちながらも、大量かつ安価に卸せることです。蔵人佐様、同程度の品質の商品で、片やべらぼうに高く、片やそこそこ高い値付け、どちらが売れるかは明白というものでしょう？」

本当はそこそこどころか、従来の金額を考えれば、『安い』と評するに足る価格すら実現できよう。が、自ら値段を崩しすぎるのも馬鹿な話。なれば、明らかな価格差があると、それを示せればいい。

俺の描くブランド計画なら、それが可能な筈。

日の本最大の綿花生産量を誇る三河。その生産量を更に増産する。尾張農家の家内制手工業によりまとめて綿布に。最後に工場の仕上げで一定水準の品質を保証する。

大量生産のメリットは、より安価を実現すること。そして、品質面でのデメリットは、工場制手工業で可能な限り抑制する。

止めは、織田、松平の名がブランドに与える名声。大名家御用達《ごようたし》を前面に押し出す。

この時代を先取ったブランド印の綿織物を前に、どうして旧来の綿織物が太刀打ちできる道理があろうか？

「必ずや、友野の綿織物は市場より一掃されましょう。我らがそれをなすのです」

「左様なまでに、上手くいくのか？」

半信半疑といった声音で、家康が問い掛けてくる。

「はい。いずれ、綿織物といえば尾張、三河。そう言われる日が必ずや来ます」

家康はその未来をイメージするためか目を瞑《つぶ》る。

「……もしそれが成れば、我らは巨利を得て、友野は大痛手を喰らうことになろうな」

「はい。そしてそれは、今川の懐事情への打撃となりまする」

これまで今川に大いに利してきた、今川贔屓の御用商人。これの商売が不調となれば、今川への打撃は計り知れない。

そも、日本版ラダイト運動の打撃も受ける筈なのだ。

果たして今川は、この二重苦に耐え切れようか？　厳しいだろう。弱体化は免れまい。

「如何でしょうか、蔵人佐様？」

俺の問い掛けに、家康は目を瞑ったままだ。一秒、二秒、三秒……。

やがて家康は目を開く。

「……当家が危険を冒さぬは、確かに虫のよい話であった。大山の言に得心もいった。相分かった。村井殿、大山双方の意見を聞き入れよう」

俺と貞勝は、その家康の言を受けて深く平伏してみせた。

交渉は何とかまとまったが……。

あーあ、出来れば、最後の策は使いたくなかった。

段階を踏みたかったのだ。攻撃的な商売は、まだ控えたかったのに。

これで早々に、駿河商人との仁義なき商戦の狼煙《のろし》が上がる。上がってしまう。ブランド商売が産声《うぶごえ》を上げると共に。

畜生め！　俺は内心で口汚く罵ってみせた。

果たして、ブランド創設間もない状況で、その戦いに勝利できるのだろうか？

俺の背中に冷たい汗が一筋流れていった。

# 第七章　回れ、回れ、回れ

若狸さんとの交渉を終えた織田交渉団一行。

暫し、お隣の三河観光でもと洒落込《しゃれこ》みながら羽を伸ばす……なんてこと、あの信長が許してくれるわけもなく。

早々に、尾張は清洲城への帰途に就いた。

まさに弾丸ツアー、信長は部下を何だと思っているのか？　そんなことだから（以下略）。

何はともあれ、草臥《くたび》れながらも、どうにか清洲城へと戻ってきた。

あー、疲れた。何、報告は貞勝たちがしてくれる？

有難い、有難い。交渉団帰還の報《しら》せを受けた信長に呼び止められる前に、とっとと、熱田に帰るとしよう。

俺は貞勝に深く頭を下げる。

「此度の交渉、村井様がいなければまとまらなかったでしょう。手前のブランドの件も、色々御助力賜り、御礼申し上げます。交渉とはかくあるべしと、大変勉強させて頂きました。……では、手前はこれにて」

踵を返そうとすると──。

「待て、大山」

「はい。何でしょうか？」

俺は足を止め貞勝に向き直る。

「……いつぞやの発言は撤回しよう」

「は？」

「ッ！　察しが悪いぞ！　……清洲城を出立した時の話じゃ。お主に期待などせぬと、そう言ったであろう」

ああ、あれか。顔を合わしていきなりの、足だけは引っ張るな発言か。

「は、はあ。確かにそのようなことも……」

ううん？　それを撤回するというのは、つまり……。

あれですか。まさかのデレ期到来？　おいおい、四十のおっさんのデレなんて……。

そんな馬鹿なことを考えていると、貞勝の冷たく冷徹な瞳が向けられる。はい、デレなんて一切感じられませんね。

「殿が目を掛けるだけはある。お主は確かに、織田にとって有益な存在であろうよ。故に、一つだけ忠告しておこう」

「忠告、ですか？」

とてもではないが、冗談半分の思考をしていられる雰囲気ではない。

気を引き締めて貞勝の言葉を待つ。

「大山、気を付けろ。既に織田家中には、お主を敵視する人間も少なくない」

「はっ？　いや、手前は家中の方々とほとんど面識も有りませんが……」

「であろうよ。が、お主の話は織田家中に響いておる。その活躍と、殿の重用ぶりがな」

「…………」

ああ、つまり。全ては、藤吉郎の言う通りになった、そういうことか。

俺は無言で佇む。貞勝は身を翻した。そして――。

「柴田と佐久間だ。特にこの二人に気を付けよ」

俺に背を向けるや、最後に一言付け足す。後は、何も語ることなく歩み去っていった。

……かかれ柴田に、退き佐久間、か。そうか。あの二人が。

俺は、貞勝の背が見えなくなるまで、じっとその場に立ち尽くした。

＊

永禄四年――清洲城

夜も深まってきた時間帯。その部屋の四隅に置かれた燭台《しょくだい》が、ちろちろと灯《あか》りをともす。開かれた障子からは、淡い月光と涼しげな夜風が入り込んでいる。

部屋の中には二人の男が差し向かいで座っていた。各々の前には、酒杯が置かれている。

この二人こそが後に天下に、否、歴史にその名を轟《とどろ》かす男たち。

初対面ではない。二人はまだ幼少の時分に顔を合わせていた。

「こうして、二人きりで話すのも久しぶりのことじゃ。のう、竹千代」

「ええ。本当に、上総介殿」

とっくのとうに元服した者相手に、幼名呼びとは無礼千万。

しかし、『竹千代』と呼ばれた男はどこか懐かしげに微笑んだ。

竹千代——松平蔵人佐元康のそんな表情に、信長もふっと愉快気に笑む。

「しかし、数奇な運命もあったものじゃ。お主の身柄が、織田より今川に送られることが決まった時、ワシは二度とお主に会うことはあるまい、あるとしても、戦場で敵として見《まみ》えるものとばかり思っておったが……」

「事実、先の桶狭間では敵同士でした」

「そうじゃな。が、今は槍《やり》ではなく酒を酌み交わしておる」

「はい。確かに数奇な運命かと」

元康の同意に、信長は一つ頷くと酒杯を手に取る。ぐいっと中身を飲み干した。飲み干した後に、思い出したように尋ねる。

「おお、そうじゃ蔵人佐。酒は飲めるようになったのか？」

かつて、今川に質に送られるはずであった元康が、誘拐同然に織田につれさられたのは十四年も前の事。当時、元康はまだ六歳であった。八つ年上の信長は既に元服も終えていて、既に酒を嗜《たしな》んではいたが。

当然、その当時の元康が酒を飲んでいたということはない。

「ええ。武家の跡継ぎとして恥ずかしくない程度には」

元康も酒杯に手を伸ばすや、ぐいっとその中身を飲み干す。

「であるか……」

信長は元康の飲みっぷりを眺めながら言葉を続ける。

「蔵人佐、お主がワシの背を守れば、念願の美濃取りが叶う。この一歩目をどうして踏みあぐねておるが……。この先、躓《つまず》かず踏むこと能わば、ワシは尾張、美濃二国の国力を以て一気に飛躍しよう。そして――」

信長は言葉を切ると、少し間を置いて続きを語る。

「――天下取りへの道が開かれる」

「天下……」

元康は思わずといった具合に呟く。

「そうじゃ。そのために蔵人佐、お主はワシの背を守れ。さすれば、天下を取った暁には、お主に日の本の半分をくれてやろう」

「……御冗談を」

言葉とは裏腹に、緊張した面持ちで元康は返す。対する信長は破顔してみせた。

「冗談と思うか？　かかっ、そうじゃのう。日の本半分云々は、よく口の回る商人からの受け売りじゃ。しょうもない戯言じゃが、中々夢があろう？」

「商人……あの、大山とかいう男ですな」

「うむ」

信長は一つ頷く。

「なるほど……。確かに戯言なれど夢がある。あの者の言葉には、不思議とこちらをその気にさせる力がありますな」

「夢……か。確かに夢じゃ。夢じゃからこそ美しい……」

信長は酒を注ぎ直した杯に再び口を付ける。

今度はゆっくりと飲み干してから口を開く。

「のう、蔵人佐？　夢が現になった時、果たしてその美しき輝きを保ちえるのか、あるいは、取るに足らぬモノに成り下がるのか？　確かめてみたくはないか？」

「是非。共に確認したく思います」

そう答えると、元康もまた酒杯に口を付ける。

ゆっくりとその中身を飲み干したのだった。

この日、織田、松平の同盟が正式に締結される。後に言う、清洲同盟である。

この時を生きる者には知る由もなかったが、本来ありえた史実よりも、およそ一年早い同盟締結であった。

＊

少し肌寒い風が吹く。俺は縁側に座りながら、ぼんやりと空を見上げていた。今にも落ちようとする、その儚《はかな》くも美しい茜色《あかねいろ》を。

「旦那様、こちらにおられたのですか」

暫く縁側に座っていると、妻である於藤が声を掛けてくる。彼女はそっと横に腰を下ろした。

「ずっとこちらに？」

「ああ。夕日を見ていた」

俺の言葉に、於藤も空を見上げる。

「……美しいですわね。毎日見ているのに、不思議と感情を揺さぶられます」

「ああ」

「旦那様、夕日を見上げるのもよろしいですが。少し冷え込んできました。ほどほどにして、お入りくださいまし」

「そうだね。於藤はもう入りなさい。俺もすぐに後を追うから」

「はい。約束ですよ。すぐにお入りなさいますよう」

最後に釘《くぎ》を刺すと、於藤はすっと立ち上がって去っていった。

俺はその後ろ姿が見えなくなると、沓脱石に置かれた草履を履き、庭へと歩み出る。

視線は変わらず夕日の茜色を追っていた。

清洲同盟がなった。これで、俺がずっと講じてきた諸々《もろもろ》の施策が、現実のものとなる。

机上の空論に過ぎなかったそれが、織田、松平両家の力により肉付けされ、もうじき日の目を見ようとしている。

新農具の導入。そこから波及して可能となるブランド政策に、敵領地への謀略。そして、それら全てを嚙み合わせた商戦。

もっとも、万事が万事、想定通りにいくとは思えない。

神ならぬ身で、先のことなぞ見通せるものか。きっと、想定外のことが起きる。その都度計画を修正して、何とか企みを軌道に乗せなければならない。

上手くやれるだろうか？　一連の流れで、俺の望みは叶うのか？

人事は尽くしたはずだ。織田、松平の協力で新農具も量産し、水面下でブランド生産態勢も整いつつある。

工場は、未来の成功にあやかって、有松で工事中だ。もうじき竣工《しゅんこう》する。

つまり、後はもう実行に移すだけ。果たして、俺の願い通りに行くだろうか？

天下取りへの足掛かりに、そして時計の針を……。

ああ、息が苦しくなる。

やってやるぞという気概の裏で、強い焦燥感が滲む。

焦燥？　……俺は焦っているのか？

ああ、焦っているとも。何せ、俺の持つ歴史知識を以てしても、全く見通せないものがある。

……俺自身の寿命だ。これぱかりは、どうしたって分からない。

全てに失敗して破滅するなら、まだ納得もできよう。

人事を尽くして至れなかったのだ。仕方ない。

だが、だが！　道半ばで寿命が尽きるのだけは、どうしても許せない。また、そんな事にだけは絶対に……。

夕日が人に与える寂寥《せきりょう》感からか、どうしてかネガティブな方向へと物思いに耽ってしまう。

かつての苦悶がまざまざと思い起こされる。

『どうして俺が？　まだ二十代なのに!?　必死に勉強していい大学に入って、やっと卒業して、これからなのに！　どうして、どうしてだよ!?』

唇を真一文字につぐむ。ぎゅっと胸元の襟を握り締めた。

「ッ！　……回れ回れ、時間よ回れ。疾《と》く回れ。俺の望む明日《みらい》を早く連れてこい」

俺は落ち行く陽を眺めながら、思わずそんな戯言を口ずさむ。

零れ落ちた言の葉を、不意に吹き抜けた強い風がさらっていった。

＊

**永禄四年**
尾張、三河西部を中心に『千歯こき』『唐箕』といった新農具が普及し出す。

それらは、農作業の時間を短縮する画期的な新農具であり、美濃、東三河、駿河でも大々的に販売されることになった。

各地の大名始め、国人衆もこれらの新農具の性能を認め、領内で活用しようと購入する者も少なくなかった。

しかし、普及以降、美濃を中心に不穏な噂が流れ始める。

新農具で手隙になった農家から何人かの男を駆り出し、鉱山などの厳しい労働に当てさせようというのが、殿様の意向なのだ、と。

そのために、殿様は新農具を買い付けてきたのだ、という噂だ。

全く根も葉もない噂であったが、民草たちは領主への警戒心を高めた。

そんな折、ある風説が各地に流れ出す。

曰く、『我々の生活を守る為、新農具を破壊せよ』と。

どこから流れ出したのかも分からない呼び掛け。流石に、それだけで民草が決起するということはなかった。

が、それらの噂は領主たちの猜疑心《さいぎしん》を煽った。民草に対する猜疑心を。

ただでさえ、先日からの民草から向けられる警戒心に、領主たちは敏感になっていたのだ。

この不穏極まる噂は彼らにとって聞き捨てならないものであった。

両者の間に埋めようのない溝が広がる日々。そしてついに事件が起きる。

場所は美濃国。よりにもよって稲葉山城に程近い町のこと。

新しく買い付けた新農具をまとめて置いていた商人の蔵で、無残にも破壊された新農具が発見されたのだ。

そこには汚らしい、所々誤字が見当たる犯行声明が残されていた。

曰く、『民草は先祖代々の土地と共に生きるもの。いかな殿様とはいえ、これを覆すことは許されぬ』と。

かねてよりの噂もあり、これはどこぞ近隣の村に住まう民草の犯行に違いないと、人々は色めき立った。すぐさま始まる犯人探し。益々、両者の溝は深まるばかり。

愚かにも踊る。他人の手の平の上で。そう、新農具を破壊したのが、美濃の民草でないと気付くこともできぬまま。

狂騒は行き着くところまで行ってしまう。

この犯人探しに憤った一部の民草たちが、直訴を企てたのだ。

当時、下々の者がお上へ直訴することは、通常許されない。それこそ、命がけの所業だ。

だが日々慎《つつ》ましく暮らす民草には、この濡《ぬ》れ衣《ぎぬ》が耐え難かったのだ。

自らの身の潔白を証明しようと、有志が集い稲葉山城を目指した。

これに驚いたのは、稲葉山城の者たちだ。

すわ、一揆《いっき》かと思い込み、直ちに取り押さえに掛かる。これに、強く反発した若い民草が応戦。

直訴のために集まった筈の民草たちが、暴徒と化してしまったのである。

この自らの膝下で起きた事件に、斎藤家当主の座を継いでまだ間もない、若き龍興《たつおき》は怒り狂う。

事件に関与した者全てに厳罰を与えるよう命じたのだ。

かくして、取り押さえられた暴徒たちは全て磔《はりつけ》に処されることとなった。

この事件と、その対応には、民草のみならず美濃の国人たちまでも眉を顰めることとなる。

そも、龍興の美濃での評判は元々芳しくなかった。

まだ家督を継いだばかりの若輩者であること。ここ最近続く織田との小競り合いに終始翻弄され、いいようにしてやられていること。

加えて此度の事件で、更に国人たちの心が離れていった。それを見逃す織田ではない。

木下藤吉郎改め、木下藤吉郎秀吉を中心に、美濃国人への調略を仕掛ける。秀吉の暗躍凄まじく、時に言葉巧みに、時に豊富な銭を以て、美濃国人たちを口説き落としていく。

この際、秀吉が費やした銭は膨大なものであった。織田家中の者たちが一様に、一体何処からその銭が出たのかと、首を傾げるばかりであったという。

次第に国境に近い国人から、織田に寝返る者が続出し始める。

龍興は、寝返りは許さぬとばかりに国境に出撃するが、織田もまた国境に兵を派遣し、寝返った美濃国人たちと共にこれを撃退する。やはり、龍興の信望は落ち行くばかりであった。

一方、東三河。ここでは、美濃ほどの大混乱こそ起きなかったものの、それでも不穏な空気が立ち込めていた。

美濃の二の舞は御免だと、東三河の諸勢力は、人心の慰撫《いぶ》に努めんと奔走する。奔走するが、自らの膝下に気を取られた隙を、西三河の松平に衝《つ》かれたのだった。

出陣した元康は、織田の後援を受けながら、次々と東三河を切り取っていく。中には、今川への不満から戦わずに松平に下る国人さえも出る始末。

その電撃的な侵攻には、今川が介入する隙もなかった。

更に元康は、義元の名から貰った一字を返上。元康より家康へと改名する。

これは、今川と完全に袂《たもと》を分かち、かつ、明確に敵対するとの宣言であった。

家康による東三河切り取りと改名、これを聞いた今川氏真《うじざね》は、『松平蔵人逆心』『三州錯乱』などと怒鳴り散らし、憤りを隠しもしなかった。

東三河より更に遠く離れた駿河では、新農具による混乱は起きなかった。

が、先述の如く、氏真は家康の振る舞いに怒り心頭。

また、義元の死と、この氏真の東三河への無策が原因で、氏真は美濃の龍興と同じく、国人に対する求心力を減じさせていった。

＊

## 永禄五年――稲葉山城

「殿！　一大事です！」

廊下を歩く斎藤龍興の背に、悲鳴のような声が掛かる。

龍興は億劫そうに振り返った。血相を変えた家臣の姿に鼻を鳴らす。

まだ十代の若い顔立ちは、神経質そうに歪《ゆが》められた。

「何じゃ、騒々しい」

「て、敵襲です！」

「何？　また性懲りもなく織田が国境に侵攻したか！　全く忌々しい！　……それで？」

ふん、どうせ使えぬ連中は、織田に押されておるのだろう？」

「ち、違います！　殿、違うのです！」

おや、と龍興は眉を持ち上げる。

「何じゃや、まさか織田を押し返しておるのか？」

「違いまする！　そうではなく……！」

「ええい！　訳が分からん！　落ち着いて話せ！」

龍興は苛立《いらだ》ち紛れに手に持つ扇子で、目の前の動転した男の頭を叩いてみせる。

その痛みで我に返ったのか、男はようやっと意味の通る言葉を吐く。

「違います！　敵襲は国境ではなく、この稲葉山城に！」

「はっ？」

予想だにしない言葉に、龍興はポカンと間抜け面をさらす。次の瞬間、顔を真っ赤に染めた。

「馬鹿を申すな！　一体どうやってこの城を襲撃するというのか！」

「わ、分かりませぬ。されど、確かに敵襲が……！」

「まだ言うか！　この……」

怒鳴り散らそうとした龍興であったが、遠くから聞こえてくる喧騒に気付く。

訝しげに耳をそばだてたが、その意味を悟ると、真っ赤な顔から一瞬で血の気の引いた真っ青な顔色になる。震える声を漏らした。

「に、逃げるぞ。早うせい！　早うせい！」

史実よりも二年も早い稲葉山城乗っ取り事件であった。

史実通り、安藤、竹中は後に稲葉山城を返還するが、龍興の信望は完全に失墜することとなる。

＊

**同年――駿府城《すんぷ》**
今川氏真は、平伏する目の前の商人の頭を見詰める。

「面を上げよ」

「はっ」

顔を上げたのは駿河一の御用商人、友野宗善である。

その宗善の顔を見ながら氏真は話し出す。

「昨今の新農具の混乱、出元である尾張、西三河では混乱が起こらぬ。そればかりか、上手く立ち回り、新たな商売を始めるようじゃ」

「新たな商売？」

「うむ。乱破《らっぱ》の報告によると、綿織物じゃ」

「綿織物……」

宗善が呟くように繰り返す。氏真は一つ頷いた。

「うむ。お主にとっても、他人事《ひとごと》ではなかろう？」

「はっ。確かに……。して、手前に何をせよと仰せで？」

氏真は脇息《きょうそく》に肘を置くと、ポツリポツリと語り出す。

「松平蔵人、彼奴《あいつ》には、煮え湯を飲まされ続けておる。そろそろ彼奴の鼻を明かしてやりたいもの。この新たな商売を潰したい。……始めたばかりの商売など、生まれたての赤ん坊のようなもの。お主なら、赤子の手を捻るも同然、容易いのではないか？」

「無論。もとより商売敵の台頭を見逃せるわけもなく。全力で潰しに行きましょう」

宗善の返事に、氏真は満足気に頷く。

「期待しておるぞ」

「はっ!」

宗善は深々と平伏してみせた。

＊

**同年――尾張有松**

催し物をするに適した、よく晴れた日になった。

俺は目の前の熱気を見詰める。

野外に設けられた大きな舞台。その周囲を、貴賤《きせん》を問わず詰めかけた群衆が取り巻いている。

貴賓席には信長始め、織田家中の重臣たちに、信長に招待された尾張国外の賓客の姿もある。その中の一人は、家康であった。

貴賓席以外には、それこそ下々の民草たちまでが詰めかけてきている。

俺は貴賓席の近くで立ち見をしながら舞台の様子を眺める。急《せ》くような心持ちで、開催の時を待っていた。

それは、この場に詰めかけている他の者たちも同じ様で、貴賤の別なくその時が来るのを落ち着かなげに待っている。

ちなみに、一等落ち着きのない奴《やつ》は、俺の傍に立っている男であった。

「まだかのう。まだかのう。のう、源さ、まだ始まらんか？」

「少しは落ち着いて下さい。藤吉様」

「またまた！　お前さんも内心では同じ気持ちじゃろ？　分かっとる。分かっとる」

バシバシと、人様の背中を叩いてくる秀吉。

本気でウザいんだけど、この禿げ鼠。

禿げ鼠野郎は、昨今の調略活動の際に舐《な》められぬようにと、いかにも百姓上がりくさい名前と、言葉遣いを改めた。

もっとも、言葉遣いを改めても、そのウザさは健在なのだが。

ってかお前、調略に人の銭を使い過ぎなんだよ。

本当に借りた恩を返すのだろうな？　貸しがすごい勢いで積み上がっているぞ。

心配だ。こいつ、平気で借金を踏み倒しそうだしなあ。

一言文句を言ってやろうと口を開いた瞬間、場内の声が高まる。群衆の視線は一点に集中していた。俺もそちらに視線を向ける。

舞台へと続く花道を、一人の少女がゆっくり歩いている。

両手で持つ朱傘と、身に纏う藍色の着物のコントラストがよく映える。

体型、立ち居振る舞い、醸し出す気品。

それらから、その少女が美少女に違いあるまい、と想像を掻き立てられるが、肝心の容貌は傘のせいで見えにくい。

たっぷりと時間をかけて舞台に上がった少女。

彼女は朱傘を畳みながら下ろすと、ついにその顔を衆目にさらす。

そう、花のように麗しい顔を。

目鼻口、どれ一つとっても瑕疵《かし》のない完璧な美しさ。また、それらが絶妙な塩梅《あんばい》で顔に配されている。

透き通るような白い肌は、思わず触れてみたい劣情に駆られる。その白と、夜の闇を溶かし込んだ様な髪色、その対比もまた素晴らしい。

誰あろう、その美姫こそが、尾張随一の姫。市姫その人であった。

美しくなった。そう思う。

初めて見た時も美しかったが。更に磨きがかかったと言えよう。

幼さは鳴りを潜め、代わりに妖艶さを纏い始めている。

市姫は、舞台を囲む観衆に、己が身に纏う着物がよく見えるようにと、その場で優雅に一回転する。

蝶《ちょう》を模した図柄の入った袖が、ふわりと舞った。

おお、と誰ともなく声を上げる。

市姫は声を上げた観衆に艶《あで》やかな笑みと流し目をくれると、朱傘を開いて舞台から降りていく。元来た花道を帰っていった。

誰しもがまだ物足りないと、惜しむようにその背を見送る。

ああ、大成功だ。俺は確信する。

今日、ここに来た人々の目に、美姫とその身に纏う着物の鮮やかさが焼き付いたことだろう。

俺は思わずほくそ笑む。すると、どこからか視線を感じた。

周囲に目を走らせる。労せず、こちらを睨む男を貴賓席に見つけた。

ガタイのいい男だ。歴戦の武士、その風格を漂わせている。あの男は……。

「いやあ、美しかった。流石は市姫様じゃ！　うん？　どうした源さ？」

「……藤吉様、あちらの御仁をご存じですか？」

「あちら？　……にゃ!?」

秀吉が奇声を上げるや、思いっきり嫌そうな顔をする。

「ご存じですよね？」

「そりゃ、当然知っとる。……柴田様じゃ」

「なるほど。あの方が……」

そうか。お前が柴田か。ふん、目があっても尚《なお》、こちらを睨み続けるか。

貞勝の忠告が頭を過る。

『柴田と佐久間だ。特にこの二人に気を付けよ』

気に入らないのか？　女を見世物にして、銭を稼ごうという魂胆が。

ああ、気に入らないのだろうさ。正に武闘派という言葉が似合いそうな男だものな。

単純に槍を、刀を、弓矢を使った戦いしか認め難いのだろう。

いいとも。嫌うなら嫌え。俺も大いにお前を嫌ってやるからな。気にするな。

俺は挑戦的に、こちらを睨むその目を睨み返してやった。


永禄五年のことである。

信長公主催にて、有松で舞蘭度の初お目見えとなる舞台が設けられた。

舞蘭度『新有松織』を身に纏いたるは信長公の妹君、市姫様であらせられた。

その容貌の美しさ、新有松織の見事さは筆舌に尽くし難く、上下の区別なく誰もが感嘆の声を上げた。

舞台の盛況ぶりに、信長公ご機嫌斜めならず。

これより後、新有松織は飛ぶように売れ行くこととなったのである。

――『信長公記』

# 第八章　謀略合戦

——有松工場。いや、有松工場村といったところか。

工場と、工場の職人たちが住まう家々が集まった村だ。

この時代でも、探せば先祖代々の土地に拘りを持たない民草も、それなりの数がいたと見える。

尾張国中に募集を出したところ、規定数よりも多くの人員が集まった。

嬉しいことに、人員の選《え》り好《ごの》みをできたほどである。

真っ先に弾いたのは、前科持ち。元いた場所で暮らしていけないからやってきたような連中だ。当然弾く。

続いて身元の不確かな連中。近年尾張に流れてきたような人間は弾いた。

他所の息がかかっているかもしれない。用心に越したことはないだろう。

生まれた時から尾張人。父祖の代からだと尚よし。

後は年寄りも弾いて、と言うまでもなく、新天地で旗揚げしようなんて物好きな老人はほとんどいなかった。

なので、若い中からなるべく実直そうに見える人間を優先的に採用する。

そうして集められた職人の他に、彼らの教導役兼工場幹部として、経験豊富な織物職人を何人か雇った。

また、なるべく独立した村にすべく、出入りを禁じてこそいないが、ある程度の制限を設けた。

村からの外出には、相応の理由が必要であったし、逆に入る方などは、織田家に許可証を与えられた出入りの商人に限られた。

入りは、各地の農村における家内制手工業で生産された木綿の運搬人や、村で必要となる生活用品を届ける商人。

出は、この村で完成した商品を扱う御用商人。

これら出入りに関わる者にのみ、許可証が与えられた。

全ては、技術流出を防ぐため。

その為に、村の見張りとして織田から兵を派遣してもらっているほどである。

そうまで神経を尖《とが》らせたブランド事業。その成果である『新有松織』は、俺の想定を上回る代物となった。

正直、初めはもっと酷い物が上がってくると覚悟していただけに、何とも嬉しい誤算である。

気をよくした俺は信長に願い出て、先日のパリコレならぬ有松コレを開催したのであった。

ブランドのお披露目、その評判は上々。

市姫の美しさと共に、『新有松織』の見事さが尾張国内外へと鳴り響くほどで。これ以上ない宣伝効果だ。

ブランドを形作る名声、それを実現する第一歩を最高の形で踏み出したと言えよう。

お陰様で、俺も大忙しだ。有松工場の指揮、監督のため、熱田と有松を行ったり来たりの日々。今もまた、熱田から有松への移動中である。

有松に俺が寝泊まりするための家も用意はしているが……。熱田を空けっ放しにするのも不味い。多少の留守は、ウチの番頭たちが何とかするだろうが。それでも、ずっとというわけにはいかないものだ。

それに、於藤が恋しいしね。

まあ暫くは、この慌ただしい生活に耐えねばならない。少なくとも、ブランド事業が軌道に乗るまでは。

もう通い慣れた道を歩く。歩く。

休憩を挟みまた歩き、ようやく有松が見えてきた。

村の入り口には詰所が有り、そこに村の出入りを監視する兵らが詰めている。頭に捩《ね》じり鉢巻き。着物はたすき掛けにして、手には身長よりも長い木製の棒を持っている。そんな兵らの姿が見えてきた。

「ご苦労様です」

俺は軽く頭を下げると、衛兵たちに挨拶する。

「あっ、これは、大山殿……」

常とは異なる歯切れの悪い言葉が返ってくる。

その視線も、気まずげにあちらこちらと、あらぬ方向に揺れる。

何だ？　何があった？

「どうかしまし……『大山様!!』」

俺の言葉尻を掻き消す大声が響く。

声のした方を見ると、工場の基幹要員として雇ったベテラン織物職人の一人——弥助がこちらに駆けてくるところであった。

弥助は、年は四十二。普段は親方然とした貫禄《かんろく》があり、落ち着いた男なのだが……。

今はこれでもかと血相を変えている。

衛兵たちの常にない様子といい、何かがあったのだ。間違いあるまい。嫌な予感を覚えた。

弥助は俺の下まで駆け寄るや、衛兵たちをきっ、と睨み付ける。次いで俺の顔を見た。瞳の中に怒りの色がありありと浮かんでいる。

「どうしました？」

「どうもこうもねえ！　そこの連中が、部外者を中に入れやがった！」

「部外者？　織田様の御許可は？」

「ない！　ない筈だ！」

馬鹿な、どうしてそんな……。

俺が思いもよらぬ事態に絶句していると、弥助は説明を付け足す。

「押し入ったのは、織田家中の若武者だ。どうも、柴田様、佐久間様御両人と所縁《ゆかり》ある人物らしい」

「柴田、佐久間……」

俺はその名を反芻《はんすう》しながら、衛兵たちに視線を向ける。

その内の一人が、おずおずと話し始めた。

「その……はい。元は柴田様の家臣で、今は佐久間家の久右衛門《きゅうえもん》様の与力をされておられる青木殿です」

佐久間……久右衛門？　聞いた名だな。

佐久間家は、鎌倉の名臣三浦氏の流れを汲む尾張の名家。それだけに、その家の事情はよく伝わってくる。

確か久右衛門といえば、佐久間盛次のことであった筈だ。

あの『退き佐久間』こと、佐久間信盛の従兄弟であり、柴田勝家《かついえ》の姉だか妹だかの夫、つまりは勝家の義兄弟だ。

盛次の息子は、後に鬼玄蕃《おにげんば》と称され、勝家の下で活躍する盛政。

つまり盛次とは、柴田、佐久間両家の橋渡し的人物。

その男の与力が、この有松工場に押し入ってきた？

どう考えても、勝家と信盛、『かかれ柴田』に『退き佐久間』の意を汲み、送り込まれた刺客に他ならない。

気に入らないからと、商売の邪魔しに出張ってきやがったか。

糞！　門前払い出来なかったのが悔やまれる。

俺は衛兵たちの顔を見る。すっかり萎縮してしまって、誰も視線を合わせようとしない。

情けない連中だ。そう思うが、致し方ないことでもある。

織田家で紛れもない重臣である佐久間、柴田の息のかかった人物を、どうして見張りなんかをやらされている木端兵に押し止めることができようか？

俺はギリッと歯噛みする。

「それで？　その青木某……様は、何をしておいでなのです？」

弥助が血相を変えるぐらいだ。碌《ろく》なことをしてないに決まっているが。

「制止も聞かず、唾を飛ばしながら青木某とやらの悪行を連ねる。

「制止も聞かず、あちこち見て回るわ。触れて回るわ。弄くり回すわ！　挙句押し止めようとした職人を突き飛ばして、怪我《けが》させやがった！」

何……だと……！　頭に血が上る。

「……何処だ？　その青木某は何処にいる？　案内しろ」

地を這《は》うような低い声音が、俺の口から漏れ出る。

「お、おうよ！」

弥助はぎこちなく頷くと、小走りで先導し始めた。俺もその後を追う。

こんな堂々とした商売妨害とは恐れ入る。

いいだろう。その度胸に敬意を表して、商人たる俺が売られた喧嘩《けんか》を最高値で買い取ってやる。

俺は内心で気炎を吐いてみせたのだった。

＊

立ち尽くす職人たち。その目には、理不尽さに対する怯《おび》えと怒りが綯交《ないま》ぜになった色が滲む。

被支配者の目だ。彼らが傲慢にして暴虐なる支配者に向ける目だ。

遠巻きに立つ職人の中心に、その視線を一身に浴びる男がいた。腰に大小を差し、居丈高な態度を取るその姿。

あれが、青木某に違いあるまい。

足を速める。

俺と弥助が現れたのに気付き、職人たちの視線が一斉に俺たちに向けられる。すがるような目だ。ほとほと、困り果てていたと見える。

益々、心中の熱が燃え上がらんばかりに高まるのを感じた。

職人たちの様子に、青木某もこちらに気付いたようだ。

振り向き、その視線をこちらに投げかけてくる。

「何だ、血相を変えて。何か言いたいことでもあるのか？」

せせら笑うような声音。何も言えまい。言えるものなら言ってみろ。そう言外に告げる傲慢さ。

いいだろう言ってやる。武家がどうした。

はん！　青木某、史に名を刻めぬ小物が何するものぞ！　ああ、自らの愚かしさをこれでもかと思い知らせてやる。

「手前、この工場の責任者、大山源吉と申します」

「ほう。お主が大山か。名は聞いておる」

「左様ですか。ですが、畏れながら手前は貴方様の御名前を存じ上げません」

青木某の眉がぴくぴくと二度痙攣《けいれん》する。

格上である自分が格下の名を知っているのに。その逆は知らないというのだ。いたく、自尊心を傷付けられたことだろう。

「……私は、青木宇右衛門《うえもん》というものだ」

青木某改め、青木宇右衛門は苛立たしげに名乗りを上げる。

「左様で。して、青木様、本日はどのような御用向きで？」

俺の問い掛けに、青木は鷹揚《おうよう》に頷く。

「なに。近頃評判の『新有松織』とやらを拝みに来たのよ。物見遊山じゃ。大山は私のことを気にせんでもよいぞ。商人は商人らしく、卑しく銭の枚数でも数えておればどうかな？」

「ははあ、なるほど物見遊山ですか。それは結構なことで。しかし青木様は、まだお若いのに大したものだ」

「どういう意味じゃ？」

「いえ。そのような御用向きで、織田様よりこの有松への立ち入りを許されるのです。さぞや、織田様の覚えめでたい御仁なのでしょうな」

「………」

「おや、如何なされましたか？」

俺は口を閉ざした青木に、追い打ちのように問い掛ける。

「……百姓が針子仕事をしているだけの場に大層な。私一人見物して回るに、何の不都合があるというのだ？」

「なるほど、確かに不都合はないやもしれませぬ。しかし、それを決めるは手前に非ず。織田様なれば。織田様が許さぬ以上、手前は如何なる便宜も図るわけには参りませぬ」

信長の名を二度も出されて、青木の目が一瞬泳ぐ。次いで、苛立たしげに舌打ちした。

「お主が口を噤めば済む話じゃ！　そうせよと言えば、そうせい！」

まるで物分かりが悪い童を叱りつけるような口調だが、まあ何とも道理に合わぬことを平然とのたまうものだ。

「なりませぬ。織田様の厳命なれば」

三度、信長の名を前面に押し出す。さしもの青木もたじろいだ。

馬鹿め、真っ正直に商人が立ち向かってくると思ったか？

俺らは誇り高い武士ではないからな。一対一の戦いに、第三者を引っ張ってくるくらい平気の平左だ。虎の威を借るも、恥とは思わぬ。

「な、何もそうまで頑《かたく》なになるものでもあるまい！　お主が目溢《めこぼ》しすれば、それで済む話じゃろうが！」

「はて、目溢し？　そんな道理に背く行為、手前にはとてもとても」

とぼけたような俺の言葉に、青木は激昂《げきこう》する。

「たわけたことを！　お主ら商人は、常に公家《くげ》や我ら武家に擦り寄る生き物であろうが！」

全く知性を感じさせぬ遣り取りだ。聞くに堪えないな。

俺はぎらりと、青木の目を真っ直ぐ睨む。その眼光で下らぬ言を黙らせた。

「……否定はしない。俺ら商人は、力ある者、財持つ者に、揉《も》み手《で》しながら擦り寄るのさ。が、お前はそのどちらでもない。只の小物に擦り寄る商人が何処にいる？」

一瞬何を言われたのか分からないとばかりに、青木はきょとんとした顔付きになる。

やがて理解が追いついたのか、顔を見る見る赤く染めていく。

「ツ、貴様！」

そう叫ぶや、青木の右手が腰に差す刀の柄を摑《つか》む。

「抜きますか？」

「当然じゃ！　無礼であろう、士分を愚弄するなど！」

「やもしれません。ですが、抜くなら御覚悟を。禁を破り有松に押し入ったばかりか、刃《にん》傷沙汰《じょうざた》まで起こしたとなれば、織田様の耳に入るは必定《ひつじょう》。それればかりか、厳しい沙汰が下ることでしょう」

「ぐっ、ぬ……」

顔に苦悶《くもん》の表情を浮かべながら青木は呻く。

「どうしたのです？　抜かぬのですか？」

「ッ！　な、何故じゃ？　何故貴様は士分を前に怯《ひる》まぬ!?　何故こうも抗《あらが》える!?」

心底分からぬという風情で、青木は声を荒らげる。

何故怯まないかだって？

俺は白けた顔で、震えながら刀の柄を握る青木を見やる。

馬鹿が。俺は既に、あの信長に刀を突きつけられた男だぞ。

どうして今更、斯様《かよう》な脅しに屈することがあろうか？

覚悟が違うんだよ。大望のために、命がけになる覚悟が俺にはある。

「止《よ》せ！　そのような目で見るな！　くっ、私を侮っているのか!?　それとも殿の御威光を笠《かさ》に着て強気なのか!?　調子に乗りおって！　商人風情がそのように増長するから、柴田様や佐久間様の勘気に触れるのだ！」

「柴田様に、佐久間様……」

俺は呆然とした体を装ってその名を呟く。

「ふん！　さしもの貴様も、御二方の名には怯むか！　いい気味よ、分かったなら……」

青木の言葉は尻つぼみになる。

俺が表情に喜色を浮かべたからだ。ははは、思わず口の端が吊り上《あ》がってしまう。

「そうですか。此度の一件は、御両名の差し金ですか。それはよい話が聞けました。きっと、織田様も大変ご興味を持たれるでしょう」

青木は勝ち誇った顔を一転、血色を失った蒼白《そうはく》な顔になる。

「ま、待て、大山……」

「待ちません」

「ち、違う。違うのだ。私がただ、御両名のことを思い勝手に動いたまでで……」

おや？　と、俺は内心眉を持ち上げる。どうも嘘を言っているように見えない。

ならば、本当に柴田、佐久間は関係なく、この青木のスタンドプレーなのか？

いや、関係ないな。これを武器に利用しない手はない。

仮に連中が真実関与していなくても、連中を弾劾するに十分な武器だ。

そう、部下の監督不行き届き。その一言だけで、十分責められるに値する。

もうこれ以上、こいつを苛《いじ》める意味もないな。

「青木様、気が済まれたのならお立ち退きを。今ならまだ、青木様御一人の問題として収められるやもしれませぬぞ」

そんな心にもないことを、俺は囁いてみせた。

「う、あっ……」

青木は刀から手を離すと、両手で頭を抱え込む。そのまま夢遊病者の如くふらふらと歩み出る。

俺の横を抜ける。その直後、青木がポツリと呟く。

「何故じゃ……。小生意気な商人を脅しつければ、それで万事上手くいくと、皆口を揃えて言っておったのに」

「えっ？」

俺は思わず振り返り、幽鬼のような青木の背をまじまじと見詰める。

皆が言っていた？　……さしずめ、織田家中の若いのが集まって、俺への不満を言っていた。そういうことだろうか？

ふん。酒の席で、嫌な奴の愚痴を零すくらいなら誰もが目を瞑ろう。

だけどな、青木。お前はやりすぎたし、そも、やり方を間違えたんだ。

悪いが同情はしない。俺もな、自分が生き残るだけで手一杯なんだ。だから……。

俺は心を鬼にすることを固く決意しながら、青木の背を見送った。

＊

熱田にある俺の家に文が届いた。信長からの文である。
先に、青木が起こした騒動の顚末を詳細に書き記した文を、俺は信長に送っていた。
なので、この文はその返事の文に相違なかった。
俺は私室に一人籠るや、その文を広げる。紙面には、美しい文字が並ぶ。
これは、信長が達筆である……というわけではない。
この時代、殿様の文は祐筆《ゆうひつ》と呼ばれる役職にある者が、代筆するのが普通であった。
その為、綺麗な上に妙に堅苦しい。
読み慣れていなければ逆に読み辛くないか、これ？
まあ、その中身を嚙み砕けば……。

『我が家中にそのような愚か者がいたと聞き、耳を疑うばかりである。
此度迷惑を掛けたことを申し訳なく思う。
禁を破った青木某とやらは、打ち首とするので溜飲《りゅういん》を下げて欲しい。
このようなことが二度と起きぬよう家中を引き締めると約そう。
此度は面目のない不始末ではあったが、家中へのよい見せしめにもなろう。
ところで、青木某が柴田権六《ごんろく》と佐久間右衛門尉《うえもんのじょう》の名を出したのは真であろうか？
真なら、大事である。

されど、右衛門尉はともかくとして、権六がこの一件に関わったというのは、どうも首を傾げざるを得ない。

権六は、大山のような商人を嫌うだろうが、それ以上に曲がったことを毛嫌いする故。

もしも右衛門尉を罰するならば、権六も罰せねば道理が通らぬ。

が、権六を罰するのは気が乗らぬ。

そも、権六のことを抜きにしても、まだ佐久間の家と揉め事を起こすことも出来ぬ。

右衛門尉には腹に据えかねることも多々あるが、されど尾張の名門たる佐久間家の力は欠かせぬものだ。

此度はワシから釘を刺すだけに留めようかと思う。

ああされど、青木某の直属の長である久右衛門は蟄居《ちっきょ》処分とした。

これで、右衛門尉が襟元を正すようならよいのだが。

最後に、有松の警護は勿論のこと引き締めにかかるが。

大山も身辺に気を付けるようにせよ。曲者《くせもの》の手が、大山に伸びぬとも限らぬ故。

何処ぞの禿げ鼠のために銭を費やす余裕があるのであれば、自身の身辺警護にも銭を使うがよかろう』

……誰からのお手紙かな!?　祐筆さん改竄《かいざん》しすぎじゃない？

俺は文を手に苦笑いを浮かべる。

というか、秀吉に銭をくれてやっているのが、ばれているな。

まあそんなことより。ふむ、信長の見立てでは柴田は無関係、か。

あの佐久間が関わっているかすら、微妙かもしれない。あの時の青木の様子から察するに。

柴田か佐久間が、日頃からこれ見よがしに俺を疎んじる発言を部下の前で繰り返す。そうすることで、誰ぞが忖度《そんたく》して勝手に動かぬかと期待していた。その線は残るかとは思うが……。

唯、去り際の青木の言葉から察するに、これも違う可能性が濃厚か。

青木は『皆口を揃えて――』と言った。

おそらく『皆』というのは、青木と同程度の立場の人間を指しているかと思われる。

織田家中の上役のみならず、下っ端にも疎まれている。そういうわけか？

いや、むしろ下っ端こそが、俺を恐れているのかもしれない。

重臣連中は疎んじてはいるだろうが、まだ余裕がある。余裕がないのは下の人間、か。

たかが商人風情に追い抜かれるやも、という危機感。

あるいは事実上既に、俺の方が信長により重用されている、という劣等感。

そのことが彼らの不平不満に繋がる。

酒の席で、俺を悪し様に罵ることを酒の肴《さかな》にする。そんな情景が目に浮かぶようだ。

その中の一人が、実際に軽はずみな行動に出た。そういうことか？

ありえない話ではない、と思う。思う。何かが引っ掛かる気もするが。

例えばそう、不満があったとはいえ、簡単に暴発しすぎではないか？　とか。

考えすぎだろうか？　青木の有松での愚かしさを見ても、利口な男だったとは思えない。あいつなら軽はずみな行動に出ても、おかしくはない、か。

似たような馬鹿が、同じく暴発しないか注意しないとな。

今回の一件のお陰と言っては何だが、青木の様な不穏分子も行動を慎重にはするだろう。

が、それは逆に言えば、次なる行動はずっと巧妙なものになるということ。

……信長の言う通り、護衛でも雇った方がよさそうだな。

今度は野盗の仕業でも装って、俺自身を狙われかねない。……ん？

俺は人の気配を感じて、そちらに視線を向ける。障子に人影が映し出されていた。

今考えていたことがことだけに、体を硬直させてしまう。

「二代目、よろしいでしょうか？」

ほっと、胸を撫で下ろす。

刺客などではない。その声は聞き慣れた番頭の彦次郎のものだった。

「何だ？」

「山城屋さんの店主がお見えです。客間にお通し致しましたが」

「山城屋が？　分かった、すぐ行く」

山城屋は、かつての矢銭徴課に応じた織物問屋の大店だ。今回のブランド事業でも、その販路の一端を任されている。

信長の文を畳んで文机の中に仕舞うと、すっと立ち上がる。障子を開けて私室を出ると、渡り廊下を歩いて客間へと向かう。

客間には、心なし渋い顔付きの山城屋がいた。

どうもまた厄介事か。救いは、そこまで大事じゃなさそうなことか。

「山城屋さん、本日はどうされました？」

「浅田屋さん、急に訪ねてすまないね。ただ、急ぎ報告と相談があってね」

「報告と相談……小耳に挟んだところでは、ブランド第一弾の売れ行きは良好と聞いていますが」

「ええ。お陰様で私が任されている販路でも、上々の滑り出しです」

山城屋が任されているのは、東海道を東向きの販路だ。

三河商人たちと協力しながら販路を拡大している。

売り上げは上々、か。ならば、問題は三河商人との連携だろうか？

山城屋は一つ咳払《せきばら》いすると口を開く。

「ですが、先般見過ごせぬ事案が浮上してきましてな」

山城屋の声は渋い。

「見過ごせぬ事案？」

「ええ。東三河、駿河方面で『新有松織』の悪評が急に出回り始めたのです。やれ、『すぐに生地が破けた』だの『刺繍《ししゅう》がほつれていた』だの『針が残っていて怪我をした』だの、そんな類のものですな」

なるほどね。急に出回り始めた悪評、か。

「急に、ですか。なれば、誰ぞが『新有松織』の評判を落とすため、意図的に流している可能性が大ですね」

「私もそう思います。そしてその首謀者は……」

「『駿河の友野』」

俺たちは互いに頷き合う。

ったく、ネガキャンかよ。常套《じょうとう》手段といえば常套手段だが。何ともせこいことを。

「友野ほどの大商人が、何とも小手先の技を仕掛けてきたものです。が、笑って見過ごせないのが厭らしい」

「はい。ブランド事業を揺るがすほどではありませんが、少なからず悪影響を受けるでしょうね」

はあ、と揃って溜息を吐く。

「後手後手に回る前に対処したく思いますが？」

「そうですね。評判が悪くならぬよう、宣伝を強化しますか。差し当たっては、山城屋さんにお任せしても？」

「承知しました」

山城屋が頷くのを見て、俺は次なる懸念を示す。

「妨害はこれだけで終わらぬでしょう。むしろ小手調べ、かな？　友野は必ず次なる手を打ってくるはず」

「同意ですな。浅田屋さんどうでしょう、近く尾張の御用商人たちだけでも集めて、対策を話し合いませんか？」

「そう……ですね。分かりました。私から声掛けしておきましょう」

「お願いします」

軽く頭を下げた山城屋に、俺も頷いて返す。

これで気鬱な話は終わりだと、声の調子を変えて話し出す。

「そういえば、山城屋さん。聞きましたか――」

それからは毒にも薬にもならぬ雑談を、少しばかり山城屋と交わした。

この時の俺は、余りにも愚かだった。

これまで多くのことが首尾よく進み、慢心していたのだろうか？

あるいは、友野という一国を代表する商人、歴史にも名を残す商人が、一枚も二枚も上手であったのか？

そのいずれが正しいかは知れぬが、一つの事実として、俺はこの時点ではまだ、全く気付くことができなかったのだ。

既にこちらの懐深くに、布石を打たれていたという痛恨事に。

＊

尾張に名だたる大商人たち。信長と共に飛翔《ひしょう》することを選び、尚も身代を大きくするであろう男たち。そんな御用商人たちが一堂に会した。

いや、一人足りないな。山城屋がまだ来ていない。遅刻だろうか？

山城屋がいないが、取り敢えず今回の招集の発起人として挨拶の口上を述べる。

「本日は御多忙の中、お集まり頂き感謝します。早速話を、と言いたいところですが、山城屋さんがまだ到着していないようです。待っている間、皆で歓談といきましょう」

車座に座った男たちが一様に頷く。誰ともなしに話し始めた。

やれ、どこそこの原材料がまたも高騰して弱っているだの。高木屋の銭払いがどうもおかしい。潰れるのではないか？　とばっちりを喰らう前に取引を止めるべきだ、など。

商人らしい四方山話《よもやまばなし》というか、情報交換というか、そんな話が繰り広げられる。

俺は興味深く耳を傾けていたが、部屋の外から響く足音に気付いてそちらに注意を向けた。

いや、俺だけでなく他の面々も足音に気を取られたようである。

無理もない。近づいてくる足音は余りに荒々しい。

皆口を閉じ、足音の主が現れるのを待つ。

バンと、障子を開けて現れたのは、山城屋であった。手には藍染の着物が握り締められている。

皆が目を丸くして山城屋を見るが、山城屋は挨拶の一つもなくズカズカと部屋の中に踏み入る。

そうして、車座の中心に叩きつけるように握った着物を置いた。

当然のことながら、皆の視線はその藍染の着物に吸い寄せられる。

早速、一人の商人が口を開く。

「何だ、酷い出来だな。この前見せてもらった試作品は、もっとよいものだったはずだが……」

何を抜けたことを、と俺は思う。

いや、無理もないのか。ありえないはずの事態に、その目を曇らせているのだ。

だが、この中の誰より有松工場に足を運ぶ機会の多い俺には分かった。

これは有松工場で作られたものではない。そう、いわゆるコピー品だ。

コピー品との戦いは、ブランドにとっての宿命と言っても過言ではない。

いずれこの手のコピー品が出回るであろうことは、この場の全員が承知していた。

しかし！　しかし、これぱかりはありえてよいはずがない！　どうしてこれが……！

「山城屋さん、これを一体何処で？」

「駿河です！　駿河で出回り出した品です！」

ざわりと、場が騒めく。誰もが息を呑み、そして――。

「これが模造品だと言うのですか!?」

「馬鹿な！　そんな馬鹿なことが……!?」

「ありえんでしょう！　だってこいつは……！」

「何故!?　どうやって、まだ日の目を見ていない新作を!?」

一斉に疑問と当惑の叫びが噴き出した。

そう、山城屋が持ち込んだのは、ブランド二作目のデザインと酷似した品。まだ何処にも出回っていない新作のコピー品であった。

「私も信じられぬ気持ちです。が、現実としてここに模造品がある」

山城屋が険しい声音で呟く。俺は諦観と共にその事実を受け入れた。

「つまり、鼠がいたということですね」

俺の言葉に、場の全員が神妙な顔付きになる。お互いの顔を見回した。

「まさか、この中に鼠はいないでしょうが……」

一人がそんな発言をする。言葉の内容とは裏腹に、その声音は疑念に満ちたものだった。

「と、当然でしょう！　この場にいる人間の中で裏切って得する者などいない！」

「では、どこから……」

「我々御用商人でないのなら、有松工場からとしか……」

最後の発言に、一同の視線が俺へと集まる。

「待って下さい。それこそ考え辛い。有松の出入りの厳重さは皆も御承知のはず。それに、先日の一件からは更に……」

そこではたと、気付く。

先日の一件、そう、青木のあの一件。有松工場が唯一侵入者を許したあの……！

「糞ったれ!!」

右手で作った拳を床に叩きつける。どんと、大きな音を立てた。

青木は言った。『皆口を揃えて――』と。そう、『皆』との会話で焚きつけられたのだ。

そうして、有松工場に押し入った。

この『皆』の中に一人、今川の調略を受けた鼠がいたのではないか？

ブランドに不満を持つ者を集め、彼らの会話の流れを誘導してやる。

難しくはなかったろう。何せ、元々俺に不満を持つ者は多いのだ。誰ぞ馬鹿を一人、妨害行動に走らせるぐらい。

青木は俺が駆け付けるまで、何をしていた？

勝手に工場内を見て回るわ、商品を弄くり回すわ、していたのではなかったか。

当然、あの時既に工場で生産を始めていた新作を目にしたことだろう。

あるいは、端切れの一枚くらい懐に仕舞ったやもしれぬ。

幽鬼のように立ち去った青木が捕縛されるまで、信長が俺からの通報を受けて動くまで、幾ばくかの時はあったはずだ。

その間に、鼠が再度青木に接触する機会はあったろう。そこで、茫然自失《ぼうぜんじしつ》する青木から情報を聞き出すくらい造作もなかったに違いない。

ギリッと、俺は歯嚙みする。

誰だ、誰だ、誰だ？　鼠は一体誰だ？　死人に口なし、最早青木はこの世にいない。糞
……！

「どうしましたか、浅田屋さん？　何か気付いたことでも？」

その声に、思考の海から浮上する。俺を見る商人たちに向き直った。

「青木宇右衛門です。ご存じでしょう？　有松工場に押し入り処刑された」

俺の言葉に皆無言で頷く。

「青木はどうも、織田家中の者たちに焚きつけられ、有松工場に押し入ったようなのです。本人がそんなことを漏らしていました。……つまり、織田家中に今川の息がかかった鼠がいるのではないでしょうか？」

「それは……」

皆が事の重大さに生唾を飲み込む。

「今川に此度の調略と謀を提案したのは、友野でしょう。……上手い手だ。一手で複数の効果が得られる」

俺は指折り数えていく。まずは一つ。

「有松に押し入った妨害行動。斯様な妨害、誰であれ織田様の怒りを被るは必定。……織田家中を乱そうとしたのでしょうね。事実、柴田、佐久間の御両名すら危うく処罰されかねない状況に陥りました」

二つ目の指を折る。

「それに、織田家中の者が実際に罰せられれば、より織田家中と我々商人の仲を引き裂けましょう。後の火種になりかねない」

そして三つ目。

「有松工場に押し入れば、あわよくば内部情報を盗めるやもしれない。これは実際に盗まれてしまった。新作の意匠を」

商人の一人が思わずといった具合に口を開く。

「しかし浅田屋さん、それは憶測に過ぎぬでしょう？」

俺は頷く。

「無論、確証のない憶測です。が、可能性は低くないでしょう。……織田様にご注進し、鼠の発見駆除に取り組んで頂く方がよいかと」

そうだ。鼠がいる可能性があるなら、捜索するしかない。いなければ、それでいいのだ。多少無駄働きをするだけ。しかし、もしいるのなら野放しにするわけにはいかぬ。

さて、鼠の方は最早、俺たちがどうこうする問題ではない。問題は……。

「こいつはもう使えませんね」

俺は床に投げ出された藍染の着物を手に取りながら呟く。

「浅田屋さん、使えないっていうのは？」

「この意匠は使わない。そういうことです」

「そんなっ！　我々の新作の方が、こんな紛《まが》い物《もの》よりずっと……！」

俺は無言で首を左右に振る。

最先端の流行を発信すべきブランドが、他者の風下に立つわけにはいかない。

たとえ品質が上でも、後出しでは模倣の誹りは免れぬ。それではブランドに傷が付く。

「口惜《くや》しいですが、新たな意匠に着手すべきです。二作目に割いた手間や銭は失われますが……。ブランドそのものに傷が付くよりはマシでしょう」

先程思わず反論した商人は、がっくりと肩を落とす。

場にお通夜のような空気が流れる。今ばかりは誰も空元気すら出せない。

……そうか。後ろで糸を引いていたのか。友野、友野宗善。やられたよ。今回は完敗だ。

否応なしに、彼の男の実力を思い知る。

その大商人の大身が作る影は濃く強く、思わず怯みそうになる。だが……。

ああ、お前の実力は認めよう。俺如きではお前に及ばないのかもしれない。

だが悪いな。俺は負けたまま引き下がれるような、大人しい男ではない。

必ずこの落とし前はつけてやる。

俺は、友野宗善へのリベンジを誓ったのだった。

＊

大山家の庭がいつになく活気に満ちていた。家人以外の者が何人も見受けられる。普段との違いは、人が多いだけではない。

庭にはいくつもの巻藁《まきわら》が等間隔に立てられている。それらの後ろには、同様の巻藁が更に多数横にされていた。

等間隔に立つ巻藁と相対するように、人の列が出来ている。

列の先頭の男たちは巻藁の前に進み出ると、手に持つ刀を上段から振り下ろす。あるいは、水平にした刀を真一文字に斬り払う者もいる。

ただまあ、おおむね上段からの斬り下ろしであった。

俺は縁側の奥から目を凝らして、彼らの動きを注視する。

友野にリベンジを誓ったものの、奴の息の根を止めるような必殺の一手をすぐに打てるわけもなし。まずは、こちらの防備を固めようというわけだ。

具体的に言えば、俺の身辺警護と防諜《ぼうちょう》の強化である。

後者は中々難しい。防諜はもとより、逆に敵の情報を盗む、そんな情報戦のエキスパートたちを揃えた諜報機関を組織したいものだが……。一朝一夕では無理だ。

育てずに、何処ぞから雇うという考えもあるが。取り敢えずその案は保留中である。

ということで、まずは俺の護衛要員の採用をと。そういうわけだ。命あっての物種。ケチらず割高の俸給で人材を募った。その甲斐あって、少なくない人数が当家の門を叩いてきた。今は採用試験の真っ最中というわけである。

もしも刺客が紛れ込んでいたら。その危険性を考慮して、俺は縁側の奥から遠目に庭の様子を見やる。が、見辛い。俺がいる場所と庭の間には、狼藉者が現れたら遮らんと、ウチの若衆が詰めている。……うん。仕方ないこととはいえ、益々見辛い。

見辛いので、目を細めて身を乗り出すようにしながら庭先を眺めていた。

次から次に、巻藁を斬り捨てる男たち。中には失敗する者もある。

失敗すれば、それはそれで一目瞭然であるが……。

見事藁を斬ってみせた者の中でも、その動きで何となく上下が見て取れる。

素人目に見ても分かるというのは、やはり腕の立つ者の動きは綺麗に映るのだ。

これは武芸に限るまい。洗練された動きには自然と美が宿るものである。

欲しいのは達人だ。質を重んじるか、量を重んじるか。俺の場合は前者を選ばざるを得ない。

というのも、質を量でカバーというわけにはいかないのだ。

そう、まさか大名行列よろしく、ぞろぞろと護衛を連れ歩くわけにもいくまい。

悪目立ちしすぎるし、一介の商人風情が何様だと顰蹙《ひんしゅく》を買うだろう。

故に欲するのは、少数精鋭である。

「次の者！」

家人の呼び掛けに、一人の男が進み出る。

俺は、いや、この場の誰もがその男に視線を釘付けにされた。

ぼさぼさの髪、やや痩せた頬に無精ひげ。身に纏う衣服はボロボロだ。余りにみすぼらしい格好をしている。

だが侮ることはできない。その立ち姿だけで只者《ただもの》ではないと直感、いいや、確信する。

というのも、格好とは正反対に立ち居振る舞いが見事なのだ。細やかな所作までが美しい。

他の者もまた只者ではないと感じたようで、固唾を呑んでこの男の一挙手一投足を注視している。まだ、刀を抜いてすらいないにもかかわらずだ。

巻藁の前に立つと、男は腰に差した刀に手を伸ばす。流麗という言葉がこれ以上なく相応しい動きで、すーっと刀を抜く。

抜かれた刀身の煌《きら》めきは、男のみすぼらしい格好とはちぐはぐだ。中々の業物と見受けられる。

なるほど、刀は武士の魂。そういうわけだ。

ひゅっと持ち上げられる刀身。上段の構えでぴたりと止まる。ふと瞬きした直後には、刀身は既に振り下ろされた後であった。当然の如く、巻藁は見事に両断されている。

「凄まじい達人だな。彼をこちらに呼べ」

俺は立ち上がると、縁側へと歩み出ようとする。

「あっ、二代目お待ち下さい！　危険です！」

番頭の彦次郎が制止の声を上げる。

「彼がその気になれば、ウチの若衆を切り捨て俺に迫るなど容易い事さ。奥に引っ込んでいても結末は変わるまい」

俺はそう言って、彦次郎の制止を振り切る。

果たして、家人の誘導で縁側の傍まで寄った浪人風の男と相対する。

俺は縁側の上に立っているので、男を見下ろす形となった。

「見事な腕前でした。名をお聞きしても？」

「……権兵衛《ごんべえ》と申します」

男はぼそりと呟くように名乗る。

「権兵衛殿？　家名をお伺いしても？」

「ありませぬ。ただ、権兵衛とだけ」

ウチの若衆たちが色めき立つ。まあ、仕方あるまい。傍目に見て胡散臭い事この上ない。

まさか、リアル名無しの権兵衛と出会う機会があるとはね。

「なるほど……分かりました。権兵衛殿を当家で雇わせて……」

「二代目！」

「……何だ、彦次郎？」

「何だではありません！　その権兵衛なる者、確かに腕は立つようですが。余りに素性が知れません。そうも容易く雇い入れるは危険です！」

「ああ、権兵衛殿には誠に失礼を申し上げるが。彼は確かに、風態といい名乗りといい如何にも怪しげだ。彦次郎、お前が案ずるのも無理はない」

我が意を得たりとばかりに、彦次郎が身を乗り出す。だが、彦次郎が口を開く前に機先を制する。

「が、よく考えてみろ。普通、刺客や間者なら、出来る限り怪しまれぬよう気を配るものだろう。権兵衛殿が刺客なのだとしたら、何ともお粗末じゃないか」

「それは……」

彦次郎が口籠る。俺は彦次郎の顔から視線を切ると、再度権兵衛の方に向き直る。

「権兵衛殿、ウチの家人と何より私自身が大変失礼なことを口にしました。何卒《なにとぞ》、ご容赦を」

「いや……」

権兵衛はボソボソと何やら呟く。大方、気にしていない、とでも言ったのだろう。

俺は一つ頷くと、口を開く。

「当家で権兵衛殿を雇います。いえ、是非雇わせて頂きたい。報酬は事前に明示していた三倍の銭を払いましょう。出来れば、長いお付き合いになればと思います」

俺は軽く頭を下げる。

その様子を見ていた周囲から、『三倍！』と驚きの声が上がる。

俺が頭を上げて権兵衛の顔を見ると、ずいぶん当惑した顔付きであったが、暫くしておずおずと頭を下げたのだった。

この日の一件は、採用試験に来ていた者たちの口から方々に伝わった。

その結果として、当初の目論見《もくろみ》見通りに事が運んだ。

多少腕が立つとはいえ、胡散臭い男が高い俸給で雇われたのだ。

なら、自分ならどれほどの好待遇で迎え入れられるだろうか？　と、自らの腕を頼む者たちが、次から次に大山家の門を叩くこととなったのである。

縁側で於藤と二人並んで腰掛ける。

庭の端に、先日雇った男の一人が黙って控えている。その男を見やりながら於藤が口を開いた。

「優秀な用心棒を数名雇えてようございました。全ては、旦那様の目論見通りですか。お見事な手前でしたね」

「うーん、俺の発想ならともかく、そうではないからね。褒められても挨拶に困るな。……古人曰く『隗《かい》より始めよ』。そういうことだね」

実は、落ちぶれた浪人風の男は、織田家中の侍であった。信長の馬廻《うままわ》りに選抜されるほどの凄腕である。

芝居のために貸し与えてくれたのは、先日の有松で起きた騒動、その不始末の詫《わ》びだそうだ。

「織田様に感謝せねばなりませんね」

「そうだね。御礼の文でも差し上げようか」

「それがよろしいかと。文末に藤の言葉も添えて頂ければ幸いです」

「そのようにしよう」

俺は於藤の言葉に頷く。

さて、何とか望みの護衛は集められた。

少なくとも、自身の身を守るという意味では、最低限の防衛態勢は整ったわけだ。

しかし、防諜対策はなあ……。信長に進言してはいるが、はてさてどうしたものか。

鼠の洗い出しにも手間取っているようだし。やはり、一朝一夕ではいかぬものか。

ならばいっそのこと……。

「旦那様、また悪だくみですか？」

於藤の言葉に、俺は肩を竦めてみせる。

「人聞きの悪いことを言わないでくれ。清廉潔白を地で行くが商人。その鑑《かがみ》のような俺が、悪だくみなどするわけもなかろう」

清廉潔白な商人など、日の本はおろか唐天竺《からてんじく》まで見回してもいるわけがない。

俺の戯言に、於藤は溜息を吐く。

「策士策に溺れるの言葉もあります。墓穴を掘らぬよう、ほどほどになさいませ」

「相分かった」

策士策に溺れる、か。策を弄するは、友野も同じ。やはりその筋が反攻の道筋たり得るか。

＊

締め切られた障子。閉ざされた部屋の中、文机の前に初老の男が座っている。机の上には、何通もの文が積み重なる。

その内の一つを手に取りながら、男は微《かす》かに笑う。

「なるほど、斯様な手を打ってきたか。その場しのぎではあるが、悪くない手を打ってくる。が、少し手筋が真っ直ぐすぎるきらいがあるな」

男、友野宗善は敵手の打ってきた手をそのように評した。

敵手、大山源吉が打ってきた手は、明快な一手である。それは文机に積み重なった文が如実に物語っている。

積み重なった文は、宗善が放った鼠からの報告であった。

しかし、それらがもたらす情報は余りに錯綜《さくそう》している。全体を見回せば、どうしようもないほど矛盾した報告も少なくない。

それが意味する所とはつまり、源吉が偽情報を意図的に発信しているに違いなかった。

鼠の炙《あぶ》り出《だ》しは困難。そう判断して、いくつもの嘘を織田家中に流したのだろう。

これでは、鼠が何か一つ本当の情報を摑んでいたとしても、無数の報告の中からどれが本当の情報なのか、宗善に判断することなどできない。

「懐に放った鼠は無効化されたか。しかし、防御だけでは勝てぬよ、若造。そも、全ての攻撃を受け切ることなど、神ならぬ身で出来るわけもなし」

宗善はそのように呟く。彼の言葉に強がりの色は感じられない。

事実、彼にとって鼠の存在が無駄になったことは、大した痛手でもなかった。

何故なら、数ある攻め手の一つが潰されたに過ぎぬからだ。

宗善の謀略の意図もまた、単純明快である。ようは数打てば当たる。その論理である。

彼の目には、攻め筋がいくつも見えていた。

未《いま》だ不和の種が取り除かれてない、織田家中と尾張商人が相争うよう仕向けてもよかったし。

新有松織を実現させている、織田松平同盟、この二者の離間工作をしてもよい。

あるいは、尾張商人の中心に立つ源吉を亡き者にしようと、刺客を放ってもよいかもしれない。

一つ一つを見れば、その成算は低いと言わざるを得ない。

が、宗善にとっては、それで構わない。そう、失敗しても構わないのだ。数打てば当たる。

無数の失敗の上に、どれか一つ成功すればいい。致命的な攻撃は一つ通ればそれで十分であった。

正しく、宗善が口にした通り、全ての攻撃を防ぐことは能わぬのである。

ただ、織田家中に潜ませた鼠は、致命傷と言えるものになりえなかった。

あれで柴田、佐久間を踊らせ、源吉を排するように動かせたなら、宗善にとって最上であったろう。しかし、新有松織の情報を盗むに留まってしまった。

「思いの外、柴田、佐久間は理性的であったな。両名が暴走し、大山を始末してくれれば有難かったのだが」

宗善は手にした文を文机に放る。

「それがなれば、贔屓の商人を殺した両名は、重臣とはいえ織田上総介の怒りを免れまい。同時に織田家中にも痛打を加えられる。……はずだったのだがなあ」

少々自分に都合のよすぎる筋書きに、宗善は苦笑する。

「そこまで思い通りにはいかぬか。……織田上総介は予想以上に、大山なる商人に目を掛けているようだ。その事実が、両名を自重させたと見える。だが……」

宗善は凄みのある笑みを浮かべる。その事実こそが、攻め入る隙であると看破して。

その見立ては決して見当違いではないだろう。

一介の商人を、信長が目に掛ければ掛けるほど、織田家中の者は面白くあるまい。上手く謀略の糸を紡げば、宗善が刺客を放つまでもなく、源吉は身内の手によって始末される。

そのように宗善は目論んでいるのだった。

宗善は立ち上がり障子を開くと、庭を眺め遣る。凄みのある笑みから一転、どこか寂しげな表情を見せた。

「大山源吉、か。舞蘭度なる新たな商売の創設。非凡なる発想よ。その才気だけ見れば、ワシをも優に超えておろう。が、十年早かったな。老獪《ろうかい》さが足りぬ。まだワシには及ばぬ。……何とも惜しいことだ」

宗善は思わずといった具合に呟く。次いで、軽く首を振った。

「ハハ、ワシも年を取ったものだ。まさか、敵を惜しむようになるとは」

宗善は乾いた笑い声を漏らしながら自嘲する。

が、気を引き締め直すと、敵を屠《ほふ》るための策謀に思いを馳せる。

「ふむ、織田家中の者に揺さぶりはかけるとして、そればかりに期待するわけにもいかぬ。他にも手を打たねばな。さて、他にどんな手を打ったものか？」

そのように、宗善は謀略家の表情を取り戻したのだった。


策謀を巡らす宗善。しかし、策謀を巡らすは宗善のみにあらず。

駿河から遠く離れた尾張でも、宗善の敵手たる男が、源吉が策謀を巡らす姿があった。

源吉もまた一人、自室で今後の展開を予想する。自らの敵手、宗善の先日の一手を顧みて、彼の性質を悟る。謀略家としての性質を。

「奴は、多方面から揺さぶりをかけてくるに違いない。数打てば当たる。そういうわけだ。ふん、それは正しいよ。受けに回れば防ぎ切ることはできないさ。……しかし気付いているか、友野宗善？　敵を陥れることに拘泥し、数多策謀を巡らせるほどに、数多攻勢を掛けるほどに、自らの脇が甘くなるという事実に」

源吉は伏せていた顔を持ち上げる。その顔色は青白い。腹を括ったように言葉を吐き出す。

「攻撃にばかり気を割けば、防御が疎《おろそ》かになる。……数多謀略を仕掛けてこい。俺はたった一矢の反撃をしよう。お前が防御に意識を戻す前に、その一撃で致命傷を喰らわしてやる」

そう言って立ち上がると、源吉もまた障子を開いて庭を、いや、その遠く向こうに目を向ける。

「この商戦、勝つのは俺（ワシ）だ」」

二人の商人は自らの必勝を口にしたのだった。

＊

尾張国内にて、織田家中の家臣団と御用商人が対立しているとの噂が、公然の秘密と言わんばかりに広まっていた。その中身は以下のようなものである。

『舞蘭度事業なる大きな役割を果たし、織田様に目覚ましい貢献をする御用商人たちに、織田家中の者たちは大いに嫉妬している。

また、御用商人たちも大した働きなく士分というだけで自分たちを見下す織田家中の者たちを快く思っていない。

国主織田上総介が御用商人たちを庇《かば》いつつ、両者を抑えているので、未だ表立った衝突はない。ないが、それも時間の問題である。

特に、柴田、佐久間らの御用商人に対する悪感情凄まじく、両名がこのまま大人しくしているはずがない。

御用商人たちも両名を警戒し、この二人を何とか失脚させられぬかと策謀している』などと、町人どもが訳知り顔で、ここだけの話だと斯様な噂を得意げに語り出す始末。

この事態に際し、織田上総介は自らの名で触れを出す。

『近々聞こえてくる噂は全くの事実無根。織田に敵意ある他領の謀である。噂を信じて、軽挙妄動に走るべからず』と。

問題が噴出するは、尾張国内だけに留まらぬ。

何と、尾張と三河の御用商人、この両者の間に軋轢《あつれき》が発生したのである。

尾張商人には、有松で舞蘭度という稀なる名声、品質を有す産物を生み出したは、自分たち尾張商人だという自負がある。

故に、三河の協力は理解しても、尾張、三河の御用商人が同列に扱われるのは納得いかぬ、との不満が発露。

三河商人は、舞蘭度事業においてどちらの貢献が上ということもなし、互いが事業の両輪である、と主張。

にもかかわらず、居丈高な尾張商人の傲慢さは度し難いと怒る。

尾張、三河、両御用商人の間に生まれる軋轢。更に、下の軋轢が上まで伝播《でんぱ》したのであろうか？

傍目に、織田上総介と松平蔵人佐の仲が、次第に悪い方向へと傾いているように映っていった。

そんな折のこと、三河の関にて尾張の商隊が締め出されるという事件が発生する。

といっても、これは不幸な行き違いによる錯誤であったのだが。ここ最近の情勢を鑑みて、織田側は松平に厳重に抗議。再発の防止を要請した。

受けて松平側は素直に非を認め、織田に詫びると共に再発の防止を誓った。

普通なら、これにて一件落着。のはずが、そう容易く終わらなかった。またもや噂が飛び交う。

『実はこの一件、錯誤ではない。織田に常々不満を持っていた松平が、一種の意趣返しにと、悪意を以て織田の商隊を締め出したのだ』

そんな風説が両国で真しやかに流れたのだった。

多方面で都合の悪い噂が蔓延《まんえん》するのを厭《いと》うた織田上総介は再度触れを出す。

『ここ最近の悪意ある噂は、先日の言通り織田、松平への他領からの攻撃である。国内に敵の間者が潜り込み、流言飛語をばら撒《ま》くものなり。故に信長は、ここに監査奉行所を新設し、間者の捕縛に全力を尽くすものである』

その触れの直後、織田上総介はまず洗い出すは身内からと、織田家中での大規模な聞き取り調査を実施する。

ただこれは、実際に間者を見つけ出すことを期待したものではなかった。

そう、一種のパフォーマンスである。

不都合な噂から、人々の耳目関心を逸らすための見世物。そういった性格の強い、組織の設立と行動であった。

＊

――糞！　今川曩戻の商人から連絡がない！　何故だ？　まさか、まさか見限られたのか？　何故だ！　何故なのだ⁉

くっ、何故こうなる？　織田家に出仕したものの、出世の芽は一向に出る兆しが見えぬ。

それぱかりか、成り上がりの商人にすら見下されかねない始末。いや、殿の中では実質的に下に置かれておろう。

このまま織田にいても未来はない。そう思い、思い切って今川の申し出に乗ったというに！　今川にまで見限られたというのか！

まだある。問題はそればかりではない。

殿の音頭で結成された監査奉行所。これの調べが日に日に厳しくなっておる。

万が一、私の寝返りが明るみに出れば……。恐ろしいことだ。私まで、あの愚かな青木と同じ末路を辿るというのか!? それだけは、それだけは何とか回避せねば!

……足が付く前に、織田を出奔し今川に逃げ込めばどうか?

されど、認め難きことだが、どうやら今川に見限られてしまっておるようだ。

今、今川に走っても相手にされぬだろう。命は拾えるかもしれぬが、未来の展望はない。

ならば、ならば! 何か、何か手土産を用意すればどうか!?

今川が両手を広げて迎え入れてくれるような、そんな手土産を!

手土産には何が最適か? ……決まっておる。忌々しい御用商人たちの中心に立つ男。

舞蘭度なる奇天烈《きてれつ》な商売を始めた大山源吉。あの男の首だ。

大山の首を差し出せば、今川とて私を無下には扱うまい。

手土産は決まった。ならば、後は手筈《てはず》を整えるだけ。

丁度よい機会がある。風の便りによれば、先日完成したばかりという新有松織の新意匠。これの殿へのお披露目を兼ねた献上にと、近く大山が登城してくるという。

どこぞ、大山が通る道の途中で待ち伏せて襲撃をかける。そこで仕留められれば……。

だが警戒すべきこともある。大山は小癪《こしやく》なことに腕の立つ用心棒を何人か雇い入れたはずだ。それら、用心棒に守られた大山の首を獲《と》らねばならない。であるなら、こちらも人数を揃える必要があろう。私と弟たち。それから、何人かならず者たちを揃えるか。……銭がいるな。

ふん、まあよい。卑しく銭儲けに勤しむ商人が標的なのだ。死体の懐か袖口を漁れば、御釣りが出るほどの銭袋が見つかるだろうよ。

思えば、分を弁えず増長する商人など、目障りで目障りで仕方なかったのだ！　この事態はあるいは天の配剤か。

くくっ、あの忌々しい商人を葬り、かつ私の未来が開ける。正に一石二鳥ではないか！　大山を切り伏せる。その未来を夢想すれば、ああ、気が昂《たかぶ》るばかりよ！

ははは、目に物見せてくれるぞ、大山源吉！　覚悟しておれ！

＊

街道を歩く。道の両脇には、旅人が休めるようにという配慮であろう、日差しを遮る青々とした葉を付けた並木がある。

その間を抜けていくと、遠目にようやく城下町の姿が見え始めた。

「もう一息か。……このままいくと無事お城に着いちまうなあ」

新有松織の新意匠を凝らした献上品、それを両腕で大切に抱えながら独りごちた。

「……大山様」

護衛の一人が俺の傍に一歩詰め寄ると、ぼそりと呟く。その護衛の警戒心に満ちた眼差《まなざ》しに、俺は事態の変化を悟った。

「噂をすれば影……か。いや、少し違うか？　実際にはまだ口にしていないことだし」

上手い文句が出てこない。強いて上げるなら『フラグを立てる』だが、この時代に横文字はしっくりこない。それに下手に口にすれば、ブランドの二の舞になりかねない。

などと、少し抜けたことを考えていると、先程耳打ちした護衛の男——弥七《やしち》が、何とも言えない目でこちらを見ている。

「ん、んん！　……で、どうだ？」

「いささか、想定より数が多いやもしれません」

弥七はそう言って、周囲に視線を走らせる。他の護衛たちも同様だ。

俺も周囲の様子を観察する。右手には並木の下でどっかりと腰掛けた二人組。逆の左手に目を向ければ、所在なげに立っている男が一人。そこでふと、前方からこちらに向かって歩いてくる三人組の男が視界に入った。

揃いも揃って笠を深くかぶっている。その人相は窺い知れない。腰元には大小を差している。

その三人組が近づいてくると、右手の並木の下で腰掛けていた二人組が急に立ち上がる。左手に立っていた男も、明確な意思を持ってこちらを見据えていた。

「……後ろからも来ますな」

振り向くと、確かに後ろからも四人走り寄って来ている。

「ふむ、十人か。……頼んだぞ」

「承知した」

そんな俺たちの遣り取りを経て、弥七を含む六人の護衛たちは刀を鞘から抜き放つ。

向こうさんも最早隠す積りもないのか、自らの刀を抜き放った。

「大山様、下手に動かぬよう」

「ああ」

六人の内五人の護衛が、俺を中心に円陣を組む。弥七は俺のすぐ傍に立った。

「大山だな？」

感情を消したような第一声。正面から来た笠をかぶった男の一人が、不躾に確認してくる。

「左様ですが……。そう問う貴方様は、武家の風上にも置けぬ鼠男様ですか？」

「ッ！　……精々囀《さえず》っておれ。生意気な口を叩けるも今日で最後であるからな」

「それは困りました。死ぬ前に一度くらいは、織田様に人使いが荒すぎると、苦言を申し上げてみたかったのですが」

「……殺せ」

ざっと、地を力強く蹴る音。刺客たちが躍りかかってくる。閃く刀身が陽光を反射して白く輝いた。

何とも華麗なものだ。そんな、場違いな感想が頭につく。

まあ、自分は守られてばかりで、命がけで剣を振るっていないから出てくる感想だ。

また自らの護衛たちに対する信頼故でもある。それぞれ、馬鹿みたいに多い銭を払って雇い入れた達人だからな。

むしろ多少の数的劣勢は跳ね返してもらわなくては困るというものだ。

剣閃《けんせん》の煌びやかさと異なり、斬り合いそのものはどこか泥臭さを思わせる。

面胴小手といった部位を狙う剣道と違って、何と言うべきか、そう無秩序さを感じさせる。

ルールに守られた試合でなく、何でもありの死合であるからだろう。

弥七は円陣を抜けた刺客に俺が襲われぬよう、斬り合いには参戦せずに俺の傍に付きっきりだ。

つまりこちらは五人で、丁度倍する刺客たちを相手取っているのだが……。

流石は銭に物言わせて集めた男たち。一人も脱落することなく、円陣を堅守している。

しかしこれは……。

「……防戦一方だな。まだ刺客一人倒せていないぞ。これはどうなんだ？」

「数は想定内に収まっていますが……。ふむ、思いの外、刺客たちの腕も悪くない。……もしかすると、追い払うしか出来ぬやも」

「そいつはいただけないな」

「されど、命あっての物種。欲をかいて痛い目を見るわけにもいきますまい」

「……そうだな。少なくとも生き残ることを優先しよう」

俺はむっつりとしながらそう吐き出す。そんな時であった、遠くから近づいてくる蹄《ひづめ》の音を耳が拾ったのは。

遠目に見えるは、騎乗した男一人と、そのあとを徒歩《かち》で駆ける三人の男。おそらく騎乗の男の供回りであろう。……不味いな。まさか新手か？　俺はここで初めて強い緊張感を覚える。近づいてくる騎乗の男を注視した。

刺客の一人、斬り合いの前に問答した男もまた、騎乗の男の顔を見る。図らずして、俺たちの声が重なることとなる。

「「柴田!?」」

驚くべきことに闖入者《ちんにゅうしゃ》は、織田家の重臣、彼の柴田勝家であった。しかし、勝家が何故？

勝家は戦闘の様子を見回すや、口を開く。

「何たる曲事《くせごと》か!!」

地を震わすような大音声の一喝。ドスンと音を立てて馬上から飛び降りるや、供の制止を振り切り自ら刀を抜く。

一体どうなるんだと思っている内に、勝家は刺客の一人に斬りかかる。

どうも勝家は刺客ではなく、こちらに助勢する積りらしい。

同じくそれを悟った刺客側は一斉に逃げ腰になる。と思ったら、一人二人と逃げ出した。

その様に焦ったのは、例の笠を深くかぶった男だ。

「逃げるな！　くそ、くそぉおおお！」

そう叫ぶや、正に捨て身という風情に円陣の中央目掛けて突貫する。

勢いだけは凄まじく、肩や脚を刀で斬りつけられながらも、円陣を突破してみせる。

どうも浅かったようだ。あるいは興奮で痛覚が麻痺《まひ》しているのか？　尚も勢いは衰えぬ。

「大山様！」

弥七が叫びながら俺の腕を強く引く。その行為の甲斐あって、突貫する笠の男の軌道から俺の体は外れる。しかしその弾みで、腕の中から信長への献上品たる新有松織を収めた風呂敷《ふろしき》を落としてしまう。

突貫が空振りした男は、落ちた風呂敷と俺の顔を交互に見る。やがて決断したのか、地に落ちた風呂敷を拾い上げると駆け出す。

「どけ！　どけぇぇぇぇぇ！」

片手で握った刀を滅茶苦茶《めちゃくちゃ》に振り回しながら再び円陣を突破しようと試みる。

円陣を形成していた護衛たちは、滅茶苦茶に振り回される刀を嫌がるように、容易く道を開ける。そう、容易く道を開けた。

「逃げるか！　卑怯者《ひきょうもの》が！」

勝家は逃げ行く笠の男、首謀者と思えるこの男を追いかけようとする。

「お待ち下さい、柴田様！」

俺はそう言って、勝家の袖を引く。

「何をする！」

「落ち着いて下さい、柴田様！　逃げるなら逃がしてしまいましょう。深追いして火傷《やけど》をしても詰まりませぬ！」

「無礼な！　ワシがあのような卑怯者に後れを取るとでも言うのか!?」

「いえ、手前が案ずるは柴田様でなく、己の身です！　刺客が今ので全てとも限りますまい。傍にいるお味方が減るのは心細く思います。どうか、どうか！」

「……袖を離せい。相分かったわ」

その言葉に俺は摑んだ袖を離す。勝家は鬱陶し気に腕を払った。

「……柴田様」

勝家の供の一人が声を上げる。その男は、血溜《ちだ》まりに沈む男の笠をはぎ取って、その顔を改めていた。

「知った顔か？」

「はっ。……足軽小頭の中川新左衛門《しんざえもん》の弟です。名は中川……何といったかまでは覚えておりませぬが」

「つまり、家中の者なのだな？」

「……はい」

「ッ！　何と嘆かわしいことか！」

勝家は唸るような声を上げると天を仰ぐ。俺は暫く待ってから、勝家に話しかけた。

「柴田様、御助勢頂き、ありがとうございました。……しかしどうして？」

その問い掛けに、勝家は俺の顔を見る。

「……先の有松村での一件は、織田家中が恥をさらした痛恨事であった。同じ轍《てつ》を踏むわけにもいかぬであろうが」

そこまで言って、勝家は首を振る。

「だというに、家中では変わらず貴様への悪評が立つ。市井では、家中と商人たちの不仲が囁かれる。そんな時世に、貴様が殿に新有松織を献上するため登城するという。万一のことがあっては不味いと顔を出せば、この始末よ」

「そうでしたか。なるほど、納得いきました。……ご無礼ながらもう一つお聞きしても？」

「何じゃ？」

「その、柴田様は、手前のことを気に食わぬと思っているものかと……。見殺しにしようとは思わなかったのですか？」

少し突っ込みすぎか？　と思いながらも、勝家の真意を知るため敢えて問う。

勝家はふんと鼻を鳴らした。

「無論気に食わぬわ！　が、斯様な曲事を謀る卑怯者の方が気に食わぬ。それに……」

「それに？」

勝家は眉を顰める。つい零れ出た言葉だったのだろう。それを指摘され、苛立った様子だった。

これは言葉の続きは聞けぬかと思ったが、予想に反して勝家は言葉を続ける。

「ワシは武辺者じゃ。しかも古い男だ。……ワシには殿の考えられることが、トンと理解できぬ。理解できぬが故に、殿に背いたこともあった」

勝家は昔を思い出すように目を細める。

「されど、恥を忍んで殿の下に帰参することを決めた。殿も愚かにも背いたワシを再び迎え入れてくれた。……その時誓ったのよ。理解できずとも、殿の背中を追うことを」

勝家は真っ直ぐに俺の顔を見詰める。

「貴様は、殿の描く未来に必要な男なのであろう？　なれば、ワシは武辺者らしく刀を振るって殿の未来を守る。それだけじゃ」

「相分かりました。不躾な問い掛け、平にご容赦下さい」

「構わぬ。それより、何時までもここに突っ立っているわけにもいかぬだろうが。城に向かうぞ。殿も待っていよう」

「はい」

俺は柴田勝家という男を、少し色眼鏡で見ていたのかもしれない。

そのように反省しながら、城の方へと足を踏み出した。

＊

ワシは深い溜息を吐いた。つい先程までワシの屋敷の門戸を叩いていた愚か者のせいだ。

敵の罠《わな》に嵌《はま》り馬脚を露わした、否、尻尾を露わにした鼠。名を中川……新左衛門といったか。

　失態を演じた上に、今川様に取り次げとは、面の皮の厚さだけは人一倍である。その自信の根拠は、大山から掠め盗《と》った新有松織であるとは。何とも見当違いに過ぎる。先の模造品を作った時とは事情が違う。あちらは同じ轍を踏むまいとするだろう。情報を盗まれたことに気付けていなかった前回と違い、今回はそれが明白だ。なれば模造品を出される前に、急ぎ新有松織の新意匠を世に出すことだろう。とてもではないが、模造品を先に世に送り出す時間などあるわけがない。

　そんなことも気付けず、『またも新意匠を盗み出した。功は明白であろう』などと戯言を聞かされては頭が痛い。そも、盗み出したのでなく、盗ませてもらった、が正しいに違いない。鼠を炙り出すための罠であったのだ。これで織田家中に飼っていた鼠が駆除されたというわけだ。

　ワシは白くなった髪を撫でつけると、力なく首を振る。

　こちらが受けた痛手は、ただ鼠を駆除されただけに留まらぬ。そう、新たに鼠を飼い直せないという被害をも被っている。中川新左衛門が今川に内通したのが白日の下にさらされた。直に、その惨めな末路も周知の事実となるだろう。織田を卑怯にも裏切った。逃げ出し今川の下に奔《はし》ったが、今川に見捨てられた。使い捨ての駒にされた。この事実が知れ渡るは、我々にとって痛い。

今川は寝返って来た者を冷遇する。そう認識されれば、誰も中川の後に続こうというものは現れまい。

可能であるなら、中川を厚遇したい。が、それは無理な相談だ。

裏切りという事実が問題なのではない。この戦国の世、返り忠は褒められた行為ではないとはいえ、さほど珍しくもない。それだけでは致命的な傷とは言えぬ。

問題は……商人に返り討ちにあったという事実。武士は体面を気にする生き物だ。それが商人に返り討ちにあったとなれば……。

それにワシの謀略も裏目に出ている。織田家中と商人の不仲を煽ったこと。これが理由で、中川は商人に嫉妬して主君を裏切った男という、どうしようもない風評が立つことは避けられぬ。

そんな醜聞極まる男を今川家で厚遇する？　それを天下の人々がどう見るか？　言うまでもない。天下の声望を失いかねぬ。そんな真似が出来るはずもなかった。

「旦那様」

障子に人影が映る。家人が声をかけてきた。大方今しがた追い払った中川の件だろう。

「入りなさい」

「はい」

家人がすっと障子を開けてワシの私室に入ってくる。腕の中には風呂敷が抱えられている。ワシは目を細めてそれを見た。

「ほう。中川からそれを没収できたのか」

ワシの感心したような声に、家人は誇るでもなく苦笑を以て応える。

「いの一番に、誇示するかのようにこちらに差し出してきましたから。追い出す段になっては、返せだ、何だと叫んでおりましたが……。盗人が返せとは、まあよくも言えたものです」

ワシも苦笑してみせる。

「恥知らずが、何故外聞も気にせず恥をさらせるか。それは、字義通り恥の何たるかを知らぬからだ。それを恥と思わねば、いくらでも恥をさらすも道理というもの」

「まさしく」

家人が頷く。ワシは彼に一つ命じることとする。

「その着物を衣桁《いこう》に掛けてくれぬか」

ワシの言葉に家人は風呂敷を解くと、衣桁に掛けるために着物を広げる。その時、何やらぽとりと畳の上に落ちる。……あれは文、か？

訝し気な顔をした家人は、まず着物を衣桁に掛けた後、その文を拾い上げる。直後、その瞳の中に動揺の色が混じる。見てはいけぬ物を見た、そんな表情をした。

「どうかしたかね？」

「いえ、その……」

家人は言葉を濁しつつ、その文をおずおずと差し出してくる。ワシは受け取ると、その宛名を見て推測を確信へと変えた。

文に書かれた宛名は、友野宗善様とワシの名であった。裏に返すと大山源吉の署名。やはり初めから仕組まれた罠であったのだ。見事な手前だ。鼠を炙り出し、また今後の防諜対策をもやってのけたか。

さて、この文には何が書かれているのか？　想像するだけで面白いではないか。

此度の上首尾に終わった自らの企てを勝ち誇る内容か。あるいは、ワシに対する罵詈《ばり》雑言《ぞうごん》の類であろうか。

純粋な興味と共に、その内容で大山という人物を推し量るよい材料になるだろうと、そんな冷徹な思いも浮かぶ。

「旦那様……」

「ああ、もう下がってもよいぞ」

「はい」

ワシの言葉に家人は私室を出ていく。その背を見送ったワシはさてと、まずは衣桁に掛けられた新有松織に目を向ける。

文は後の楽しみに、まずはこの新有松織を見分することにしたのだ。

模造品は間に合わぬにしても、商売敵の新たな商品を分析することは大事なことだ。

暫くまじまじと見る、ほどなく、思わずといった具合に感嘆の溜息を吐いた。

相変わらず見事なものよ。そして気に掛けるべきは、この新意匠が男物であることだろうか。

思えば、国主織田上総介への献上品という名目であったな。てっきり、奥方か妹君に宛てた女物と思っていたが……。

そうか。今度は男物を出すか。意匠も見事であるし、国主がその身に纏うとあれば、その名声は天井知らずと高まるやもしれぬ。……なるほどのう。そう来たか。

悔しいが、これは上手い手だと言わざるを得ない。しかし、一つ不自然なのは……。

見事な意匠ではあるが、少しばかり派手に過ぎぬだろうか？　……いやそうか、国主と同じ意匠を他の者が纏う。そんな無礼は許されぬ。故に、国主の物を最上級という体で、一つ格が落ちる意匠として、一般向けの着物を売り出す気なのか。

恐らくこの意匠を少し控え目なものとするのだろう。ふむ、そう考えれば、丁度いい塩梅になりそうだ。

ワシはそう結論付けると、文机の方に歩み寄る。そこで文を開く。文面に目を通していく。

まずは型通りの時候の挨拶が連なる。読み飛ばしてその先を見る。

『――此度、我々が手掛けた新意匠を御覧頂けたでしょうか？　手前味噌ではありますが、職人たちの協力を得て見事な出来栄えになったかと思っております。斯様な最上品を扱えるは、商人にとって望外の喜びと言えましょう。

取るに足らぬものを売り捌く。売り捌ける。それこそ正に、商人としての腕の見せ所かもしれませぬ。が、それでも天下に誇れる逸品を売ること。これは商人にとっての一つの夢ではないでしょうか？

回りくどくなりましたね。単刀直入に申し上げましょう。友野様も、この新有松織を売ってみたいと思いませぬか？　益々新有松織は進化していくことでしょう。商人である貴方様がそれを扱ってみたいと思わぬことがありましょうか？

織田に靡《なび》いてはくれませぬか？　風聞はお聞きかと思いますが。織田上総介信長という男は、他の大名とは異なります。織田様は商人を卑賤《ひせん》と蔑むことをなさらぬ御仁。そればかりか、商人の、銭の重要性を誰よりも理解できる先見性をお持ちです。

織田様の下で商人は皆、他のどの大名の下でよりも己の才幹を存分に振るえるのです。どうか、どうか。友野様が今川と袂を分かち、織田側にお付き頂けることを願っております』

何とまあ。悉く予想を外してくる男だ。……夢か。青いな、しかしどこか羨ましくもある。

くくっ、危ないな。ワシが若ければこの文一つで鞍替《くらが》えしたやもしれぬではないか！

「大山源吉、若く夢追う商人。そして夢を掴み取るだけの器量をも持ち合わせておる。……潰すは余りに惜しい。真実そう思う。しかしだ。だからこそ、この老いた商人が未来ある若者を潰す。それに昏《くら》い悦《よろこ》びをも覚えてしまうのだよ」

ワシの顔は今、笑みを浮かべているのだろう。愉し気に笑んでいるに違いない。

失策であったな、大山。この文はワシの黒い炎を一層燃え上がらせるばかりであったぞ！

そのように好敵手に思いを馳せていたが、どたどたという慌ただしい足音で現実に引き戻される。

「旦那様！」

障子が開かれ、先程下がった家人とは別の家人が飛び込んでくる。

「何事か、騒々しい」

「急報です！　松平蔵人佐が、尾張との国境に兵を張り付けました！　尾張商人も完全に締め出された由！」

「何!?」

「更に松平蔵人佐は、今川様に急使を遣わした模様!」

「松平は今川様に何と?」

「そこまではまだ……」

それもそうか。急使が遣わされたばかりだろう。その内容を摑めているはずもなし。が、問題はない。今川様に聞けばそれで分かることであるし、大方の内容も想像がつく。

昨今の尾張、三河間の軋轢により、織田に不信を抱いた松平が方針を転換したのだ。

つまり、織田と手を切り、再び今川と手を結ぼうというのだろう。

謀略の一環として、織田、松平の離間工作もしてはいたが。正直芽が出る可能性は少ないと踏んでいたのだが……。

思いの外、尾張、三河商人たちの互いの不満は大きかったと見える。

そう、尾張商人は新有松織の製作を主導した立場から、自分たち優位でないのが気に入らず。三河商人はそれを態度として前面に押し出してくる尾張商人に我慢ならなかった。

先日起きた関所での尾張商隊の締め出しが、それを決定的にしたのか? あるいは、その内容を誇張して流言を飛ばさせたのが功を奏したか? それともまだワシの与り知らぬ問題が尾張、三河間に勃発したか?

その辺りの事態をしっかり把握する必要があろうが、悪い展開ではない。

全く、これだから方々に種を蒔《ま》くのは止められぬ。思いもせぬ芽が出て花開く様は、実に心躍るものよ。

「急ぎ登城し、今川様に面会する！　すぐさま使いを送れ！」

「はい！」

家人が入って来た時と同じく慌ただしく部屋から出ていく。

ワシも身支度をしようと立ち上がる。立ち上がり、手にまだ大山の文を握ったままであるのに気付く。

ワシは少し身をかがめると、文机の引き出しを引き、そこに文をそっと仕舞い込む。

今度こそ身支度を整えようと、足を踏み出した。

＊

松平蔵人佐、突如清洲同盟を破棄。今川に急使を送るや、西三河勢ならびに、併呑《へいどん》した東三河勢共々、今川方に付くことを表明。

この電撃的な知らせは、多くの者を震撼《しんかん》させた。

突如の鞍替えに、今川から松平に下った東三河勢の一部には、これに不満を持ち松平に反旗を翻す国人もいたが、それは僅かな者で、瞬く間に松平に攻め滅ぼされた。

多くの東三河国人は、今川に不満を持ちながらも、今川に代わる大樹と寄りついた松平が今川に付いたとあって、渋々この動きに同調せざるを得なかった。

ただ鞍替えと言っても、松平が再び今川に臣従する姿勢を示したわけではない。

松平の使者が携えた蔵人佐家康の文には以下のような内容が記されていた。

曰く『織田の甘言に乗り今川殿と袂を分かったが、今はほとほと後悔している。この家康の過ちを詫びたい。またこの家康、三河守として、三河勢をまとめて織田と矛を交える所存。何卒、今川殿に後詰をお願いしたい』

これは対等な同盟関係の申し出であり、また、この文の中で初めて自らを三河守と称している。

無論これは、朝廷から正式に任じられたものでなく、自称の官位であった。

敢えてこの場で三河守を名乗ったのは、桶狭間以降の三州錯乱にて、松平が併呑した現所領を今川に認めろという意味に他ならなかった。

ずいぶんと大きく出たものだったが、桶狭間以降屋台骨が揺らぎつつあった今川にとって、この申し出は無視しえぬものであった。

そこで今川家当主氏真は、使者を客人という名の質として駿河に留めおき、冬の終わりを待った永禄六年春、自らを総大将とした出馬を決意することになる。

慌ただしく人、物が行き交う。ついでとばかりに怒号のような大声も行き交う。急な戦支度とあって、誰も彼もがてんてこ舞いだ。全く、慌ただしいことよ。

「友野殿！」

名を呼ばれ振り向く。こちらに駆け寄る男の姿があった。

「友野殿！　依頼しておった物資の準備は問題ないか？」

「ええ。恙なく」

「そうか！　そうか！　いや、友野殿に頼めば間違いないとは思っておるが。何せ、急な話であるからな！」

「左様ですなあ。この老骨の体には、少々応えました」

目の前の男は、小荷駄奉行として、戦支度の差配と運搬を任された男であった。

しかし急な戦支度とあって、その手に余る仕事量を抱えることとなり、そこで駿河領内の流通を統制する友野座、その元締めたるワシに泣きついてきたというわけであった。

ワシは非難がましい声と視線を送る。実際には、少々などと可愛らしい表現では済まされぬほどの労苦を負わされたのだ。これくらい許されよう。

ワシのそんな言葉に、小荷駄奉行の小島はバツの悪そうな顔付きになる。

「いや、すまぬとは思っておるのだ！　しかしこれは……」

「分かっておりまする、小島様。全ては今川様、ひいては、ここ駿河のためなれば」

「おお、分かってくれるか！」

「勿論。ただ、国のために尽くしておるのです。働きに見合った報奨を期待するのもまた当然のことでしょうな？」

「むう……。それはどのような？」

小島の表情に警戒心が滲む。

「なあに、大したことではありません。小島様が指揮される小荷駄隊が運搬する兵糧やその他物資と共に、ウチの荷物も運んで頂ければそれで。ああ、それと何人かウチの家人も同行させて頂ければ有難い」

「……構わぬが。何のためにじゃ？」

「無論商売のため。戦が終わった直後の三河にて、誰より先に大掛かりな商売に乗り出すためでございます」

「……抜け目ないことよ」

「お褒めの言葉として受け取っておきましょう」

ワシは微笑を浮かべながら、軽く一礼してみせた。

＊

「皆、無事に渡河を終えたであろうな」

遠江と三河の国境に流れる川を我が今川勢は渡河し終え、休息を取り始めたところである。

ワシが声を掛けた馬廻りの一人が応える。

「はっ！　恙なく。現在、火を焚いて兵らを休ませております」

「うむ」

ワシは重々しく頷いてみせた。そうして西の方角を見る。

父義元が戦死してからというもの、上手くいかぬことばかりであったが……。

それもこれで終わりよ。この戦に勝利すれば、また強い今川が戻ってくる。国人らの信用も回復できよう。それればかりか、この今川氏真の武名が天下に轟くというもの。

父のように、海道一の弓取りなどと呼ばれるようになるかもしれんな。

ワシはついにやりと笑みを浮かべる。その直後のこと、慌ただしく陣内に駆け込んでくる伝令の姿があった。

「報告！　至急の報告でござる！」

「何事じゃあ！　中せ！」

「先鋒《せんぽう》として尾張国境へと向かっていた松平本軍が急に反転！　進路を東へと変えました！」

「どういうことじゃ!?」

「物見の報告によらば、松平勢と共に織田の旗印を掲げる兵らの姿もあったとの由！」

ワシは怒りで全身をわななかせる。

「謀ったか、蔵人佐！　ええい！　それならそれで、織田諸共《もろとも》討ち取ってくれる！」

「お待ちくだされ、殿！」

横で聞いていた馬廻りの一人が反論の声を上げる。ワシはそやつを睨み付けた。

「何を待てと言うか！」

「落ち着いて下され、殿！　確かに松平の謀《たばか》り、まっこと許し難き所業！　されど、怒りに身を任せてはなりませぬ！　ここは冷静に！　出馬した当初と今では状況が違いすぎます！　……当初の戦況を鑑みて出兵した兵数ではいささか不安があります。ここは一度兵を引き、再度松平、織田を討つための兵を再編すべきでしょう」

冷静な諫言《かんげん》に、頭に上った血が下がっていく。確かにその通りだ。口惜しいが……。

「……相分かった。ふん！　それにしても蔵人佐め、我らを引き摺り出したまではいいものの、何とも愚策を打ったものだ。奇襲のつもりであったのやもしれぬが。全く奇襲になっておらんではないか！　ほんに、愚かな男よ！」

ワシは右手に握った扇子でバシバシと左の手の平を叩きながら吐き捨てるように言う。

「ははっ、正しくその通りですな！」

諫言をした男が相槌を打つ。多少追従《ついしょう》の色があったが、この男も真実同じ思いに違いない。

途中で進路を反転しても、こちらに近づくまでに気付かれるに決まっておろうが。

それに、彼我の距離よ。ここから松平勢がいる位置までまだ距離がある。迎撃の準備を整えるも、撤退するも難しくない。

どうせなら、もっと引き付ければよいものを。馬鹿なことをしたものだ。

それにしても……。蔵人佐の奴めを完全に信用しなかったのが幸いよ。

彼奴が裏切る可能性を考慮して、先鋒を任せたは正解であったか。

『一度はこちらと手切りしたも事実。氏真は信じるが、家中の者どもにはそうでない者もおる。家中の者を納得させるために、蔵人佐殿の言が偽りでないことを明かして欲しい。まずは松平勢が先鋒として織田と刃を交えてみせてくれぬか』

そう言って、先に織田とぶつかるように仕向けたわけだが……。

そうせず、共に行軍して着陣、織田と相対していたらと思うと、ぞっとする。

戦端を開いたその瞬間、蔵人佐が織田に呼応して裏切る。もしそうなっていれば、大敗は免れなかったで――。

「急報！　急報！」

ワシは眉を顰める。再び慌てふためいた伝令の声を聞いたからだ。

「今度は何じゃ⁉」

「殿！　返り忠でござる！」

「蔵人佐のことならもう聞いたわ！」

「ち、違いまする！　い、井伊谷《いいのや》城の井伊直平、曳馬《ひくま》城の飯尾連竜《つらたつ》ら、遠江国人の一部が謀反！　我らの退路を塞ぎにかかっております！」

ワシはいつのまにか、握っていた扇子を落としてしまっていた。扇子が地に落ちた音で初めて、手の中に扇子がない事実に気付く。

それでも落とした扇子を拾おうなどという考えは浮かばぬ。周囲の顔を見回した。誰も彼も血の気の引いた顔をしておる。

「て、撤退じゃ！　追撃をかけるであろう松平、織田を足止めするための殿《しんがり》を残して、すぐさま撤退する！　朝比奈に、備中守《びっちゅうのかみ》に命じよ！　先鋒となり井伊、飯尾を蹴散らし、何としても退路を確保せよと！　急げ！」

咄嗟《とっさ》に命じるが、これでよいのか？　あ、後は何をすればよい!?

再び周囲を見回すが、誰も何も言わぬ。

どうしてじゃ！　どうしてこんなことに!?

永禄六年春のことである。

信長公、家康殿と共に一計を案じ、今川の軍勢を誘引することに成功なされた。

遠江の井伊、飯尾らとも通じ、今川を大いに叩いた。

逃げ惑う今川の醜態は何とも酷い有り様で、荷駄はおろか具足すら打ち捨てて落ち延びていく者も珍しくなかった。

この戦において、今川は兵二千余りの損害を出すことになったのである。

――『信長公記』

＊

何ということだ。今川様の出兵は敗北という結果に終わってしまった。

松平が裏切る可能性は誰もが理解しておったろう。しかしまさか遠江でも謀反が起こるとは……。

ワシが思っていた以上に今川の屋台骨は揺らいでおる。そういうことか。

今川は此度の敗走でいくらかの兵を失ったが、本当に痛いのはそこではない。

遠江の一部を失陥したことも大きいが、これでもない。

本当に痛いのは、今川家の威光、その陰りが衆目にさらされたこと。このご時世じゃ、沈み行く屋形と判断されれば……。

ワシは首を振る。いや、まだじゃ。今川の名はまだ堕《お》ちぬ。しかし、駿河は別として遠江では謀反の動きを見せる者も出てくるに違いない。何らかの引き締め策がいるが……。

それは商人に過ぎぬワシが講じることでもない。ないが、念のため今川様に進言しておこう。

後の問題は……。小島を言いくるめて前線に送ったワシの荷駄か。

あの敗走では致し方なしとはいえ。痛い。痛すぎる。この損失を埋め合わせるは簡単ではないぞ。それほど多くの荷駄を送り出してしまった。

はあ、とワシは溜息を吐く。自身の髪を手で撫でつける。丁度その時であった。慌ただしい足音が聞こえてくる。……いい予感がせぬな。十中八九悪い知らせであろう。

「旦那様！」

障子に家人の影が映る。ワシは返事をしたくない気持ちに駆られるが、そうもいかぬ。

「……何かね？」

「御城より使いが！　今川様が至急登城せよと！」

「何……？」

今川様が城に戻られてからまだ何日も経っていない。戦後処理も終わってないであろうに、至急登城せよとは……。

今後の動きで何かワシに相談でもあるのだろうか？　まあ、丁度よいかもしれん。遠江国人引き締めのため、いくらかワシなりの助言もしよう。

「分かった。すぐに登城の準備を」

「はい」

障子から家人の影が消える。ワシもまたすっと立ち上がった。

＊

その部屋に足を踏み入れた瞬間、ワシは異常に気付く。

ひりつくような空気。僅かな音を立てるのも憚られるような重い沈黙。

何だ？　一体……。上座に座る今川様を見る。そう既に今川様が部屋におられる。これがそもそも異常なのだ。普通なら、後から姿を現すべきだ。それがワシを待ち構える？

それに、その纏う空気もいつになく荒々しいもの。

先の敗戦で気が立っておられるのか？　いや、しかし……。

「早う座れ」

「は、はっ！」

そうだ、呆《ほう》けておる場合ではない。ワシはすぐさま下座に座して平伏する。

「よい、面を上げよ」

「はっ……」

ワシはゆっくりと顔を上げると、今川様の表情を窺う。背中には冷たい汗が流れた。

「知っておろうが、先の戦で蔵人佐に謀られた。松平、織田、それに背いた遠江国人の一部も噛んでおった謀りよ」

「……はい。聞き及んでおります」

「うむ。でじゃ、家中で今、この謀りにここ駿河のとある人物もまた、一枚噛んでおったのだと、そういう声が上がっておる」

「それは……」

話の流れがいまいち掴めず、今川様の顔を見る。今川様の目は真っ直ぐにワシへと向けられている。まるで刺すような視線で……ッ、まさか！

「……顔色が変わったの？　そうじゃ、お主の名が上がっておる」

「何を!?　一体誰がそのような戯言を!?」

ワシは唾を飛ばしながら抗議する。

何故だ？　何故、ワシの名が上がった？

「ワシも、長年今川に尽くしてきたお主を信じたい。が、お主、小荷駄奉行の小島を上手く言いくるめて、戦と関係ない荷駄を大量に送り出したそうじゃな？」

「左様ですが。それがどのような……」

「お主が今川を裏切り、織田、松平に付く。その前準備として、家財を先に向こうへ逃したのだと言う者がおる。家財を先に送り出し、後は身軽な身一つであちらに出奔するとな」

「何と!?　酷い濡れ衣にございます！　手前はただ、戦後の三河にていち早く商売に乗り出そうと思ったまでのこと！　誓って、そのような意図は決して！」

ワシが声を大にして反論するが、今川様の目の色は変わらぬ。その目には猜疑の色がありありと浮かんでいた。

おかしい。斯様な讒言《ざんげん》一つで損なわれるような、そんな脆《もろ》い信頼関係しか築けていなかったわけではない。……いや、此度何人もの人間に裏切られたという事実。それが今川様の目を曇らせておる。あらゆる者が疑わしく見えてくる。そういうわけか！

「お主を信じたいと言ったは嘘でない。実は、登城するお主と入れ違うように、人をお主の屋敷に向かわせた。悪いが屋敷の中を調べさせてもらうぞ。お主の裏切りの証が出てくるやもしれぬ」

「……よろしいでしょう。この身は潔白。いくらでもお調べ下され」

「うむ。何も出てこねばよいがな」

こうなってはジタバタしてもしょうがない。ワシは背筋を伸ばすと、瞑目して待つこととする。

瞑目したままどれほどの時が経ったであろうか？

何人もの人がいるにもかかわらず、誰も物言わぬ静かな部屋に、外から人が近づいてくる音が聞こえる。

「来たようじゃな」

ワシは今川様の言葉に瞼《まぶた》を持ち上げる。

「どうであったか？」

「はっ！　友野宗善の私室からこのようなものが」

そう答えた男が振り向く。その視線の先、後から部屋に入ってきた男が、見事な藍染の着物を抱えている。

ワシは思わず腰を浮かしかけたが、何とか自制する。何でもないという風を装って、座したまま運ばれてきた着物を見やった。

「それは織田、松平が拵えておるという、新有松織ではないのか？　何故、お主の手元に敵方が拵えておる着物がある？」

「手を尽くして、盗み出したものです。以前も新有松織の意匠を盗み、その模倣品をばらまいたのを覚えておいででしょうか？　それと同じことにございます」

ワシはただ事実を述べている。そんな平坦《へいたん》な声音で答える。が、今川様は目を細めてみせた。

「そう何度も盗むことが能うのか？　それに此度は模倣品を作ってはおらぬではないか？」

「それは、どうも此度は模倣品が間に合いそうになかった故」

「ううむ……」

真偽をはかりかねたのか、今川様が唸り声を上げる。

「殿！　そのような問答の必要はありませぬ！　これをご覧下さい！」

横から声が挟まれる。その声の主が懐から文を取り出す。

ッ！　あの文はまさか……！

今川様が文を受け取る。広げて中身を読んでいく。その身に纏う怒気が見る見る内に膨れ上がっていった。

「何か……申し開きが、あるか？」

怒りの余りか、逆に押し殺したような小さな声が今川様の口から零れる。

ワシは反射的に口を開いて、そして閉じた。

百万言を尽くしても、疑いが晴れることはあるまい。

ワシは申し開きの言葉の代わりに、一つ助言をすることにした。

「ありませぬ。ワシは今川様を裏切っておりませぬが、何を言っても信じてはもらえぬでしょう。代わりに、一つ記憶に留めておいてもらいたいことが」

「……何じゃ？」

「此度、手前の屋敷を捜索しようと、そう思われたのは何故でしょう？　もしや、誰ぞが今川様に進言したのでは？　友野の裏切りの証が出てくるかもしれぬと」

「……………」

「もしもそうであるのなら、その者もまた敵に通じている可能性が高いでしょう」

「左様な言で、更に家中を乱そうとするか!?」

今川様の怒声に、ワシはふっと微笑んでみせる。

「手前の言は信じられないでしょう。しかし、記憶の隅に留めおき下さい。さすれば、今川様は嫌でも、その者に用心深くなるでしょうから。……これが手前の最後の奉公にございます」

ワシは言葉を締め括ると平伏する。深々と頭を下げ、畳に額をつけた。

「……引き立てよ」

今川様の言葉に、男二人がワシの脇の下に腕を回すと、無理やり体を起こさせる。

そのまま男二人に挟まれたまま、部屋の外へと連れ出されていく。

これがワシの最期か。ふむ、謀多き者の最期に相応しいのかもしれぬ。

そうじゃな。畳の上で死のうなど、過ぎた望みであったか。

それにしても、大山源吉。ワシの最後の敵手。末恐ろしい若者よ。

この老いぼれに引導渡すは、次の時代を担う若者であったか。

ハハ、まさに道理ではないか！

ワシはどうしてか愉快な気分になって、思わず口の端を吊り上げたのだった。

＊

「旦那様、風が出てきましたね」

「ああ、そうだね」

俺は妻である於藤の言葉に相槌を打つ。

場所は俺の家の縁側だ。ごろりと横になり、於藤の膝を枕にしている。

……友野宗善が処刑されたという報が、今日の昼間に届いた。

それきり今日は、何かをしようという気になれない。

駿河の木綿商人たちを牛耳っていた友野座、そのトップが処刑されたのだ。

その混乱は計り知れない。織田、松平の新有松織に対抗するどころの話ではないだろう。

これで駿河の木綿商人は市場から駆逐され、新有松織が代わって木綿市場を席巻《せっけん》することとなる。

なのに――勝った、という感慨は湧いてこない。勝ったはずなのに、何やら苦い思いばかりが心の内に湧いてくるのだ。

これは、謀略で人を陥れた者が皆等しく抱く思いなのか？

それとも俺だけかな？　だとしたら余り精神的に謀略に向いていないのかな？　それとも数をこなせば慣れてしまうのだろうか？

「旦那様……」

「うん？」

「次は、もっと気持ちのよい商売ができればよろしいですわね」

「そう……だね。うん、於藤の言う通りだ。次は、気持ちのよい商売ができたらいいね」

俺は寝返りを打ち、真上に向けていた顔を横に、於藤の体の方に向けた。

於藤が無言で俺の頭を優し気に撫でる。

俺はそっと瞼を閉じたのだった。

# 第九章　洲股《すのまた》戦役

友野との謀略戦の後、俺たち尾張商人は様々な施策を講じて、商売拡大のための準備に奔走した。村井貞勝を始めとした織田家中の行政畑の連中と膝を突き合わせながら何度も話し合った。

その成果の一つが撰銭令《えりぜにれい》である。

この時代、貨幣経済は農民にまで広く及び、税を銭で納めることもあった。貨幣経済が広がるにつれ、当然銭の需要が高まるのだが……。一口に銭と言っても、あらゆる種類の銭があった。

信長が旗印として用いた永楽通宝に代表される『渡来銭』、公的な銭を模倣した『模造銭』、堺で作られた、さかい銭などの『私鋳銭』、古く欠けたりした『破銭《われぜに》』などなど。

当然それら銭の違いによって、信用のあるなしが顕著になる。

信用の低い鐚銭《びたぜに》は、受け取りを拒否されることすら珍しくない。これがいわゆる撰銭である。

まあ、理解できる話だが、このようなことでは円滑な商売に支障をきたしてしまう。

それに撰銭云々を抜きにしても、こうも多くの種類の銭が溢れては余りにややこしい。混乱の元であるし、どの銭がどの程度の価値かという明確な決まりがないのだ。これは大問題である。

各々の価値観による銭の運用など悪夢以外の何物でもない。

これを正す必要がある。流通する銭に明確なルールを与え、銭の信用を確保する。それを以て、銭の流通を円滑なものとして、商活動を活発化させる。

そのため、織田領内で撰銭令を発布したのだ。

俺たち商人の視点から、極めて現実に即した銭の運用ルールを定めた。つまり、永楽通宝などの良貨を基準銭として、その他事細かにあらゆる銭の交換レートを定めてやったのだ。

これで、よっぽどの鐚銭でない限りは、一定の価値を与えることができる。銭の流通を促進することに成功したのだった。

撰銭令の発布と並行して、織田ブランドを拡大するための準備も行う。

有松工場の拡張と、職人を新たに大量採用。既に熟練工となった初期の工員を彼ら新人の教育に当たらせる。

こうして増員した職人は、拡大した有松村を以てしても手狭に思わせるほどの人数となった。これは承知の上のこと。

問題はない。近い将来第二工場を別の場所に建てる腹積もりであったから。

斯様に、内側での準備に専念するは、その時を待っていたからだ。織田経済圏の拡大の時を。

限られた商売圏で売り上げを上げ続けるには限界がある。かといって、他の商売圏に殴り込みをかけ続けるのも厳しい。

現地に根差す商人らの抵抗もあるし、何より商道を押さえていないのが大きい。

というのも、交通の要衝には無数の関所が設置されている。国人や寺社がのべつまくなし関所を設けやがるからだ。

これは、関銭という交通税を取るために他ならなかった。

そのため、遠方であればあるほど、運送費の外に、度重なる関銭がかかる。これでは価格競争力が低下する。現地商人に大きなハンデ戦を強いられるのだ。

故に、これ以上商売を拡大するためには、織田家の領地拡大が必要不可欠。

以前、戦をするために銭が必要だと言った。

しかしこれは一方的な関係ではない。商売を大いに広げていくためにも、戦が、織田家の領土的躍進が必要なのだ。

言わばこの二つは、天下取りのための両輪。

織田ブランドの一定の成果が、織田家に潤沢な軍資金をもたらした。更にブランドを拡大するための準備も整いつつある。

なれば、織田がなすべき次の一手は、軍事的大攻勢に他ならなかった。

＊

「おう、ご苦労さんじゃのう」

「……これは木下殿」

小牧山城に向かっている最中、見回りの兵とすれ違ったので声掛けてやったんじゃが……。

面白くなさそうに返事しおって。オレのような者が上に立つのが気に入らんいうことか。

すれ違った兵が遠ざかるのを待って、ザッと草履の底で地面を擦るように砂を蹴る。

っと、イカンイカン。緊張の余り、気が立っておる。あの程度、何のことないじゃろ？

いつものことじゃ。

はあ、殿に呼び出されて、小牧山城に登城となったからといって、これではイカン。

しかし緊張するのう。格好はこれで問題なかったじゃろうか？

オレは自身の着る正装に視線を落とす。こう確認するのも何度目か分からん。自分でも肝の小さいことよと思う。思うが仕方なかろうが。

……大丈夫じゃ。ねねが太鼓判押してくれた着物じゃ。などと、これも何度目か分からぬ言葉で自身を宥《なだ》める。

ま、まあ、さほど緊張するものでもないじゃろ。登城するよう命じられたのはオレだけじゃなし。そうじゃ。この小牧山城に諸将が呼び集められとる。オレなんぞ、おまけもおまけじゃ。とはいえ、昔なら呼ばれることもなかったろうになあ……。

などと、今度は感慨深く思っておると、御城の大手門がもう目の前じゃ。……うん？　オレとは別の方向から何人かが大手門に近づいて……ってありゃ、柴田様じゃ！

オレは慌てて道を譲ると、頭を下げてみせる。

無言でオレの前を過ぎていく柴田様。ところが後ろに続く男の一人が、ふんと不快気に鼻を鳴らしおった。

そっと視線を上げると、汚らしいものを見るような目でこちらを見てくる男と視線が合う。

合った視線は一瞬のことで、その男もそのまま通り過ぎていく。しかし一瞬とはいえ、その視線は強く印象に残った。

……ありゃ、佐々内蔵助《さっさくらのすけ》か。けっ、お前もか。お前も、オレのような下賤《げせん》な出の成り上がりは気に入らんかね？

幾ばくかの腹立たしさと、それに勝る昏い喜びを覚える。以前なら路傍の石よと、柴田様みたいに目にも留めず通り過ぎたじゃろ。じゃが、佐々はそれができんかった。それは佐々の中でオレが無視できん存在になっとる、その証左に違いなかった。

まだよ。まだまだ。オレはもっと出世する。そんでいつかお前に頭下げさせたる。この木下藤吉郎秀吉にじゃ。

屈辱に歯を食いしばりながら頭下げりゃええ。オレがそれを見下してやるで。

オレはそう決意する。一行が完全に通り過ぎるのを待ってようやく頭を上げた。

足を踏み出す。オレも大手門を潜ったのだった。

大広間に織田家中の諸将が勢揃《せいぞろ》いしとる！　柴田様に森様に佐久間様に……。今まで遠くから見ていた諸将と同じ場所にオレが！

末席とはいえ、震え上がりそうになる。畏れにか、あるいは、喜びにか。

「殿の御成り！」

殿の到着を知らせる先触れの声じゃ。諸将が一斉に頭を下げよる。オレも慌てて前に倣った。

どすどすという足音。どさっと上座から殿が体を投げ出すように座ったのであろう音が聞こえてくる。

「面を上げよ」

その声に恐る恐る頭を上げる。殿は暫し黙り込みながら諸将の顔を見回しておられる。そして出し抜けに声を上げられた。

「美濃攻めじゃ……長らく続いた戦にけりをつけるぞ」

その強い言葉とは裏腹に、静かに告げられた声音。

一瞬、諸将はその意味を掴みかねたんか、何の反応も示さんかった。が、次第にその言葉が頭に浸透したのか、興奮したようなざわめきが起こりよる。

「ワシ自ら大軍を率いて美濃国内深くまで攻め上る。龍興めを野戦に引き摺り出し、決着をつける。……何か意見はあるか？」

「……敵が臆病風に吹かれ稲葉山城に籠り続けるようだと如何します？」

殿の言葉に諸将が目配せし合う中、いち早く声を上げたは柴田様じゃ。何とまあ、肝の据わったことじゃなあ。

「龍興は家督を継いで以来、国人たちからの評判を落とし続けておる。これ以上落とすは命取りよ。我らが領内を好き放題荒らしても出てこぬとあらば……」

「信用が失墜する。そういうわけですな？」

「そうじゃ。出兵せざるを得まい。そこで止めを刺す」

おお！　と諸将が色めき立つ。斎藤との決着、それが現実に見えてきたからじゃろう。オレの中にも熱い思いが沸き上がって来よる。

場の熱が高まる中、殿が手振りで黙るように示す。ぴたりと口を閉ざすも、誰もが高揚した顔付きで殿の次の言葉を待つ。

「権六、勝三郎……それに禿げ鼠！」

「「はっ（ひゃっ）！」」

こ、声が裏返ってしもうた！　何たる失態じゃ。

「お前たちには小牧山城の留守を任せる。それ以外の諸将はワシと共に出兵じゃ！」

「「はっ！」」

諸将の声に殿は一つ頷くと、すっくと立ち上がる。そのまま大広間から立ち去る。オレたちは平伏して見送った。

暫く待って、諸将も順々に退出していく。それも見送って、オレは最後に大広間から退出した。

肩を落とす。ああ、留守役じゃて！　何てことじゃ！　これでは武功を上げられんて！

思うに、家中でオレが軽く見られるは大きな武功がないからじゃ。方々駆けずり回り、小さな功を拾い集めたり、調略の成功なんかでいくらか出世できたが、やはり大きな武功が必要じゃ。でも、留守役じゃあのう……。

とぼとぼと歩いておると、後ろから名を呼ばれる。

「木下様！」

振り返ると、オレなんかと違って整った顔付きをしとる男児がいた。見覚えがある。確か、殿の小姓の一人じゃ。

「木下様こちらに。……殿がお呼びです」

「にゃ!?　と、殿が……？」

小姓は一つ頷くと、先導して歩き出す。オレも慌てて後に続く。暫く歩いていくと、殿が渡り廊下の途中で一人立っている姿があった。

小姓の顔を見ると、目配せで先に進むよう促してきよる。

オレは手に汗握りながら、殿の近くまで歩み寄る。そうして平伏した。渡り廊下の木板に額を擦りつけながら口を開く。

「せ、拙者をお呼びとのことで……」

「禿げ鼠、貴様にやってもらうことがある」

「はっ！　何なりとお申し付け下さい！」

急な殿の呼び出し。やってもらうこと。一体何じゃ……？

「他言無用じゃ。……出兵は陽動。敵の目を引き付けている間に稲葉山城の喉元に刃を突きつける算段じゃ」

喉元に刃？　ま、まさか密《ひそ》かに稲葉山城を？

「長良川《ながらがわ》の洲股に城がある。いや、あった。元は斎藤の築いた城じゃが、度重なる戦で打ち壊され、修復もされず放《ほ》ったらかしになっておる」

「は、はあ……」

ううん？　稲葉山城を奇襲するわけではないのか。ではどういう？

「この城跡を利用する。ワシらが敵の目を引き付けている間に、この城を改修して美濃攻めの最前線基地とする。この任を禿げ鼠、貴様に一任する」

「そ、そのような大任を拙者に!?」

どえらいことになった。確かに武功を欲したがこれは……。敵前での城の改修！　何と無謀な任務じゃ！　成功すれば大功じゃけど、下手すりゃあ……！

思わず顔を引き攣らせる。それを見て殿はふっと笑った。

「禿げ鼠一人では厳しかろう。貴様に力を貸すように、別の者に申し付けておる。……あの部屋の中に待たせておる。今からよく話し合え」

殿は顎で部屋を示すと、そのまま歩み去っていく。オレは平伏して見送った後に立ち上がるや、恐る恐るその部屋へと歩み寄る。

協力者は誰じゃ？　そいつは能力があるんか？　いやそもそも、オレのような者の下で不満も露わにせず協力してくれるんか？

ええい！　ここで悩んでも埒《らち》があかん！　腹を括れ、藤吉郎！

オレはサッと障子を引く。部屋の中に一人の男が座している。その男は……。

「げ、源さ!?」

「お待ちしておりましたよ、藤吉様。では、早速仕事の話をしましょうか」

源さは、涼やかな顔で微笑んでみせたのだった。

＊

信長が諸将を小牧山城に召集した日より、時は少し遡る。

小牧山城、信長が清洲城より移した新たな居城。その一室で、俺はこの城の主と二人きりで話していた。

「敵前での築城ですか？」

「築城ではない。城の修復じゃ」

「なるほど。しかし、一から築くより楽でしょうが、それでも困難さは計り知れぬでしょう」

「であろうな。無論、馬鹿正直に修復するわけではない。ワシ自ら、大軍を率いて美濃国内に攻め入る。敵の主力を引き付けるためにな」

囮《おとり》、そういうわけだ。ふむ……どうだろうか？　いくら敵主力を引き付けても、敵の全兵力が出払うわけでもない。

大軍ではなかろうが、稲葉山城に残ったいくらかの留守部隊が工事中の城に攻め寄せてくることだろう。

ならば、城の修復に当たる人員とは別に、防衛のための兵もいる。しかも、途中でばれるのは致し方ないにしても、作戦序盤でばれないように隠密《おんみつ》性も重視する必要がある。囮である織田本軍に、敵主力が食いつかねば意味がないのだから。

そうなると、連れていける兵の数は限られる。寡兵では長時間の防衛はきついだろう。

……迅速な工事が肝になる。いかに早く城の修復を終えられるか、それが作戦成功の鍵になるか。

しかし、美濃攻めでの速やかな城の工事と言われれば、否応なしにかの伝説が思い起こされる。そう、墨俣《すのまた》一夜城だ。

佐久間、柴田といった、織田家の有力武将が墨俣に城を築こうとするが、敵の妨害により悉く失敗に終わってしまう。そんな状況の中、藤吉郎秀吉が大言壮語するのだ。『拙者なら七日の内に城を築いてみせます』と。

大任を自ら引き受けた藤吉郎は、蜂須賀小六《はちすかころく》らの助力を得て、知恵を駆使して見事墨俣に城を築いてみせる、というのが伝説のあらましだが……。

残念ながら、これは史実ではない。とはいえ、伝説の元ネタとして、似たような戦ならあったそうだ。もっとも、一夜城と評されるほど速やかな工事ではなかったろうし、そもそも藤吉郎の采配でもないのだが。

墨俣一夜城は伝説。しかし、その中身は中々どうして機知に富んでいる。

プレハブ建築のようにあらかじめ組み上げられた建築部材を、川で次から次に流してやるというものだ。水路によって、陸路より早く運搬。更に、上流である程度組み上げられているため、現地での作業を減らすことができる。

それらを以て、工期を大幅に短縮させることに成功したというのだ。

一考の価値がある手法と言えよう。おそらくこの伝説のネタを考えた人は、実《まこと》しやかに見せるために相当頭を働かせたと見える。創作者も伝説が真になったなら、ネタを盗まれたとて怒りはよし。盗ませてもらおう。すまい。

俺はそこまで考えて、信長の顔を見詰め返す。信長の目は、『ほれ、何か名案を出せ』と、如実に物語っている。ならば語ってみせようと、俺は一つ咳払いする。

「委細承知しました。我ら商人、戦のことに関しては門外漢。それそのものは、武家の皆様に遠く及びません。されど、人、モノの差配に関しては我らの領域。これに関しては、武家の皆様は我ら商人に及びません」

「前置きはよい。早う、本題に入れ」

信長は目の前の蚊を払うように、鬱陶し気に手を振るう。

相変わらず直截的《ちょくせつてき》な話を好む男だ。まあ、その方が無駄に気を遣わなくてよいので、こちらにとっても有難い。

「川の上流で、材木の加工、組み上げを行います。小分けに組み上げた部材を川伝いに運搬し、それらを現地で再度組み上げる。全て現地で行うより、大幅に工期を短縮できましょう。……材木の仕入れ、運搬、そして職人の調達。これらは我ら商人が請け負います。織田家中の方々が差配するより、円滑にいきましょう。後は誰ぞ、織田家中の方に工事の監督と、工事中の城の防衛をお願いしたく思います」

「ふむ……」

信長が虚空を見上げる。今話した案を吟味しているのだろう。

難しい話じゃないし、道理に適っていない話でもない。買い付け、物流、その二つに関しては、商人の右に出る者はいない。

また、プレハブ工法とでも言うべき工事方法も、工期を短縮できるのは間違いない。まあ、一夜城が可能かと聞かれれば、とても首を縦には振れないけれど。

「……であるか。ふん、面白いことを考え付くものよ。一度試してみる価値はあろう」

「では……」

「うむ。うらなり、貴様の案を採用してやる。材木などの仕入れ、運搬に、職人の調達、全て貴様に一任しよう。さて、なれば、織田家中から誰を出すかじゃが……」

「上総介様、その人選、手前より推薦させて頂いても？」

「構わん、誰じゃ？」

「木下様を推薦したく」

「禿げ鼠か……」

信長が再び思案気な顔付きになった。俺は説得のため、更に言い募る。

「此度の作戦は、単純に兵を率いるだけではありません。修復工事に当たる職人らとの連携も重要になってくるでしょう。木下様は、不思議と下々の者から好かれる御仁。職人らとも軋轢を起こすことなく、上手く連携できましょう」

俺の言に、信長はにやりと笑う。

「不思議も糞もあるものか。禿げ鼠も下賤の出じゃ。馬が合って当然じゃろうが」

俺は曖昧に微笑むに留めた。

「よう分かった。確かに禿げ鼠が適任かもしれぬ。生まれもそうじゃが……。あやつは不思議と、下々の者たちをまるで馬を人参で釣るが如く動かせるからな。本当に、不思議なことに」

「それは不思議なことです。その極意、手前も是非とも知りたいものです」

「がははっ！　とぼけおるか、このうつけめ！　よい、うらなりに禿げ鼠、貴様ら二人に一任しよう。好きに動け！　……ただし、失敗は許さぬ」

「承知しました」

俺は深々と頭を下げる。

よし、猿木藤の確保に成功だ。伝説の再現というなら、藤吉郎がいなければな。

まあ勿論、藤吉郎を推したのは、そんな酔狂だけが理由でもないが。

実際問題、連携して動くなら、見知らぬ織田家中の武将より藤吉郎の方がよい。

それに、これを足掛かりに、益々藤吉郎には出世してもらわなければ。そうでなくては、貸した銭の取り立てもままならぬ。

なあ藤吉郎、俺は十分に尽くしたろう？　そろそろ貸した銭の一部くらいは返してもらわねば。

心配するな。あくまで一部だ。何も全部返せとは言わない。利子分だな、利子分。元金はそう簡単に返済してもらっては、却って困る。これから長い間、干からびない程度に絞りとっていかねばならないのだから。

俺は深く下げた顔が信長から見えないのをいいことに、邪悪な笑みを浮かべてみせた。

正に商人らしい邪悪な笑みを。

＊

タンと音を立てながら障子が開かれる。すっと光が直に差し込んできた。

障子を開けた男――藤吉郎はぎょっと目を見開いた。予想だにしない事態に狼狽《ろうばい》しているのか、その目が忙しなく揺れている。

「げ、源さ⁉」

「お待ちしておりましたよ、藤吉様。では、早速仕事の話をしましょうか」

藤吉郎は後ろ手で障子を閉めると、転がり込むように足を踏み出してくる。

「げ、源さ！　これはどういうことだ？」

「さて、どういうことだと思いますか、藤吉様？」

俺は思わせぶりな笑みを湛えながら、そのように返した。

すると、藤吉郎は俺の態度に何かを感じ取ったのだろう。狼狽に揺れた瞳は次第に凪《な》いでいく。ゆっくりと座ると、顎に拳を当てながら俯く。――考える猿。そんなフレーズが頭に浮かんだ。

「……殿の御下知は、源さの差し金だったというわけじゃな？」

顔を上げるや、藤吉郎はそんなことを言ってくる。俺は思わず苦笑した。

「差し金、その言い草はあんまりでしょう。お役目を果たせる人材として、折角手前が藤吉様を推挙したのに」

「そりゃあ、そうじゃが……」

藤吉郎が落ち着かなげに体を揺する。

「大功をあげるよい機会です。そうでしょう？　それとも、やり遂げる自信がお有りでない？」

「……源さ、まさかそんな挑発でオレが乗せられると思っておらんよな？　ふん、昔ならいざ知らず。これでも、数多くの調略をこなしてきた身じゃぞ」

目を据わらせて、こちらを見てくる藤吉郎。

ほう、唯のお調子者でもなくなったか。当然か、目の前の猿は後の天下人、太閤秀吉なのだから。

「重々理解しておりますとも。ただ、お互いの気安さ故につい軽口が出てしまいましたね。これは失敬しました」

「別に気にしとらん。……で？　目的は？　何のためにオレを推した？」

「無論、藤吉様に功を上げてもらいたいからです。……時に藤吉様、手前が藤吉様にお貸しした銭がいくらになったか覚えておいでですか？」

その問い掛けに、藤吉郎はたじろぐ。あからさまに視線を泳がせた。

「お、おう。……ま、まあ沢山じゃな」

俺は押し黙ったまま藤吉郎の顔を見る。

「い、いや、源さ！　きちんと返すで！　そりゃ、今すぐというわけにはいかんが！　大体、源さもすぐに返さなくてよいと言っておったろうが！」

唾を飛ばしながら話す藤吉郎。その頬に汗が一筋伝い落ちる。

ふむ。苛めるのはこの辺にしておくか。

「左様です。今すぐに返せとは言いません。そも、今の藤吉様では逆立ちしても、返済できないでしょうし」

「う、うむ。そうじゃの」

「藤吉様、手前はね、未来の藤吉様に投資したのですよ」

「とうし？　何じゃそりゃ？」

っと、いかん、いかん。ゴホンと咳払いする。

「つまり、今の藤吉様ではなく、未来の藤吉様に銭を貸したのです。立身出世を果たした、未来の藤吉様に。分かりますね？　藤吉様が出世しなくては、互いに困ったことになるわけです。手前は莫大な銭を溝に捨てることになる。藤吉様には……腹でも召してもらうことになるやも」

「お、恐ろしいこと言うな。まあ、分かりやすくはあったが……。つまり、オレらは一蓮《いちれん》托生《たくしょう》というわけじゃな？　オレが出世しなくては共倒れというわけか。委細承知したが

「……。しかし此度のお役目、勝算はあるんか、源さ？」

「勿論。手前、負ける博打はしない主義です」

俺は不敵に笑んでみせる。藤吉郎は腕を組んで黙考する。

「……博打か。博打と言えば、源さは桶狭間で大博打に勝ったんじゃったな。……分かった。源さの勝負運に賭けたる！　オレもその博打に乗るわ！」

藤吉郎がどんと自身の胸を叩いてみせる。

「藤吉様なら必ずやそう言って頂けると信じていました。ならば、博打に勝つための秘策をお伝えしましょう……」

藤吉郎が身を乗り出す。俺は囁くように、伝説を現実にするための方策を語り始めた。

＊

源さとの密談を終えたオレは、城から帰るために一人歩いておる。

もう大手門は目の前じゃ。……うん？

大手門に見た顔が立っておる。見た顔というか、弟の小一郎《こいちろう》じゃな。

大方、他の諸将と共に殿より登城を命じられたオレのことを心配して来たに違いない。

「兄上、他の諸将方よりずいぶんと遅く出てこられましたが……。何事かありましたか？」

「まあ……のう」

左右に目を走らせながら、そのように返す。小一郎も察して、すぐ傍に寄ってくる。オレは歩みを止めぬまま大手門を抜け、緩やかな坂を下っていく。

その坂の中頃に至ると、小声で殿の密命について小一郎に説明してやった。

「それは何とも……」

小一郎は事の重大さに言葉を失う。肝の小さいことじゃ。

「心配いらん。協力者の源さは、気心知れた相手。他の諸将と組むより、よっぽどマシじゃ。少なくとも、足を引っ張ったり陥れようとはせんじゃろ。それに、能力もある男じゃ」

「……源さ、御用商人の浅田屋のことですな。兄上が途方もない銭を借りておる商人」

小一郎が咎めるような声を出す。

少し前まで、オレの銭の出所を小一郎にも黙っておったからな。そうでもせんと、商人に莫大な借財をしていると聞くや否や、この小煩い弟は激しく非難してくるに違いないからのう。

まあ、隠し切れんかったわけじゃが。額が額だから、誤魔化し切れるものでないことは初めから分かっておったが。

それでも小言を聞かされるのを後回しにしたいというのは、誰しも考えることじゃろう。

「そう、その浅田屋じゃ。協力ついでに、まーた銭を貸してもらうことになったぞ」

「なっ、兄上！」

あー、煩い。オレは羽虫を払うような仕草で手を振ってみせる。

「小言は聞き飽きたぞ、小一郎」

「何を仰います！　今いくらの借財があると！　このままでは深みに嵌って抜け出せなく……」

オレは小一郎の目を見詰める。真剣な目付きで。小一郎は思わず言葉尻を飲み込んでしまった。

「逆じゃ、小一郎。深みに嵌るは、源さの方じゃ」

「それはどういう……？」

「源さは、既に莫大な銭をオレの為に費やしておる。もし、オレが出世できずに潰れれば大損よ。なら、源さは更に賭け金を積み上げるしかない。これまでの銭を無駄にせぬために、更にオレの為に銭を費やさざるを得んのじゃ」

オレはにやりと笑う。

「オレらは一蓮托生じゃ。共に下々から天辺《てっぺん》まで駆け上がるか、共に破滅するかよ！　のう、これ以上信頼できる相手が他におるかや!?」

オレは力説してみせる。さしもの小一郎も気圧《けお》され、小言を口にすることができぬようじゃ。

「……相分かりました。兄上もよく考えられた上での行動なのですね」

「そうじゃ」

オレは重々しく頷く。頷いたが、今の説明には穴がある。

確かに、源さはこれまでの銭を無駄にするのを嫌うじゃろう。それ故、出来る限りオレを支援しようとする。それは間違いない。が、どうしてもオレが使い物にならんと見切りをつけたら、大損を呑んででも支援を打ち切るじゃろう。更に損を拡大しないように。

まあ、ええ。ようは見限られなければいいだけのこと。わざわざ、小一郎にそれを伝える必要もないわな。

さーて、また借りた銭で、ウチの阿呆どもに発破かけるか。はは、忙しくなるぞ！

やってやる。必ずオレは立身出世を果たす。そして……。

オレは野心を胸に、振り返り御城を見上げたのだった。

＊

墨俣一夜城。伝説によれば、敵地美濃国内にある墨俣に、長良川の上流から秘密裏に木材を流して、瞬く間に城を築いてみせたという。

面白い発想だ。しかし、一つ気になる点がある。それは木材を流す前の段階。長良川の上流まで、大量の物、人を移動させること。これを秘密裏に行うことができるだろうか？

当時、川とは重要な通商路だ。川沿いには川湊《かわみなと》を始め、多くの集落もある。そんな場所へ人々の耳目に触れぬよう、如何に移動してみせたというのか？　……無理がある。いくら尾張国内の移動とはいえ、情報封鎖にも限界があろう。やはりここら辺が創作の限界か。

俺は内心苦笑してみせる。人によっては、長良川の上流で木材を伐採したのだと、そう主張するかもしれないが……。

城を築くのに必要な数をそう簡単に伐採できたなら、苦労がない。ましてやただ切るだけではない。加工しやすいよう枝を落とし、形を整え、それで初めて木材だ。

それを短期間で終わらせられる？　林業の皆様が、馬鹿にするなと怒鳴り込んでくるぞ。

まあ、そもそもからして、生木を建材に使用するなぞ正気の沙汰ではないのだが。

俺は広げられた地図を見る。注視するは、尾張と美濃の国境。現代では、愛知と岐阜は木曾川《きそがわ》を県境とするが、この時代では木曾川より北の境川と、境川から通じる長良川の一部を国境とした。

ふむ、国境の川だから境川というわけだ。何とも安直な。まあ、分かりやすくていいのかもしれないが……。しかし、尾張、三河の国境に流れる川の名も境川とくれば、流石に呆れてしまう。

目指すべき墨俣ならぬ洲股は、この国境よりやや北側。つまり敵地である美濃国内の長良川沿いにある。

トントンと、国境に流れる境川を指で叩き川沿いに指を滑らせ長良川へと。そこから目指すべき洲股は目と鼻の先だ。

一度地図から指を離すと、今度は境川よりやや南、尾張国内をトンと指す。

この時代、長良川を含む木曾三川は、何度も氾濫してはその都度流れを変え、無数の支流が複雑に絡み合っていた。

今指差す土地は、そんな網の目のような支流に囲まれた土地。――その名を大浦といった。

＊

尾張国内は新たな事業に活気付いていた。

その発端となったのは、尾張国冨田《とみた》村にあった聖徳寺である。この寺は、信長と信長の舅であった斎藤道三が初めて顔合わせをした場所。信長にとって縁深い寺と言えた。

その聖徳寺が、先の大雨で大層被害を被ったというのだ。

これは捨て置けぬと、信長は救いの手を差し伸べることを決める。差し伸べることに決めたのだが、この際に二つの案が出てきた。

つまり、同じ土地で再建する案と、いっそ新たな土地に移して再建する案、これら二つだ。

関係各所の話し合いの末、これを機に元々創建された地に、つまり尾張国大浦に戻してはどうかという意見が強まった。

そう、親鸞《しんらん》の弟子閑善が師から七種の宝物を授かって開山したのが大浦で、そこから今の冨田村に移ったという経緯があった。

最終的な決定は、信長に委ねられることになる。

信長の下した決定は、聖徳寺創建の地である大浦にて再建するというものであった。

一度方針が決定されれば、迅速な行動を好む信長のこと。即座に聖徳寺再建のための予算を捻出し、この再建事業は動き始めることになる。

尾張中の材木商に再建のための材木を調達させる。また数多くの大工職人たちが手配された。

更に、信長の下で力を強めた御用商人たちもこの事業に協力する。寄進という形で、身銭を切って聖徳寺再建の一助とした。

彼ら御用商人は、材木商に払う銭の一部を負担した。自らが買い取った材木に、それぞれの屋号の一字、『浅』や『山』の焼き印を押し、これを尾張北部の大浦へと送り出していく。

次から次へと大量の材木が北へ送り出されていく様は、信長と彼の御用商人たちの経済力、その威容をまざまざと国内外へと知らしめたのであった。

＊

一人の若者が苛立たし気に体を揺すっていた。

若者の名は斎藤龍興。ここ稲葉山城の、ひいては美濃国の主である。

龍興の苛立ちの原因は、尾張国内で沸き立つ聖徳寺再建事業にあった。

派手に行われる再建事業。それは最大の敵手である信長の勢いをこれでもかと見せつけてくる。

しかもそれが行われているのが、国境を越えてすぐ向こうの大浦ときたものだ。嫌でも目についてしまう。

結果、美濃国内の領民たちの間でもその話でもちきりだ。そして感嘆したように言うのだ。『織田の勢い飛ぶ鳥落とすかの如く』と。

龍興はギリと歯嚙みする。

それに付け加え龍興は、信長の掲げるお題目も気に入らなかった。曰く、『亡き舅、道

である。そう龍興の父義龍が弑《しい》した祖父
信長の舅、斎藤道三とはつまり、龍興の祖父に当たる。
三公の為に』ときたものだ。
これを世間がどう見るか？　未だに亡き舅を想う娘婿と、父親殺しをした男の跡継ぎた
る孫息子。……語るまでもないことである。
龍興は怒りのままに境川を越えて、大浦で行われようとしている聖徳寺の再建を滅茶苦
茶にしてやりたい衝動に駆られるが、そういうわけにもいかぬ。
道三公の為に、その名目で行われる大浦での再建事業をぶち壊す。そんなことをすれ
ば、唯でさえ下がっている求心力が地の底まで落ちてしまう。
「殿!!」
襖を開き、近習《きんじゅ》の一人が駆け込んでくる。只ならぬ様子だ。苛立つ龍興は、その狼狽す
る近習の姿すら不快に思い怒鳴り返す。
「何事だ!!」
近習の男は、一瞬その怒鳴り声に口を閉ざすが、気を奮い立たせてその報を告げる。
「織田の軍勢が、突如国境を越えて北上！　新加納まで進出し、焼き働きを行っておりま
す！」
「何だと!?」

──やられた！　龍興は心中で叫ぶ。

派手な聖徳寺の再建事業で目くらましを行い、密かに整えた兵で電撃的な侵攻をして来たのだと、そのように龍興は思った。

攻め入る場所も、龍興にとっての盲点であった。これまで織田の攻勢は、西美濃への進出が主であった。が、今回は一転中美濃への進出である。

まさにしてやられた形である。完全に後手に回ってしまっていた。

「新加納まで進出した織田軍の規模は!?」

「情報が錯綜し、まだ正確な数までは……。しかし、織田上総介自らが大将となり軍を率いているとの情報が多数寄せられております！　それが真なら、大軍である可能性が高いかと！」

「ッ！　……う、討って出る！　織田軍を迎え撃つぞ！」

声を震わせながらも、龍興は果断に出撃を決意する。

「なっ!?　されど……！」

「言うな！　不利は承知の上よ！　しかし、しかし、ここで出ぬわけにはいかぬ。織田の侵攻に尻込みして、稲葉山城に籠ったとなれば……」

龍興は苦悶の表情を浮かべる。言葉尻は声にならなかったが、近習の男は続く言葉が何であったかを了解していた。

龍興が斎藤家の当主に就いて以来、彼の名声は落ちいくばかり。これ以上名声が落ちるのを看過すれば、命取りになりかねなかった。

「……承知しました。我ら臣下一同、命を懸けて戦いましょう」

「うむ」

近習の覚悟に、龍興は重々しく頷いた。

＊

「……源さ」

俺は自分を呼ぶ声に振り向く。

そこには、材木運搬の車借に扮装《ふんそう》した藤吉郎の姿がある。いや、藤吉郎だけではない。彼の後ろにも、同様に車借だの馬借だの大工だのに扮装した男たちの姿。

彼らは、藤吉郎が率いる手勢たちである。

「いよいよオレらの出番じゃな」

「ええ」

俺と藤吉郎は互いに頷き合う。

聖徳寺再建を名目に堂々と美濃との国境の手前、大浦まで材木に兵に大工職人たちにと、物、人を運び込むことに成功した。

更に、信長が中美濃へと出撃。斎藤の目をそちらに引き付けた。おそらく少なくない数が迎撃のため、中美濃へ向かうはず。

なれば、後は決まっている。この大浦を網の目のように流れる川を、水路を使って材木を運ぶ。信長が進出した新加納よりずっと西の洲股目指して。

そして鬼のいぬ間に、一気に洲股にある城を修復するのだ。

寺の再建工事と見せかけて、ここで既に城を築くための下準備は行った。後は伝説通りに事を進める。川での運搬に、プレハブ工法での即席城の完成だ。

「行きましょう、藤吉様。いざ、洲股へ」

伝説が、今ここに再現されようとしていた。

＊

商人側の責任者として、積み荷がきちんと納品されるのを見届ける。そう言って、運搬される材木と共に川の上を船で行く。

目指すは洲股。そこで兵と職人衆と積み荷を降ろして俺の仕事は完了だ。

本来なら、もっと前の段階、川に運び込む段で見送るのが正しいのだろうが。

ようは、心配なのでギリギリまでついてきてしまったのだ。

自分でも馬鹿だと思うが、この作戦の意味するところを思えば、容易く自分の手から離すことに不安を覚えてしまった。

いや、違うな。不安ではなく、何やら嫌な予感を覚えたのだった。

どうやら俺は、どんと腰を据えて待ち構える、そんな商人になれる気質ではないらしい。

はあ、と自嘲の溜息を吐くと、川の水面に視線を落とした。

川の流れは穏やかだ。ここ数日雨が降らなかったお陰だろう。これなら川での運搬中に滅多なことも起こるまい。となると、やはり問題は城の改修工事となる。

信長が洲股よりずっと東の新加納に進出して陽動行動をとっている。斎藤軍の主力は中美濃方面に出張っていると見て間違いあるまい。

それでも、いくらかの留守番部隊が稲葉山城には残っていよう。

聞けば、洲股から稲葉山城のある金華山は遠目に見えるそうな。それほどまでに近い。稲葉山城に残るのは大軍ではないだろう。しかし、それほどの至近距離に敵軍があるという。まさに敵前での築城だ。プレッシャーは生半可なものではない。

真っ先に改修工事中の洲股に襲来するのは、この留守番部隊であろうか？　恐らくはそうだろう。求心力の落ちた斎藤家の為に、美濃国人たちが迅速な行動を起こすとは考えにくい。

……時間だ。改修工事が完了するまでどれほどの時間がかかるか。それが肝だ。

大工たち職人衆が改修工事を行う。その間、藤吉郎率いる守備部隊は襲来する敵勢を迎撃することになる。

最初に来襲する留守番部隊は迎撃できるだろう。……戦に関してずぶの素人である俺の見立てではない。専門家の意見だ。そう、本作戦を知る二人、信長と勝家の。

現在小牧山城にいる勝家だが、改修工事完了予定日には後詰として完成した城へと進駐する役目を担っている。

つまり、それまで敵の攻勢を防ぐ。かつ、橋頭堡《きょうとうほ》たる城を完成させる。これらが成れば、最早斎藤には抜くこと能わぬ楔が打ち込まれることを意味する。

この楔を打ち込むことにより、美濃攻めは大詰めに差し掛かることになろう。斎藤を下して、美濃一国を織田が手中に収める。それは天下への道が開かれることに他ならない。

俺はぎゅっと拳を握り締める。失敗は……許されない。

「浅田屋の旦那！　見えたぞ、あれが洲股だあ！」

俺の乗る船の船頭が声を張り上げる。その声に俺は目を細めた。

果たしてそれを肉眼で捉えた。長良川の西岸、何やら盛り上がった土台のようなものを見出す。

あれが信長公記にも記される洲股要害、その城跡に違いない。

正に城の基礎だけが残り、その上には一切の建造物が見当たらない。いや、基礎となる土台も長年放置されていた間に風雨にさらされたと見えて、所々崩れ落ち歪《いびつ》な形状をしている。

俺の乗る船を含む船団が、その城跡の傍に吸い込まれるように着岸していった。

＊

大量の材木、その荷下ろしと城跡への運搬はそれだけで多大な時間を食った。

結局、一晩だけだが、洲股で夜を明かすことになった。翌日の昼前になってようやく全ての荷下ろしを終える。丸一日とは言わないが、それに近い時間がかかっている。

焦燥は募るばかり。まさか、まだ俺らの存在が稲葉山城の留守番部隊に気付かれてはいないだろうが、それでも気が急いてしまう。

しかしどんなに焦っても、ここでお役目は俺の手を離れる。後事は藤吉郎に委ねられるわけだ。

あの男の能力を疑うわけではないが……。

「大山様……」

考え込む俺に護衛の弥七が声を掛けてくる。

「そろそろ尾張に戻る船を出そうかと、船頭たちが話しております」

「ああ」

こちらを窺うような声音に生返事を返す。

弥七の声から察するに、とうに出る準備は終わっていて、後は俺待ちだと思われる。船頭たちは弥七を通じてその意向を伝えてきたと見るべきだろう。

「分かった。が、最後に藤吉様に挨拶を済ませておこう」

俺はそう言って、盛り上がった城跡の土台を上へ上へと登っていく。後ろから弥七が黙ってついてくる。城跡の天辺、そこに目的の人物は立っていた。こちらに背を向け、遠く金華山を望んでいる。

「藤吉様……」

その背に俺は声を掛ける。藤吉郎はゆっくりとこちらを振り返った。

「何じゃ、源さ？」

「手前はそろそろ尾張に戻ります。その前に挨拶をと」

「そうか。ご苦労じゃった、源さ。後はオレに任せい」

そう言って、藤吉郎は再び金華山を横目に睨むように望む。

「やはり、稲葉山城の留守番部隊が気になりますか？」

「当然じゃ。……連中はいつになったらここの改修工事に気付くかのう？」

「さて？　こればかりは運でしょう。何日間察知されずに済むか。それは予想できることではありません」

「そうか……。早う、気付いて攻め寄せてくればいいのにのう」

は？　何と言った、この禿げ鼠は？

「……びくびくと待ち続けるは気が持たない。ならばいっそ、早く攻めてきた方が。そういう意味ですか？」

「はっは！　馬鹿言うな、源さ！　誰が怯えるものか。むしろ猛《たけ》っておるのじゃ！　殿率いる本軍すら、言わばこの戦場の為の助攻に過ぎんのじゃぞ！　この戦場が、この藤吉郎秀吉こそが、戦の中心じゃ！　そしてその最大の見せ場が、稲葉山城から来る部隊を蹴散らす時じゃろうが！　見せつけてやらねば！　オレを馬鹿にしてきた連中に！」

ッ！　慢心、驕《おご》り？　……いいや、違う。これはもっと深く危ういものだ。俺は藤吉郎の瞳の中に渦巻く色、それの名を看破する。これは——執念。これまで己を馬鹿にし、見下してきた者たちを必ず見返してやろうという、余りに強い執念だ！

「藤吉様……」

「ん？　どうした源さ？」

「いえ。何でもありません。それでは手前はこれで」

「おう。道中気を付けてのう、源さ」

「藤吉様もくれぐれもお気を付けて。どうかご武運を」

そう言って、俺は城跡を下っていく。

――冷静になれ。そんな言の葉が通じるようにも見えなかった。

不味い、不味いな。どうにかしなければ。そう思いながら、川岸まで歩く。

「大山様？」

船に乗りながら弥七が心配げな声を上げる。それだけ俺が思い詰めた顔をしている。そういうわけか。俺はそれでも黙したまま考え込む。やがて、船は川岸を離れ長良川の上を進み出した。

「……弥七、少し予定を変更しよう」

「はっ？」

俺が出し抜けに言うと、弥七が間抜けな声を上げる。

「嫌な予感こそ当たるものか。……思い付きの策がある。とてもではないが進んでやりたいような策じゃない。苦し紛れの策だ。できれば、それを使わなくて済むことを祈りたいものだが……。あの様子じゃなぁ」

俺は弥七に聞かせるというより、独り言に近い言葉を漏らす。

「はぁ。最悪の事態を想定して、準備だけは進めておこう」

俺は遠ざかる洲股を見やる。心中で馬鹿野郎！　と、藤吉郎を罵ったのだった。

＊

暗い。光もない闇の中じゃ。どうしようもない気怠《けだる》さを覚える。

『――？　これはどうしたことじゃ？　ああ、そうか……』

最初は事態が摑めぬも、次第に己が半覚醒の状態であることを悟る。朝、完全に目が覚める前の、泥の中にあるような独特な微睡の中にある。

そんな半覚醒の頭の中で、かつて幾度となく聞いた声が響く。

「見よ、あの貧相な形を」「顔の造りも卑しいもの」「言動や振る舞いに気品が感じられぬ」「いやにへりくだった態度。情けないものよ」「下賤の出か」「下賤の出じゃ」「またあの男が……」「ほんに目障りよ」「これだから……」「これだから……」「これだから下賤の出は」

ばちりと目が覚める。むくりと半身を起こした。既に周囲は明るくなり始めておる。洲股で迎える四度目の朝日じゃった。

嫌な気分をまぎらわすため、一人朝の散歩をする。すると、すれ違う者たちが気軽に声を掛けていきよる。

「おはようございます、木下様」

「おうよ」

「おっ、鼠の旦那！　今お目覚めですかい！」

「そうじゃ。それから、鼠は止めい！」

大声で言い返すと、周囲でその遣り取りを聞いていた者たちが声を上げて笑い出す。ったく、こいつらは！

わざとらしく、肩を怒らせる仕草をしながら歩いてみる。そこかしこで忍び笑いが起きた。

「兄上」

その声に振り向くと、弟の小一郎がそそと早歩きで近づいてきた。耳打ちしてきよる。

「金華山に出していた物見が駆け戻ってきました。昨日の夕刻前より、稲葉山城の周囲が明らかに慌ただしいと」

「……そうか。ついに気付きおったか」

「恐らくは」

オレは小一郎と頷き合う。

「工事を急がせい」

「はっ」

昼を過ぎて暫く経つと、オレの予想を裏付ける事態が起こる。

ひい、ふう、みい。よく目を凝らせば、指先ほどに見える騎馬の姿。おうおう、明らかにこちらを窺っておるのう。

「敵の物見でしょうか？」

「じゃろうな」

「如何します？　追いましょうか？」

「いらん。無駄足じゃ。それに見たいなら、存分に見せたらええ」

「それはどういう……？」

「小一郎、それにお前らも座れ」

オレは率先して地べたに胡坐をかいて座る。他の者たちにも同じように座るよう指示する。

やがて兵らが車座になって、オレを囲むように胡坐をかいて座った。

「恐らく明日じゃ。明日、稲葉山城から兵が攻め寄せてくる」

オレの言に、皆が真剣な表情を浮かべる。

「庭先でいつのまにか城を造られとるんじゃ。慌てふためいて来よる。金華山から真っ直ぐこの洲股までの。オレらはこれを蹴散らすんじゃ」

「なっ!?　お待ち下さい、兄上！　まさか討って出るお積りですか？」

「そうじゃ」

「どうしてです？　城は未完成とはいえ、ある程度の防衛能力は期待できます。ここで守勢に回った方が……！」

　手振りで周囲を示す小一郎。オレはその手の動きを追って周囲を見回した。

　確かに、真っ先に洲股の基礎の外周に柵を張り巡らせた。内側には櫓《やぐら》も建てとる。それから、職人たちが工事を進めている最中、手持ち無沙汰なオレたちは空堀なんかも掘った。

　職人の手伝いしても素人じゃ却って足引っ張るからの。だからといって、ぼうと突っ立っているのも勿体無い。じゃから、兵らには柵の付近に空堀を掘らせたわけだ。堀を巡らせるというほどの規模でもないが、気休めにはなるかのう。

なればこそ当然の疑問じゃな。どうして、ここに籠って迎撃せんのか、と。

「理由はいくつかあるが……。最たるもんは、職人らじゃ。あいつらはオレらと違って戦慣れしておらん。敵襲に遭えば動揺して、作業に集中できんくなる。改修工事は遅れてしまいかねん。それは、不味い」

　オレは尤もらしい理由を口にする。

「……なるほど、確かに理解できます。できますが」

「心配するな！　無策で敵に突っ込むわけないじゃろ！」

「ならば策が？」

　オレは頷いてみせる。そうして自信ありげに周囲の顔を見渡した。

「敵の物見に存分にこちらを見せるも策の一つじゃ。連中にここにいる兵の規模を知らしめたる」

「何のために？」

オレはにやりと笑う。

「夜の闇にまぎれて兵の多くを洲股から出撃させる。残った少数は、敵の見える場所にずらりと並んで、その後ろに旗を掲げるのよ。全兵残っているよう見せかけるためにの」

「…………」

周囲の兵らが黙ってオレの言葉を聞く。

「ええか？　夜間に出撃した兵を二隊に分ける。そんで、金華山から洲股までの直線進路を挟むよう、左右に伏せるんじゃ。……後は分かるな？　猪《いのしし》のように真っ直ぐ進む敵の無防備な両脇に横槍入れる。それで終いじゃ！」

そうじゃ。それで終いじゃ。まだ槍働きで大功は上げておらんが、それでも少なくない戦場を越えてきた。その経験で知っとる。横槍衝かれた部隊の脆弱《ぜいじゃく》さを。ましてや奇襲効果も合わされば、その効果は覿面じゃ。

「どうじゃ？　文句はあるか？」

オレの問い掛けに、兵らは互いに目配せし合う。

「……どうしたことじゃ？　鼠の旦那が一端《いっぱし》の武将みたいなことを言っとるぞ」

「ほんとにそうじゃ。狐《きつね》でもとり憑《つ》いたかの？」

「どういう意味じゃ⁉　オレかて一端の武将じゃ！　忘れたんか、殿が諸将を召集した時、オレも呼ばれとったろうが！」

「ああ。そういえば、そうじゃった！」

ったく、本当にこいつらときたら！

「それで？　文句はない。それでええか？」

兵らは頷いていく。その内の一人が口を開く。

「文句はない。それよりも鼠の旦那……」

「何じゃ？」

「いつも通り銭は弾んでくれるんだろうな？」

そう言って、いやらしく笑いよる。オレも笑い返した。

「おうよ！　一番槍に二番槍、多く首獲った奴、それに大将首と。他所より大量の銭出したる！　励め！」

「「応‼」」

オレの檄《げき》に、阿呆どもの蛮声が響き渡った。

＊

地べたに這いつくばるように伏せる。梅雨も明けた盛夏じゃ。鼻先の夏草の匂いが鼻腔を擽《くすぐ》る。

じっと待つ。お天道様に照らされた髪が熱を持つ。蚊が周りを我が物顔で飛びよる。それでもじっと……隣に伏せる阿呆が嫌がるように身をよじりおった。

たわけが！　オレですら我慢しとるじゃろが！　無言で軽く小突く。恨みがましい目で見られたが知ったことか。

待つ、待つ、待つ。そして……地を伝う震動を感じ取った。伏せとるからよう分かる。音より先に震えを覚えた。次いで耳が音を捉える。

「鼠の旦那……」

「分かっとる」

囁くような声音で言葉を交わすと、オレは少しだけ首を持ち上げた。

オレたちは小高い丘の死角に伏せておる。じゃから、全容とは言わんが敵兵の規模を推測できる程度には窺い知ることができた。

——五百、いいや、六百ほどか？　オレの手勢が五百。内、五十を洲股城に残してきたから四百五十。兵の数はいささかこちらが不利。じゃが、この程度の数なら奇襲で十分ひっくり返せる。

次いで旗印を確認する。……ありゃ、西美濃三人衆の一人、安藤の旗印か？　大物じゃが、何でこいつが留守番役を任される？

先の稲葉山城乗っ取りの首謀者じゃぞ。あれか？　殿の率いる大軍との野戦で、信用できん男と轡《くつわ》を並べるのを嫌ったんか、斎藤右兵衛大夫《うひょうえだいぶ》は。

そうじゃとしても一度城を乗っ取った男に城を任せるとは……。

何じゃ、臆病なのか大胆なのか、よう分からん男じゃな。

しかし、乗っ取りの時に安藤は二千の兵で稲葉山城下一帯を制圧したと聞いておったが、兵力がずいぶんと少ない。

城を完全に空に出来んかったか、あるいは、安藤を警戒する右兵衛大夫がいくらか兵を引き抜いて戦場に連れていったか。

分からんが、まあええ。少なくとも目の前の敵兵は対処可能な兵数。その事実だけで十分じゃ。

「来よる、来よる……鼠の旦那！」

「待て、待て……まだじゃ。待て」

兵らに言い聞かせとるんか、自分に言い聞かせとるのかよう分からん。ただ、待てと言う。

そうじゃ、待て。心臓が早鐘を打つ。鼓動が煩い。敵兵にまで聞こえるんじゃ、そんな馬鹿な考えが頭に浮かぶ。

「待て、待てよ…………」

向かいに伏せておる連中、先走らんじゃろうな。こっちが動くのを見て動けと、再三言い聞かせたが……。無性に心配になった。大丈夫であろうか？

どくんと鳴る心音。ええい！　心臓の音が煩い！　来る、来る。もう少し、あと少し……！

「今じゃ！　横槍入れええい!!」

「「おっ、お、おおおおおおおおお!!」」

しもうた！　何でオレが先頭を走っとるんじゃ!?　阿呆か、オレは！　興奮の余りとんでもないことを……。しかし、途中で足止めるわけにもいかん。

「鼠の旦那！　そんなに一番槍に銭払いたくないんか!?　下がっとれ、下がっとれ！」

そう声を上げながら、隊内一脚の速い男がオレを追い抜いていく。……た、助かった。

それからも次から次へと男たちがオレを追い抜いていく。

少し余裕ができて、丘を駆け下りながら敵兵を通り越した向こう側に視線をやる。……よしよし、向こうに伏せていた連中も、こちらの動き出しを見てちゃんと動いとる。

丘を下り切った。こちらの先頭は既に敵兵に肉薄しとる。そのまま横槍が無防備な横腹に突き刺さる。明らかに浮き足立つ敵勢。悲鳴に、困惑の叫びに、怒号が上がる。

ある男は、突然のことに狼狽して動くこともままならず。ある男は、慌ててこちらに向き直ろうとして、手に持つ槍の長い柄で隣の味方をガツンと打ち据える。……阿呆じゃ。

「皆の者、落ち着け！　まずは……！」

馬上で唾を飛ばしながら、狼狽する兵らに指示を飛ばす男がいる。ふむ、安藤じゃないだろうが。何せ、兜《かぶと》を着けてはいるが、大層なものでもない。が、こういった指揮する者を真っ先に殺《や》れば、益々混乱に拍車がかかる。

「あれじゃ！　兜首じゃ！　討ち取れい！　討ち取れい！　あの首一つに十貫じゃ！」

抜いた刀の切っ先で馬上の男を指し示す。途端、ウチの阿呆どもの目がぎらつく。

「十貫！　ワシのもんじゃ！」「いや、俺のもんじゃ！」

何人かの男が槍かざして馬上の男目掛けて駆けていく。させじと、馬上の男の周囲にいた敵兵たちが密集して、馬上の男の周りを固めてしまう。

案の定、首は取れそうにないか。しかし、目をぎらつかせた兵らに命狙われた状況で、冷静に指揮も出来んじゃろ。銭も払わんで済む。完璧じゃな。

おおおお！　と味方から幾度も蛮声が轟く。そうじゃ。それでええ。声張り上げたら興奮する。恐怖を一時忘れられる。もっとじゃ。もっと声張り上げて、無我夢中に戦え。

我武者羅に切り込むこと暫し、ふっと敵味方密集するところから抜ける。オレの周囲には十数名の兵がおった。敵兵はすぐ傍にはいない。

ふう、と息を吐く。呼吸を整えて、よしもう一度……。

「鼠の旦那！」

傍にいる兵の一人が声を上げる。そいつが指し示す方に目を向けた。……何じゃ？　ありゃ、敵の後方部隊か？　何であんな離れた所におる？

敵味方入り乱れ、喧騒著しい安藤本隊とはぐっと離れた位置に百～二百ほどの兵が固まっとる。こちらの喧騒も何のその、静謐を保ち隊形を整えていた。――こちらに逆襲するために。

旗印は九枚笹《くまいざさ》。誰じゃ、あの隊を率いるんは？　何故あんなところにおる？　偶然か？　それとも地形から直前に奇襲の可能性があると勘づいた？　分からん。

あれが逆襲してきたらどうなる？　安藤本隊は混乱の中。痛打は加えた。加えたが、まだ決定的な一打を与えたわけではない。まだいくらでも息を吹き返すじゃろう。

ならば、ならば、あの一隊に逆襲されれば……。されれば……。

頭の中にぐるんぐるんと言葉が回る。やがてそれらは最悪の未来を象《かたど》っていく。

不味い……！　このままじゃあ！

焦燥に叫び出しそうになった瞬間、その声が聞こえた。

ずっと後方から微かに響いてくる声。鬨《とき》の声《こえ》か？　十町ばかり後方の洲股城に置いてきた兵らが上げたものであろうか？

オレは振り返る。すると、驚くべき光景があった。

それは、洲股城の傍に流れる長良川を、織田の旗印を掲げて上ってくる船団の姿であった。

*

遠目に見えるは黄色地に永楽銭の旗印。――織田の旗を掲げて現れた船団。それを見て鬨の声を上げる目の前の敵部隊。素直に受け取るなら、敵の後詰が現れたということだが……。

「……半兵衛《はんべえ》様」

傍にいる太郎五郎が緊迫した声音で私の名を呼ぶ。

「腑《ふ》に落ちません」

「はっ……？」

「腑に落ちない。そう言いました。余りに時機を捉えすぎた後詰の登場です。……偶然と言えばそれまでですが」

「……つまり、何らかの偽装であると？」

暫し考え込んでから、太郎五郎はそのように問い返してくる。

「さて……。単純に私がそう思ったというだけのこと。本当に、あちらにとってよき偶然であった可能性もあるでしょう」

「──半兵衛様」

別の男が声を掛けてくる。隊内一遠目の利く男だ。少し息が荒い。すぐ先に敵部隊が在るからそう近づけるものでもないが、できる限り、あの船団に近づいた上で偵察するように言い付けておいたのだ。

「どうでしたか？」

「はっ。先頭付近の船の様子だけなら何とか……。武装した兵らの姿をしかと目にしました」

「……確かに武装していたのですね？」

「はい確かに。具足を身に纏い、手には槍を持っておりました」

「そうですか」

「……敵が類稀なる強運に恵まれた。そういうことでしょうか？」

私は太郎五郎の問いに応えず目を伏せる。思考を走らせた。敵の後詰か、あるいは偽装か。それは考えても詮無きこと。ならば、このまま戦うべきかどうか。仮にあれが偽装でなく、真実敵の後詰であったとしよう。その場合、我々は退却すべきか？

否だ。こんな懐深くに敵の橋頭堡を築かせるわけにはいかない。戦略的に余りの痛手。いや、それよりも深刻なのは、国人らに走るであろう激震の如き動揺。

唯でさえ、国人の心は斎藤家より離れている。この敵の一手は止めになりかねない。雪崩を打ったかの如く、離反者が続々と現れることだろう。

なれば、無理を押してでも強硬に攻め入るのが正解だ。そう、本来ならば。しかし……。脳裏に過るは斎藤右兵衛大夫の顔。果たして、あの男のために命を懸ける価値があろうか？

「……目の前の敵部隊に一当てします。それを以て舅殿への援護とする。舅殿が部隊の混乱を鎮静すれば、共に退却しましょう」

「よろしいのですか？」

太郎五郎の問いに、私は頷く。

「敵の築城を察知し、急ぎ兵を出した。が、衆寡敵せず、やむなく一旦引き上げ国人らの召集を待つことにした。……最低限の名分は保てるでしょう。無理をする必要はありません」

「承知しました」

方針は決した。その決断が意味するは……。滅びるか。美濃国主たる斎藤家が。美濃は織田の手に落ちることになろう。最早この流れは覆せまい。

織田上総介か。今、日の本で最も勢いがある大名と言っても過言ではあるまい。果たして、どのような男であろうか？

もない。

＊

「浅田屋の旦那、敵兵が……！」

「引いていきますね」

どっと周囲の男たちが沸く。具足を纏い、槍を手に持ちながら。しかし、彼らは兵ではなかった。後詰の柴田勝家には予定より早い出兵を乞う文を出したが、まだ来られるはずもない。

だから、ここにいるのは見せかけだけの張り子の虎であった。

もっと酷いのが……。俺は後ろに続く船々を見る。敵に露見しないよう、先頭の何艘《なんそう》かには人を固めて乗せていたが、後続の船は操船に必要最低限な人員しか乗っていない。空船同然であった。

ようは、洲股に至るまでの木材運搬を担った車借や馬借や船頭たちに兵隊ごっこをさせた、そういうわけであった。

「いやー、どうなることかと冷や冷やしたが。浅田屋の旦那の言う通りになったな！」

船頭の一人が破顔しながら口にする。偽装作戦に失敗すれば命の危険があったとはいえ。実際には戦場見学で済んだ。その上、俺の無茶な頼みを聞いたことで少なくない報酬が出るのである。笑いが零れるのも無理もない。

だが、俺は笑えない。彼らに臨時に支払う銭も馬鹿にならなかったし、何より……。彼らが身に纏う何とも年季の入った具足こそが原因であった。

織田の旗を掲げようが、先頭の船に人を固めようが、乗っている人間が、明らかに船頭だの荷運び人だのの風態であったら、張り子の虎にすらなれない。

そのため具足を身に纏わせ、一端の兵のふりをさせたのである。では、その具足の出所は？　それは境川沿いの村々から掻き集めたものだ。

この時代常備兵など、夢のまた夢。いざ戦になれば、農村から人が戦働きに出るのは珍しくも何ともない。ましてや境川は、その名の通り国境の川。その川沿いの村々だ。美濃との戦いで戦働きに出る機会は格段に多かったろう。

そのため、村々の住人は具足を持っていた。それを徴発……できればよかったのだが、俺にそんな権限はない。仮にあっても、村人の反発は必定だから、徴発は容易ならざるものだったろう。

だから、全て買い取った。火急掻き集める必要があったため、値段交渉なぞしている暇もない。札束で頰をひっぱたくが如く――この時代お札はないが――本来の価値より高い値で買い漁った。

言い値で買う、よりも酷い。有無も言わさず、奪うが如く買い取るには、誰も首を横に振る余地もない銭を提示する必要があった。

ああ、思い出すだけで、怒りやら羞恥やらで頭が煮え立つようだ。

本来、如何に安く仕入れ、高く売るかが商人の腕の見せ所とも言える。その真逆をいくが如き買い取り。こんなの見習い小僧ですらしない。

しかし、背に腹は代えられない。尾張国中を巻き込んでの大規模欺瞞《ぎまん》作戦。その上での敵国内での築城だ。ここまで大掛かりなことをしておいて、失敗しましたでは済まされない。

藤吉郎にとっても、俺にとっても、必ず成功させる必要のあった作戦なのだ。ああ、だから仕方ない。……そう思わねばやってられない。

それにしても、藤吉郎も上手く合わせてくれたものだ。

俺たちが後詰部隊であるはずがないことは、藤吉郎は百も承知のはず。にもかかわらず、天を衝くような鬨の声を兵らに上げさせた。

助かった！　味方が駆け付けてくれたぞ！　そんな様を見事演出するアドリブは、敵兵を騙す一助となったであろう。まあ、それ以前の失態があるからな、それでも赤点だけどな。あの禿げ鼠め、どうとっちめてやろうか？

藤吉郎への仕置きを考えている間にも船は進む。やがて、藤吉郎らの待つ川岸へと接岸した。

よっと、船を飛び降りる。足袋を川の水が濡らした。構わず歩を進める。藤吉郎隊の下へと。

先頭には何やら複雑そうな表情をしている藤吉郎の姿がある。

「やはり源さか……」

「藤吉様、御無事のようで何より」

「何でじゃ？」

「はい？」

「何で、斯様な無茶をした。馬鹿な失態を演じたオレなんて見捨てればよかったろうが。そりゃ、此度の失態は源さとはいえ、責めを負うじゃろ。だけど、これまでの功績、今後期待できる働きを鑑みれば、そこまで厳しい沙汰ではないはずじゃ。それこそ、全てこの禿げ鼠のせいにすれば、そもお咎めすらないかもしれん。なのに……」

「藤吉様……」

言葉を次から次に吐き出そうとする藤吉郎を手で制する。俺は軽い調子で声を出す。

「藤吉様、そんなの我々が一蓮托生だからです。忘れたのですか？　そう話し合ったばかりではないですか」

「それは分かっとる。確かにオレが潰れれば源さも大損じゃ。だけど致命的なそれでもないじゃろ？　何故オレに見切りをつけないんじゃ？」

「……約束がありますから」

……

「約束？」

「それも忘れ果てましたか？　藤吉様が言ったのですよ。初めて顔を合わせた時に。我々二人で、上でふん反り返っているお歴々をぎゃふんと言わせるのでしょう？　他の誰でもない。卑しい商人たる手前と、下賤の出である藤吉様。この二人でです」

藤吉郎は何かを言おうと口を開けるが、言葉にならない。もごもごと口を動かし、そして諦めたのか俺の方に歩み寄る。バンバンと肩を叩いてきた。俯き、その表情は窺い知れない。ようやく絞り出すように声を出す。

「……助かった。次は必ずオレが助ける」

「ええ。期待しています」

かくして、洲股への敵の攻勢、その第一陣を跳ね返すことに成功。そして第二陣が押し寄せることはなかった。

西美濃に残る国人らの腰は重く、その動員は遅々として進まなかった。また、新加納に出馬した龍興ら美濃勢主力は、洲股築城の報を聞き、織田の真の狙いに気付いた。気付いたが、正対する織田本軍を前に、容易に退却することもままならない。

結果、橋頭堡の護持を確実なものとしたのだった。完成した城に、柴田率いる二千の後詰を迎え入れ、橋頭堡の護持を確実なものとしたのだった。

永禄六年夏のことである。

信長公、木下秀吉に洲股要害の修築を命じられた。木下、敵勢の攻勢を受けるもこれを無事に完了させた。

信長公、その功績を激賞され、木下を洲股城城主に据え、金銀を褒美として下賜された。

――『信長公記』

……信長公記には記されぬ零れ話ではあるが、信長より下賜された金銀の半分は部下たちへの報酬に消え、残る半分はある商人に全て毟り取られ、藤吉郎の懐には一銭も残らなかったそうな。

# 第十章　三河一向一揆

俺は小牧山城の渡り廊下で足早に進む信長の小姓の背を追う。

「お急ぎ下さい、大山殿。殿を始めとしたお歴々は既にお待ちです」

もう何度も聞いた言葉を繰り返しながら、小姓は益々足を速める。最早競歩か何かをしているような気分になる。

信長に呼び出され登城したのだが、首を長くして待っていた小姓に今、急き立てられながらズンズンと歩かされる羽目になってしまった。

どうも、既に信長が待っているらしい。常のように後から登場すればいいのに、何て厄介な。

うんざりとした気分に浸りながらも、どこか頭の中の冷静な部分が思考を止めずに回転する。

信長が既に部屋にいるのは、会談の相手が俺だけでないからだろう。小姓の言葉によれば、既にお歴々が揃っているとのことなので。

……お歴々、か。誰だ一体？　小姓の口振りからそれなりの立場の人間だろうが。

今まで信長との対談で余人が同席した例はない。

それもそうだろう。所詮俺は商人に過ぎない。信長が重臣たちと話し合う場に、俺なんかが混じるのは不自然極まりない。人によってはそれだけで不快になる恐れすらあった。

うーむ、この前の洲股の一件で益々名を上げたことで、信長がそのような配慮はいらなくなったと判断したとか？

ありうるな。効率性を重んじる信長だ。わざわざ二回に分けて会談の場を持つより、関係者各位が一堂に会しての、一度きりで済む会談こそを望むだろう。

しかし、信長の感覚と重臣らの感覚のズレが心配なんだよなあ。

信長が大丈夫だろうと判断しても、それが当てになるかどうか……。佐久間とか、佐久間とか、佐久間とか。風聞から判断するに、かなり不快さを示しそうである。

「こ、こちらです、大山殿」

小さな体で急ぎすぎたためか、小姓は息を乱し、顔を紅潮させながら言う。中性的な容姿の為か、見上げてくる潤んだ視線が妙に色気を放つ。

……小姓に求められる役割を思えば当然、か。いや、これについては深く考えまい。現代人の感覚も未だに色濃く残る俺は、その道への忌避感があったのだ。

「失礼します……ッ！　これは、これは！　申し訳ありません。手前如きが皆々様をお待たせしてしまうとは……！」

引いた障子の先には、信長、柴田勝家、村井貞勝、そして今一人見知らぬ男が座っている。

信長、勝家、貞勝ときての、この男だ。当然小物ではないだろう。……武人然とした男だ。年齢は四十辺りであろうか？

「よい。早う座れ、うらなり」

「はっ」

信長の催促に、俺は急ぎ下座に座する。

「うらなり、権六と吉兵衛《きちべえ》とは面識があるな？」

「はい。柴田様と村井様には、大変お世話になりました」

「うむ。なら、初顔合わせは三左《さんざ》だけか。ほれ、その男が森《もり》三左じゃ」

信長が顎で示す。俺は森三左と呼ばれた男に深々と頭を下げる。

「お初にお目に掛かります。熱田商人、大山源吉と申します」

「うむ。森三左衛門《もりさんざえもん》じゃ。よろしくのう、大山」

武人然とした風格に反して、どこか柔らかさを感じさせる落ち着いた声音が返ってくる。

……森三左衛門、森三左衛門可成《よしなり》か！　あの、攻めの三左の異名を持つ武将。

なるほど、勝家や貞勝と肩を並べてもおかしくない男だ。

俺が加わる以上、非公式の会談にならざるを得ない。なれば呼ばれた三人は、信長の信頼厚い男たちというわけだ。

頭を下げながら、そこまで考えを巡らすと――。

パンパンと上座から音がする。目を向けると、信長が右手に握った扇子で左手の平を叩いている。

「挨拶などよいと言うておろうが！　時間の無駄じゃ」

「はい……」

ったく、この男は……。すっと頭を上げるが、内心毒づいておく。

「お主たちを呼んだは外でもない。今後の方針を話し合うためじゃ」

今後の方針……か。信長の発言に、俺以外の三人は特に口を開こうとしない。三人は既にある程度話を聞いているのか？

うーむ、三人を差し置いて、俺が発言するのも憚られる。なので、視線で信長に問い掛けることにする。じっと黙って、信長の顔を見た。

「無論、美濃攻めのことじゃが。そろそろ終いにする積りじゃ。如何に攻略を進めていくか。そして、終わらせた後のことも事前に相談しておきたい」

ふむ。そういうわけか。如何に攻略するか、それだけなら俺と貞勝はいらない。

最早、美濃斎藤家の命運は風前《ふうぜん》の灯火《ともしび》だ。普通に攻めればよい。武将たちに任せればいいだけだ。

それでも、俺と貞勝がここにいる理由。それは戦後処理と、その後の尾張、美濃二国の内政に関することに相違あるまい。

「殿、拙者の存念を述べる前に確認したいことが」

「何じゃ？」

貞勝の声に、信長は疑問の声と視線を貞勝にやる。

「件の申し出――浅井からの申し出に、如何返事なさるお積りでしょうか？」

「ああ。浅井が美濃の後背を衝き、我らの美濃攻めを手伝おうというあれか。ふん、見返りに美濃を制圧した後に、六角との戦いに助勢して欲しい。そんな魂胆であろうが。わざわざ、斎藤を下すに浅井の助勢など無用よ。美濃攻めだけを見れば、全く同盟の必要がなかろう。なかろうが……」

「上洛、ですな」

可成が信長の言を引き継ぐ。

「そうじゃ。尾張、美濃、そして近江を経由して上洛する。浅井と六角が領する近江をの。北近江の浅井と南近江の六角は相争っておる。なれば、この両者を相手取るより、片方と同盟を結び、もう片方を攻め滅ぼした方が早い」

「確かに……」

場の全員が頷き合う。浅井との同盟は必須だ。しかし浅井との同盟は……。

脳裏に美しい少女の顔が思い起こされる。俺は思わずといった具合に口を挟んだ。

「畏れながら申し上げれば、いずれ浅井との同盟は必要でしょう。それは手前も同意します。されど、同盟締結に際し逼迫《ひっぱく》した事情があるは、六角との戦いに苦戦している浅井の方です。対し、我らにはそこまで急ぐ事情もありません」

「ふむ……」

信長が目で続きを促してくる。

「なれば、すぐに浅井の申し出を受けず、暫し韜晦《とうかい》なされては如何？　申し出の受諾を勿体付けて、よりよい条件を引き出すのです」

「がははっ！　商人らしい進言じゃの！」

信長は大笑する。笑みが収まると、貞勝に目を向ける。

「浅井の使者を焦《じ》らしに焦らした上で、こちらに有利な条件を引き出す。できるな、吉兵衛？」

「お任せ下され」

信長の問い掛けに、貞勝は二つ返事で返す。信長は満足そうに頷いた。

よし！　これならば……！

史実と違い、斎藤を下すは織田の独力だけで十分だ。なれば、浅井との同盟は史実ほど近々の課題とは言えぬ。翻って、浅井の状況は史実と大差ない。いける。史実とはまた違った同盟の在り方を模索することが……。

「殿！　失礼します！　今しがた、早馬の知らせが！」

障子に人影が映る。緊急事態を思わせる声が震えるように響く。

「……何事じゃ？」

「はっ！　三河国にて一向宗の一斉蜂起が起きたとの由にございます！」

「一向宗……。ふん、竹千代め、足元を疎かにしおって。坊主どもを調子づかせるとは……。それで？　規模はそれなりのものか？　鎮圧に手こずりそうなのか？」

「いえ！　それが……、その……」

はっきりしない物言いに、信長は眉を顰める。

「何じゃ!?　はっきり申せ！」

「は、はっ！　一向宗の蜂起に合わせ、松平家中の少なくない家臣が一斉に蔵人佐殿の下を離反！　一向宗に合流した模様です！　鎮圧に手こずるどころか、あるいは……」

「何じゃと!!」

信長は怒声を上げるや、がばっと立ち上がる。身を震わせながら押し黙った。

その間、誰も言葉を発することができない。苦しい沈黙が下りる。

「……蔵人佐に万一のことあらば、東の抑えが消える。そうなれば、美濃攻めの完遂も危ぶまれよう。予定変更じゃ！　急ぎ浅井との同盟を！　浅井と連携して速やかに斎藤の息の根を止める。よいな？」

――よいな？　そう問い掛けてはいるが、有無を言わさぬ語調だ。

勝家、可成、貞勝、そして俺も黙って頷くことしかできなかった。できなかったのだ。

＊

**永禄六年九月吉日**

尾張一の姫君の入輿《じゅよ》ということで、その日は上下を問わず見送りに多くの人が集まった。

兄、織田上総介を始めとした親族衆、家臣団、更には近年織田家との結びつきが強くなった御用商人らが市姫に別れを告げる。

方々から集まった民衆が一目お目にかかろうと、遠巻きにその様子を窺った。

日の出の勢いの織田の威光を示すかの如く、近江へと向かう一行が運ぶ嫁入り道具の品々は何とも壮麗なもの。――武家調度たる御厨子棚《みずしだな》、黒棚、書棚の三棚に、化粧、香、茶、裁縫、料理道具類に、坐臥具《ざがぐ》、火鉢、その他諸々の家具、新有松織など色とりどりの着物に、筆、硯、紙といった細々とした文房具に至るまでこれ以上ない一級品が揃えられた。

これらは、御用商人らがこぞって揃えたもので、わけても、浅田屋大山源吉の揃えたる品々は筆舌に尽くし難く。これを見た人々は、『京の公達の姫君ですら斯様な嫁入り道具を揃えられまい。まっこと、日の本一の嫁入りじゃ』と、訳知り顔で囁き合った。

「市よ、お前が浅井家で達者に暮らすことを願うておるが……。この時世じゃ。どうなるかなぞ、神ならぬ身には分からぬもの。この婚姻がお前に不遇の未来をもたらすやもしれぬ。……許せ、とは言わぬ。その時は、この罪深い兄を存分に恨め」

信長が市姫に別れの言葉を告げる。それは余りに真摯な言葉であった。嘘偽りや、気休めを一切挟まぬ、信長の誠意ある言葉であった。

市姫は一つ頷くと、姫君らしからぬ勝ち気な笑みを返す。

「市も武家の娘なれば、左様なことは百も承知。……それよりも、亡き道三公が義姉上《あね》の嫁入りの際になされたように、刀をお贈り頂けたなら。このご時世ですから、いずれ兄上に御向けすることになるやもと、言い返すことができましたのに」

「抜かしよるわ！　……市、祈ることしかできぬが、お前が恙なく暮らすことを願っておる」

「ありがとうございます、兄上」

信長が別れの挨拶を終えると、親族衆や重臣たちが代わる代わる祝いの言葉と別れを告げていく。その列がふっと途切れるや、市姫は少し遠巻きに見ていた俺に視線を向ける。

「うらなり！　近うよれ！」

「はっ」

俺はすすっと、市姫の前に進み出る。

「うらなり、わらわの入輿に際し、結構な贈り物をしてくれたようじゃな。礼を言うぞ」

「滅相もありませぬ。あの程度の品々、市姫様が手前のためになされたご尽力に比べれば、一体どれほどのものでしょうや。あれらは手前からの細《ささ》やかな御礼にございます」

「うん？　尽力とな？」

「はい。過日の、有松での新織物のお披露目のことにございます」

「おお！　あれか！　確かにわらわは、うらなりに尽力しておったの。もっとも、あの催し物は、わらわも大いに楽しんだがの！」

「であれば、よろしゅうございました。……市姫様、近江で恙なくお暮らしになることを御祈念申し上げます」

「うむ。うらなり、お主も達者でな！」

そう言って、市姫は花咲くような笑みを浮かべる。

俺はそんな市姫に対し深々と頭を垂れた。まるで市姫の視線から逃れるように。

……罪深い兄を恨め。信長はそう言った。そう、信長はこの婚姻が市姫に不幸をもたらす未来もあるやもと想像して。想像してだ。

だが！　だが俺は違う。俺は知っているのだ。かつて辿った歴史において、市姫が激動の人生を歩んだことを。

無論、この先史実と同じ未来を辿るとは限らない。限らないがしかし、織田、浅井、朝倉、この三家の関係を鑑みれば、辿る未来は……！

それを知るくせに、市姫の輿入れに異議を申し立てるでもなく、あまつさえ恥知らずにも見送りに顔を出している。

豪華な嫁入り道具の品々を用意したはせめてもの罪滅ぼしであったか。いや、罪滅ぼしにもなってない。ただの自己満足だ。

ああ、本当に罪深いのは信長ではない。罪深いのは……俺の方だ。

俺が市姫の前を離れると、また別の人間が別れの挨拶をする。またもや人が連なって、市姫の姿は人の山に隠れて見えなくなった。

ぼうっと、その人の山を眺めていると、じゃりと近づいてくる足音を耳が拾う。

「何を腑抜《ふぬ》けた顔をしておる、うらなり」

「上総介様……」

傍に寄ってきたのは信長であった。その眼《め》は鋭くぎらついている。

既に信長は市姫の輿入れに心囚われることなく、その先を見据えているのがよく分かった。

「感傷に浸っておる暇はないぞ。三河の一件もある。急ぎ、美濃攻めを完遂させねば」

「……はい。時に、蔵人佐様の旗色は如何なのでしょう？　情報が錯綜して、手前では三河の現状を把握することもままならぬのですが」

「ワシも似たようなものじゃが。苦戦しておるのは間違いあるまい。が、蔵人佐の奴、ワシに向かって『三河国の騒乱に織田の手出しは無用にて』と文を送って寄こしおった」

「手出し無用……ですか？」

俺の疑問の声に、信長はにやりと笑う。

「不思議に思うか？　商人だと不思議なのじゃろうな。……蔵人佐めも、今川の大軍が攻め寄せて来たならば素直に援軍要請をするじゃろう。が、此度は足元の火事よ。これでワシに頼れば、己に三河国を治めるに足る実力がないと、自ら喧伝《けんでん》するに等しい。武家は体面を気にするもの。下らぬ意地と商人は思うやもしれんが、それが武家なのじゃ」

「なるほど。では、上総介様は本当に蔵人佐様に手を貸さぬお積りですか？」

信長は暫し考え込むような仕草をする。

「……三河に兵は出さん。兵は全て美濃攻めに使う。ただ、本当に何もせぬわけにもいかぬだろう。まだ松平に倒れてもらっては困る」

「では？」

「蔵人佐の顔に泥を塗らぬよう、周囲に気取られぬように銭を回す。方法は貴様ら商人に任せる」

「はっ。他に、何かお力になれることはありましょうか？」

「そうじゃな。……正月の宴席の用意でもしておれ」

「は？」

思いがけない言葉に、俺は目を点にする。

「正月の宴席の用意じゃ、うらなり。次の正月は、稲葉山城内で盛大に祝うからのう」

「承知致しました」

得心のいった俺は、信長に頭を垂れたのだった。

＊

永禄六年は激動の年となった。

春、織田、松平が一計を案じ、今川の軍勢を誘引した上でこれを大いに叩いた。この戦いに前後して、遠江国人の今川からの離反が相次ぎ、今川の信用は失墜することとなる。

夏、織田勢が美濃国への侵攻をより強め、各地で勝利を重ねた。わけても、洲股の戦いでの勝利がもたらした戦果は著しく、美濃国内での橋頭堡の確保と、それによる美濃国人の動揺は、斎藤家の屋台骨を揺るがすに足るものであった。

秋、市姫の浅井家輿入れに伴い、織田・浅井同盟が成立。只でさえ織田との戦いで劣勢に立たされていた斎藤家は、その上南北を敵に挟まれ、二正面作戦を強いられることになる。最早、先見の明なくとも、斎藤家の滅亡は誰の目にも明らかであった。

織田、浅井は、時に力攻めで美濃国内の城々を落とし、時に調略で美濃国人を離反させていく。

特にこの秋の激動著しく、まるで何者かが時間の流れを早めたかの如くであった。織田の興盛には目を見張るものがあった。されども、この年の激動全てが織田に利したわけでもなかった。

＊

**永禄六年九月――三河国岡崎城**

一人の若者が評定の行われる大広間へと向かっていた。まだ、年齢は十六であったが、桶狭間の合戦時の武功などを評価され、その若武者は評定の末席に加わることを許されていた。

そもそも当主である家康がまだ二十二、他の家臣団も全体的に若い者が多い。だからこそ許されたとも言えよう。

若者は、何ぞ腹立たしいことでもあったのか、鬼もかくやという表情をしていた。内心の苛立ちが、その荒々しい歩みに表れている。廊下の木板が先程から悲鳴を上げていた。

「平八郎」

誰もが避けて通りそうなほど怒気を露わにする若者に、背後から声を掛ける者がいる。怒りに顔を染めた若者は声の主を振り返った。

「小平太か」

後ろから小走りで寄ってきた男もまた若い。気安く互いの名を呼んだのは、二人が同い年の友人同士であったからだ。

「大変なことになったな。まさか足元で斯様な大火事が起きようとは」

何とも参ったという風情で掛けられた言葉に、平八郎と呼ばれた若者——本多忠勝《ほんだただかつ》はギリッと歯を噛みしめる。

「何たる曲事か！　坊主どもや、兼ねてから殿に不満を抱いておった連中にとどまらず、家中からも離反者が相次いでおる。……許せぬ！　彼奴ら、全員の首を捩じり切ってくれるわ！」

忠勝の激情に、小平太と呼ばれた若者——榊原康政《さかきばらやすまさ》は肩を竦めてみせる。

「落ち着け。気持ちは分かるが、冷静さを欠いて何とする。まあ、お主の場合は無理からぬことか。弥八郎殿に三弥殿と、一族からも相次いで離反者が出ては……」

ぎろりと睨み付ける忠勝の眼光に、康政は思わず口を閉ざす。

「一族？　彼奴らは断じて一族などではないわ！」

「失言だった。許せ。しかし、それでも繰り返し言うぞ。冷静になれ、平八郎。……状況次第では、我ら二人掛かりで殿を諫《いさ》めねばならぬかもしれないのだから。何せ、殿の方がお主よりも腸《はらわた》煮えくり返っておられるだろうからな」

康政の言葉に、忠勝ははたと思い当たった顔をする。そうして初めて、怒り以外の顔色を滲ませた。

「……確かに、小平太の言う通りじゃ。今日の評定荒れるかもしれぬ。いや、必ず荒れよう」

「うむ。だから冷静にな。俺はまだ参加できぬのだから。代わりにお主がしっかりしてくれよ。まかり間違っても、殿と共に燃え上がるでないぞ」

康政は此度の戦で初陣となる。ついこの前までは、家康の小姓であったのだ。家康に近しい人物の一人であったが、武将としてはまだ評定に顔を出せる立場にない。

「……留意するが、他のお歴々ならいざ知らず、俺のような若造の諫言なぞに、殿は耳を傾けられるだろうか？」

「逆じゃ。年嵩《としかさ》のお歴々に上から諭すように言われれば、殿とて面白くなかろう。我らのように殿より年下であるからこそ、為《な》せる諫言もあろう」

そういうものかと、忠勝は頷く。

「相分かった。出来る限りのことはしよう」

「頼んだぞ」

康政が忠勝の肩を叩く。忠勝は一つ頷いてみせると、再び大広間に向かって歩き出した。その足取りは、先程までよりずっと落ち着いたものとなる。いくつか角を曲がり、ようやく大広間に到着した。忠勝は一礼してから大広間に入ると、すっと一番下座についた。

まだ、他の参加者の多くは大広間についていない。忠勝より早く来ていたのは、唯一人である。

忠勝とは余り面識がない人物であったので、一度頭を下げたきり、忠勝は瞑目しながら他の参加者が集うのを待った。


「殿の御成り」

その先触れの声に、忠勝は目を開くと深々と頭を下げる。そうして耳をそばだてた。

おや？　と、忠勝は不思議に思う。てっきり、康政と会う前の忠勝がそうであったように、家康も荒々しい足音を立てて現れるものとばかり思っていたからだ。

「皆の者、面を上げよ」

許しを得て、忠勝は他の者と共に頭を上げた。そっと窺うように家康の顔を見る。その表情は難しいものであったが、少なくとも怒り狂っているように見受けられない。

――殿はそれほどお怒りになっておられないのだろうか？　忠勝は、内心首を傾げる。

「与七郎、状況を説明せよ」

「はっ！」

家康の呼び掛けに、与七郎と呼ばれた男――石川数正が応える。

「一向宗門徒らの蜂起は各地で起きております。三河国中の一向宗の寺はもとより、これに兼ねてより殿に含むところがあった、桜井松平家、大草松平家、吉良《きら》、荒川らが呼応。それから……」

ゴホンと、数正は一つ咳払いする。

「家中を離反した、本多正信《まさのぶ》、正重《まさしげ》兄弟、渡辺守綱《わたなべ》、蜂屋貞次、酒井忠尚《ただなお》、夏目吉信《よしのぶ》、内藤清長、加藤教明《のりあき》らが門徒側に加担しました」

ざわりと、場が騒めく。言葉にならぬ声が漏れた。それは一同の驚きを示していた。何故なら、数正が離反者たちを諱《いみな》で呼び捨てたからであった。

既に、家中から離反者が多数出たことを知ってはいたが、この場にいる面々は未だ実感し切れていなかったのだ。が、数正の言葉で否応なく、かつて同じ釜の飯を食らった朋友《ほうゆう》たちが、完全に敵に回ってしまったことを悟らされたのだった。

「……状況は芳しくありません。門徒側は方々に集結しております。ここ岡崎城より北は、上野城を拠点とし、南は近い順に、上宮寺、勝鬘寺《しょうまんじ》、桜井城、本宗寺《ほんしゅうじ》、本證寺《ほんしょうじ》、荒川城、東条城を拠点としておる模様です。その規模は、七千ばかりまで膨らんでおるとか」

「七千……」

誰ともなく呆然と呟いた。七千とは尋常な数ではない。最早、暴徒や一揆などという言葉に収まらず、三河国を割る内乱の体をなしていた。

「確かに数は多い。されど一枚岩ではなかろう」

ばっ、と皆が上座に目を向ける。家康が口を開いたのだ。

「僧兵、門人たる民草に、武士にと、皆立場の違う者たち、言わば烏合《うごう》の衆よ。数ばかり多いだけで、連中に結束力などあるまい。なれば、付け入る隙はある」

――おお！　確かに！　そんな声が大広間のあちこちで囁かれる。

「与七郎」

家康は数正に目を向ける。

「家中を離反し、門徒側に奔った者らに使いを送れ。今帰参すれば、全てなかったことにすると」

「なっ!?　殿、それは……！」

「離反者たちをお許しになられるのですか!?」

何人かが腰を浮かせ、非難するように家康に問うた。が、家康は落ち着いた様子で頷く。

「考えてもみよ。家中を離反した者らは皆、御仏《みほとけ》への信仰と主家への忠誠、この二つの板挟みに遭い、苦しんでおるのだ。間違いを犯すこともあろう。なれば、こちらから手を差し伸べてやるべきではないか？」

しんと、大広間を水を打ったような静けさが覆う。

確かに家康の言うことは分かる。それに、離反者の全てでなくても、いくらかが帰参すれば、敵兵の数は減り、味方の数が増えるのだ。理屈だけで言えば、家康の言う通りするのがいいに決まっている。

しかし、感情が容易には納得できぬ。一度主君を裏切った者たちを、これまでと変わらず友として共に戦うことができるのか？

この場にいる者は皆、等しくそのように腑に落ちぬ思いであった。

いや、一人違う心持ちの者がいる。忠勝だ。評定前に、康政と交わした会話が頭に入っていたが故に、家康の常ならぬ様子に不審を抱いていた。

――あれは本当に殿か？　別人がすり替わったのではあるまいか？

忠勝はまじまじと家康の顔を見詰める。しかし、その顔は確かに家康のもので間違いなかった。

家康は右手に持つ扇子で、ぱしぱしと己の左手の平を打つ。はっ、と皆が物思いから離れ、家康に注目する。

「これは決定事項じゃ。異論は許さぬ。門徒側の切り崩し工作を行い、しかる後に合戦で雌雄を決する」

「……分かり申した。ならば、切り崩し工作の後に、如何に戦いを進めるかですが……」

数正の言に、集った武将らが一斉に、我が我がと声を上げる。

すると、パシン！　と一際大きな扇子の音がした。

「戦は、ワシ自らが先頭に立って門徒衆と矛を交える」

「はっ？　と、殿、何を仰って……」

家康は右手で扇子の要《かなめ》を、左手で扇子の先を握る。何やらミシミシと音がするのは、どうも幻聴の類ではないようだ。

「温情は示した。それでも我が下に帰参せぬとあらば……！」

バキッと、扇子が真っ二つにへし折られる。大広間が凍り付いた。

「まだ、まだ！　それでも門徒側に付く者がおれば！　ワシ自らの手で、その首をぉぉ……斬り取ってくれるわぁああ!!」

忠義に厚く勇敢で知られる三河武者が誰一人声を上げることができない。

先程までの冷静さは何処へ行ったやら。嵐の前の静けさとはよく言ったものである。その体は怒りに打ち震え、顔は赤く染まり、髪は逆立っている。

――これを諫めよと言うのか？

忠勝はここにいない友のことを酷く恨んだのだった。

＊

岡崎城にほど近い平野が、松平と一向宗の両者が刃を交える緒戦の地となった。門徒側には、僧兵や民草のみでなく、武勇優れたる三河武者も多数参戦している。その戦振りは、松平側と比べても見劣りするということもない。

特に、勇将と名高い蜂屋貞次とその手の者たちの奮戦が著しかった。

貞次は自ら積極的に前に出て槍を振るい、味方を鼓舞する。一人、また一人と、その槍で松平側の武者を討ち取っていく。その活躍は、正に勇将の評に恥じぬものである。

しかし、貞次は内心忸怩《じくじ》たる思いであった。彼はまだ、松平家を離反したことを心苦しく思っていたのだ。どこか晴れぬ気持ちのまま戦場を闊歩《かっぽ》していると、配下の者が何やら指差して叫んでいるのに気付く。

「蜂屋様、あれを！」

指差された方に視線を向ける。

「馬鹿な……」

貞次は目を疑った。こんな前線で松平蔵人佐家康、その人の馬印を間近くに見たからだ。

偽装か何かかと思った。しかし、馬印の下には見知った家康の馬廻り衆の姿。そして、姿こそ見えぬが、心当たりのありすぎる怒声が飛んでいるではないか！

「い、如何なさいます？」

「如何とな⁉　まさか、あそこに分け入って殿の御首を上げるわけにもいかぬだろうが！　引け、引け！」

貞次始め、門徒側の三河武者たちは、前線に家康が出張っていることに驚嘆し、及び腰となる。

一方、僧兵や民草ら門徒兵たちはこぞって総大将の首級を上げんと、前へ進み出ようとする。

てんでばらばら、もとい、真逆の行動をとったことで、門徒側の足並みは大いに乱れる。

それを見逃すほど、松平家臣団は甘くない。隙を突かんと、果敢に攻勢をかける。まるで何かに急かされるように。我が身顧みず、死をも恐れぬ奮戦ぶり。それもそのはず。何せ、地獄の獄卒などより、今の家康の方がよっぽど恐ろしい。

途端に崩れ出す門徒側。勢いづく松平側の武者の一人が、敵勢の中に背中を見せる貞次の姿を見つけた。勝勢に乗って威勢のよい言葉を吐く。

「逃げるか蜂谷！　卑怯者め！　三河武者の矜持《きょうじ》が僅かでも残っておれば、逃げずに戦え！」

これには貞次も堪えられない。大音声で叫び返した。

「誰が貴様なぞに恐れをなして逃げるものか！　俺は殿が来たから逃げるのだ！」

そう言うや、馬首を返して自らを侮辱した者へと一直線。槍を突き立て討ち取ってみせる。

「どうじゃ！」

面目躍如と高揚する貞次の顔。しかし、それも直後に凍り付く。

「蜂谷ぁぁあああ!!　待てぇぇええええ!!」

今度は声ばかりでない。貞次の目に家康の姿が映る。鬼の形相で、貞次に向かって一直線に馬を駆けさせていた。

「ひっ、引くぞ！」

貞次はまたもや背を向けて逃げ出した。貞次は心中で、いいや、この場にいる敵味方問わず全ての三河武者が心中で叫ぶ。——誰ぞ、殿をお止めせよ！　と。

＊

「蔵人佐様の軍勢が、門徒側を追い散らしておりますね。烏合の衆相手とはいえ、これは……」

俺は感嘆したように呟く。

ここは、戦場から少し離れた高台の上であった。周囲にはちらほらと、戦場の様子を眺めている者たちがいる。いわゆる合戦マニアとでも言おうか。戦を観戦するのを楽しむ好事家たちが、この時代には少なからずいた。俺は、そんな彼らに混じって戦場見学と洒落込んでいたのだ。

「大山様、尾張を空けて本当によろしかったのですか？　上総介様の命とはいえ、自ら出向くこともないでしょうに」

護衛の弥七が背後から苦言を呈してくる。

「うん？　そうは言うがな。今尾張で何をするのか、という話だ。店は番頭に任せていてもそうそう傾かないし、有松工場も軌道に乗っている。美濃攻めで何か手伝えることもなし。ああ、正月の準備があったか……。しかし、それもまだ早すぎる」

事実である。美濃攻めは最早消化戦といった有り様。店や工場はむしろ、俺がいなくても上手く回ってもらわねば困る。近い内に、俺は岐阜と名付けられるであろう城下町に、拠点を移すことになるだろうから。

浅田屋熱田本店と岐阜支店といった所か。もっとも実情は岐阜の方が本店となるだろうが。

あれだ、現代で大阪《おおさか》発祥の企業が、大阪本社と銘打っていても、実質的な本社が東京であるのと同じパターンだ。

安定した基盤を持つ熱田本店は番頭の彦次郎に任せ、俺は岐阜支店にかかりきりになるだろう。当然、有松工場の方にも顔を出しにくくなる。

前々から、俺が不在でも回るような体制を作ってきた。その試運転も事前にしておきたいと思っていたのだ。今回の三河行は正に打ってつけであった。

何か拙い所があれば、俺が尾張にいる内に是正しておきたいからな。

まだ納得顔ではない弥七に対し、俺は更に言葉を重ねる。

「それに、俺もまだまだ若いんだ。足を使って商売しなくてはな。若い内から楽を覚えるのも、よくないと言うではないか」

「はあ。左様ではありますが……。しかし、こっそりと松平様を支援する。その程度のことでしかありませんが」

「おいおい、馬鹿を言うな、弥七。まあ、お前は商人でないから仕方ないか。商人たる者、そこに客が、しかも沢山いるのに、何も売らないなどありえんよ」

「客？　松平様やその家中の方々、あるいは、その配下の兵卒らでしょうか？」

「それでは半分だな」

「半分？」

俺は合戦場を眺めながら言った。訝しげに繰り返した弥七は、俺の視線を追って、その意味を悟ると狼狽したような声を出す。

「まさか！　一向宗に戦に必要な物資を売り捌くお積りか!?」

俺は口角を持ち上げる。それも悪くないなと思って。いわゆる死の商人の真似事だ。

武器商人というのは、戦があれば必ずそれが長引くように立ち回る。戦が泥沼化して長期戦になれば、その分だけ商品が多く売れるからだ。

「悪くない発想だ。俺もそれを考えないではないが、ばれた時が怖すぎる。いくら上総介様でも許してくれんよ」

こっそり悪事を働く。ばれない時はとことんばれないものだが。ばれる時はあっけなくばれるものだ。たとえ、どれほど巧妙に立ち回ろうと。世の中そういう風にできている。なれば、そこまで危ない橋を渡る場面でもなし。死の商人の真似事は、今回は自重しておくことにしよう。

「武器や兵糧の類は売らん。そもそも、俺らが売るまでもなく、既に売り捌いている流れの商人が多くいるさ。連中と競争しても、大した旨みにならないよ」

これも事実。人が多く集まる所は、商売の機会に溢れている。つまり客の集団がいることと同義なのだから。では、より多くの人が一所に集まるのは？　町などを除いてだ。そここには既に地場の商人がいよう。そこで大稼ぎもくそもない。なら他には？　それはほんの束《つか》の間《ま》にだけ現れて消え行く大市場、戦場に他ならなかった。

掣肘《せいちゅう》してくる地場の商人がいないから。流れの商人にとって格好の稼ぎ場だ。……命の保証がないという玉に大きすぎる瑕《きず》が入っているのが難点だが。

野外に張られた陣中には、命知らずの商人が群がり、市のような賑《にぎ》わいになるのが常であった。

だったら適当な人間を使って、何か物を売ってくるのもいいだろう。

「戦とは無縁のものを売ると？　はて、一体何を売る御積りか？」

「無縁ではないな。でも、戦に際して実益のある物ではない」

「はあ……」

要領を得ぬ弥七に対し、俺はこれ以上勿体ぶらずに何を売ろうとしているかを口にする。

「御札か何か、お守りを売り捌こうと思ってね」

「お守り……ですか？」

「ああ。信仰心に奮い立っているとはいえ、慣れぬ戦に民草は精神的に疲弊していよう。何か手軽にすがれるものがあれば、すがるものではないかな？　そりゃ、高ければ手を出すのに躊躇《ちゅうちょ》もしようが……。そうだな、簡素な御札を五文辺りで売ったらどうか？　きっと戦場で身を守って下さると言ってね。たった五文だ。出し惜しみする値でもない。飛ぶように売れるんじゃないかな？」

「やもしれませんが……。たった五文ではいくらか売れても、大した稼ぎになりませんが」

弥七は尚も訝し気な声を上げる。

「確かにね。小銭拾いの類だよ。それでもやらぬよりはマシだ。それに……」

「それに？」

「御札に南無妙法蓮華経《なむみようほうれんげきよう》とでも書いておけば、面白いことになりそうじゃないか」

俺は口の端を吊り上げる。弥七が呆れたような目を向けてきた。

「南無妙法蓮華経、ですか」

「そうだ。南無妙法蓮華経とでも書いておく。これは何だ、と問われれば、南無阿弥陀仏《なむあみだぶつ》に並ぶ有難いお言葉だとか、戦場ではこちらのお経にすがるとご利益があるだとか、適当に言えばいい。ああ、まかり間違っても僧兵や三河武者、あるいは、教養のありそうな民草には売らないよう注意しないとね」

「……本当に売れましょうか？　流石にそこまで無知とは。仮にそうでも、途中で知識のある者が見咎《みとが》めるやも」

「それならそれで。上手くいけばいい、その程度で構わない。失敗しても失うものがあるでもなし。もしも上手くいけば、上総介様は手を叩いて面白がるやも。それに、蔵人佐様の溜飲も大いに下がるというものさ」

俺がどこか弾んだ声で言う。悪戯はいくつになっても心躍るものだなあ。

＊

大山源吉の仕掛けた悪戯は、早い段階で明るみに出た。

何せ、民草たち一般信徒らが揃いも揃って同じお札を持っているのである。一体、何のお札だと、気にかかる者も出てくる。

当然の如く、一向宗の軍勢内では蜂の巣をつついたような騒ぎとなった。

坊主どもは顔を真っ赤に染めて信徒らを咎める。悪いことをしたという自覚のない無知な信徒らは、坊主どもの剣幕の激しさにうろたえるばかり。

何ぞ、自分たちが不味いことをしたのは悟ったが、何が悪いのかも分からないので、大いに混乱する。中には、自分は極楽に行けなくなるようなことを仕出かしたのか？　と、顔を青くしながら坊主に泣きつく者が出る始末。

ここで坊主どもが大人な対応で民草たちを慰撫したのなら、まだ騒ぎが収まったやもしれない。が、戦場に出てくるような僧兵である。血の気が多いし、まだ若い者も多かったので、鷹揚な態度を見せられる者も少ない。

若き信仰心故の潔癖さを以て、うろたえる信徒らを糾弾してしまう。益々混乱は助長されるばかりであったし、それを見る三河武者たちの目は白いものであった。彼らの多くは、主君を裏切って信徒側についたことを後悔し始めていた。

また斯様な醜聞、周囲に漏れ聞こえぬはずもなし。一向宗に対立する宗派たちは一斉に、この一向宗の無様さを嘲笑《あざわら》った。法華宗のある坊主などは、『一向宗の信徒には見所のある者も多いようだ。改宗する気があるなら、喜んで受け入れよう』と、痛烈な皮肉を言ったものだった。

益々、三河一向一揆に参加した者たちの立場はない。彼らの中には、一向宗から心離れる者も少なからず出てくる。そんな折、家康が三河中に触れを出す。

『信徒らは何も間違っておらぬ。どの宗派の信徒であれ、御仏が救いの手を差し伸べないことなどあろうか。どのような作法であれ、御仏にすがることは間違いではないのだ。

一向宗は斯様な騒ぎを起こしたがために、三河国内での存続を許すわけにはいかぬ。だが、改宗さえすれば、一般信徒らは勿論、一揆に参加した寺の存続も許すし、その主導者らも罪に問うことはしない。三河武士らも、今一度帰参を許す』と。

普通なら到底信じられない温情であるが、家康は戦が始まる前に、一向一揆方についた三河武士らに帰参を促し、いくらか説得に応じた者たちを、何ら咎めることなく再び家中に迎え入れた実績があった。故に、この家康の御触れには、一定以上の信憑性《しんぴょうせい》が生まれたのである。

ここに一人の三河武士が目を覚ます。目を覚ますというより、一向宗側の無様さに愛想が尽きたというべきか。その者の名は、本多正信。三河武士には珍しく、武よりも智《ち》に長けた男である。彼は密かに家康の下へと使者を送ったのであった。

「そちが、正信の使いの者か？」

「はっ。左様にございます」

暫し家康は、平伏する男の頭をじっと見下ろした。

「……して、如何な用件か？」

「はっ。主正信は、此度一向宗側についたことは間違いであったと悟りました。殿の下に帰参したいと願っております」

家康は黙してその言葉を聞く。周囲の松平家中の者らは、家康の手前、横から口を出すことは慎んだが、白い目で正信の使いを見ている。しかし、使いの者は慌てるでもなく言葉を継ぐ。

「されど、これほどまでの不始末を仕出かしながら、おめおめと家中に戻れるものでないことを正信は重々承知しております。そこまで厚顔無恥ではないと、殿にはご理解頂きたく存じます」

「……つまり？」

「正信は申しました。手ぶらでは帰れぬと。殿の御為に働き、功をなして帰参する積りであります。具体的には……」

使いの者が口にした正信の謀略に、家康は満足げに頷く。

「よい。正信がまっこと、その通りに功を挙げたなら、再び家中に迎え入れる。そればかりか、褒美すら取らそう」

「殿のご温情、正信に成り代わり御礼申し上げます。必ずや、成功させてみせまする」

正信の使いは、深々と頭を垂れてみせた。

**永禄六年十月末**

信長は戦装束を身に纏い、陣中にあった。周囲には織田家臣団の重臣らが顔を連ねている。重苦しい雰囲気はない。戦時中故に、ほどほどの緊張感は保っていたが、どこか高揚しているような顔付きを諸将はしている。そこに一人の伝令が早足で訪れた。

「三河国より知らせが！　松平勢、馬頭原《ばとうがはら》に結集した一向宗の軍勢と交戦！　これに大勝した由にございます！」

「ほう。大勝したか！　坊主どもの旗色悪しとは聞き及んでいたが、それでもまだ、一向宗側には大兵力が残っていたと記憶しておるが？」

信長は同盟者である松平の戦勝の報に喜びながらも、疑問を呈する。

「はっ。何でも聞き及ぶ所によれば、馬頭原にて戦端が開かれた途端、一向宗側に付いた三河武者らが一斉に松平方に寝返ったと。いえ、その後に流布した噂では、もとより一向宗側に付いた三河武者らはその実、蔵人佐殿の密命を帯びて一向宗側に付いたふりをしていたとのことで……」

「がははっ！　なるほどのう！　竹千代の奴、そういうことにしおったか！」

事の真相を察した信長は、膝を叩いて大笑する。

そう。そういうことにしたのであった。それこそが、正信の献策であった。

一向宗側に付いた三河武士の多くは、自らの選択を後悔していたが、一度主君に背いた負い目があるため、家康が帰参を許すと言っても、中々踏ん切りがつかないでいた。そんな彼らに、正信は囁いたのだ。

『決戦の場で寝返り、殿の側に立って戦うのだ。さすれば、貴殿らの名誉は保たれる。一向宗を混乱させるために殿の密命を受け、汚名を着せられてまで一向宗側についたことにして頂ける。大手を振って帰参することが出来るぞ』と。

同時に正信は、一向宗主導者らに進言した。

『これ以上混乱が拡大する前に一戦すべし！　総兵力を結集して、敵勢を打ち破る。一度戦場で勝ち星を上げれば、自然と混乱は収束するでしょう！』と。

かくして、各地で蜂起していた一向宗の軍勢は馬頭原に結集。松平の軍勢と矛を交えたのだが、ここで三河武士らが一斉に寝返ったがために、瞬く間に壊滅したのであった。

「三河の騒乱、終わってみれば愉快な顛末であったわ！」

信長は愉快気に笑うが、急にぴたりと笑うのを止めると空を見上げる。灰色の空からは、ちらちらと白いものが舞い降りていた。それを見て、信長は忌々し気に鼻を鳴らす。

「雪か。初雪が降る前に全てに片を付ける積りであったが！　……まあよい。大した問題にはなるまい。何せ……」

信長は目前に聳《そび》える山、その上にある城を仰ぎ見る。

「あと数日の内に、稲葉山城は落城するであろうからな」

稲葉山城、その城下町は既に制圧され、残すところは、山の上にある城ばかり。周囲を軍勢が取り囲んでいた。織田の旗に、浅井の旗、西美濃三人衆を始めとした、寝返った美濃勢の旗も、その取り囲んだ軍勢の中に見ることができる。

美濃攻めは既に最終段階に差し掛かっていた。稲葉山城攻囲。誰の目にも、その落城が間近であるのは瞭然であった。

「かかっ！　うらなりに言うた通り、正月の宴《うたげ》は稲葉山城で執り行えるのう」

「うらなり……大山ですか」

面白くなさそうな声音に、信長は声の主に目を向ける。

「何じゃ、権六？　未だにうらなりのことが気に食わぬか？」

「はい。某《それがし》はあのような人間は好きになれませぬ。尤も、彼の男が、織田にとって最早なくてはならぬ人間の一人と理解はしておりますが」

「全く、頭が固いのか柔らかいのか分からぬことを言うな。……時に権六よ、宴の差配はうらなりに任せたのじゃが……」

信長が何やら勿体付けた話し方をする。勝家は嫌な予感を覚えたが続きを促す。

「大山に任せたのが如何なされましたか？」

「うむ。あのうらなりのことじゃ、ワシらを失望させぬ為に、一等よい酒を、よい肴を用意するじゃろうが……。権六よ、お主のことだ、気に食わぬ男が用意した酒や肴などは、当然喉を通らぬのであろうな？」

勝家は苦虫を嚙み潰したような顔をする。次いでわざとらしい咳払いをした。

「んん！　大山が気に食わぬとはいえ、大山が用意した酒肴《しゅこう》にまで罪はありますまい。それに殿が開かれる宴で、不服げな態度を取るわけにもいきませぬ。我を殺して、頂くことにしましょう」

「無理をするでない。ワシが許す。宴の席で仏頂面をしておればよかろう」

「殿！　これ以上、殺生なことを申されるな！」

ついに勝家は白旗を掲げる。再び信長の大笑が陣中に響き渡ったのだった。

# 第十一章　天命は有りや無しや

　永禄六年十月二十九日、稲葉山城陥落す。その報は、当然の如く日の本中を駆け巡ることになったが、それより遡ること僅か四日前、日の本を震撼させる事変が京の都で勃発した。

　永禄六年十月二十五日。二条御所を一万近い軍勢が取り囲んでいた。門は既に破られ、鉄砲衆が攻撃を開始している。御所の中にいる人の数など知れていたから、ほどなく目的が達成されることは疑いようがなかった。なのに、攻め手側の兵を率いる者たちはどこか浮かない顔をしていた。

「日向守《ひゅうがのかみ》殿、誠によろしかったのでしょうか？」

　一人の男が、この場で最上位者である男に囁くように問い掛ける。

「よいに決まっておる。……病床の殿の許しも下りているのだ。何の問題があろう」

　日向守と呼ばれた男、三好長逸《みよしながゆき》は断言するが、その声音はどこか空々しい。彼の顔色を見るに、彼自身も迷いを捨て切れていないのが瞭然であった。

——そうじゃ、これでよかったのだ。

長逸は内心で今一度呟くと、そう考える理由を並べ立てていく。

和睦したとはいえ、何度も争ってきた仲じゃ。そも、和睦後も表立って矛を交えぬだけで、隠然と敵対関係にあった。近年我らを苦しめた六角なども、彼の男の差し金ではないか。

それに、在京してからの彼の男の行動には目に余るものがあった。各国の大名らの争いの調停に積極的に乗り出したり、政所《まんどころ》執事の伊勢守《いせのかみ》を更迭したり。それらの目的は知れておる。将軍権威の回復、傀儡《かいらい》からの脱却だ。それだけは、それだけは許してはならぬ。

我らとて、事ここに至るまで何も手を尽くさなかったわけではない。彼の男の動きを陰に陽に掣肘し、時にはあからさまな警告や脅しも駆使して、彼の男が自制するように仕向けてきた。

実際、彼の男が頼りとする六角が、近頃の浅井との戦で京に出てこられなくなると、その動きが鳴りを潜めたようであった。あったのに……！　長逸はぐっと拳を握り締めた。

彼の男は新たな協力者を得ようと行動に出たのだ！　じき、斎藤を下すであろう織田上総介、日の出の勢いのこの男に、彼の男が秘密裏に使者を遣わした！　織田の力を借りて、将軍の権威をないがしろにしてきた者どもを一掃する為に！

その動きが露見しなければ、どうなっていたことか？　決まっておる。我らの方が滅ぼされかねなかったのだ！　だから、だから、でもしかし……。

長逸は生唾を飲み込む。自らが行おうとしている大事に恐《おそ》れ慄《おのの》いて。

彼の男は傀儡、されど確かに征夷大将軍《せいいたいしょうぐん》その人なのだ。それを殺《あや》める。殺めるのか……。

物思いに耽る長逸の体がびくりと震える。突如、御所の中から勝ち鬨が上がったからだ。

その声が何を意味するのか、長逸は瞬時に悟る。そして自分たちが、最早後戻りできない立場になったことを理解したのだった。

——足利幕府《あしかがばくふ》十三代将軍義輝《よしてる》、三好三人衆らにより暗殺される。

信長は稲葉山城入城後、三日の内にその報を聞いた。まだ三河にいた大山源吉は、更に遅れること二日後にその報を聞く。源吉の知る戦国史と照らし合わせれば、早すぎるその報告を。

この事変に伴い、京では三好家が新たに義栄《よしひで》を十四代将軍として擁立する動きを見せる。一方、奈良《なら》の興福寺にいた義輝の弟覚慶は、幕臣である細川藤孝《ほそかわふじたか》らの助けを得て、三好の手が回る前に東へと逃れ行く。

覚慶一行は、六角の所領を抜け、織田、浅井、斎藤の戦火を逃れるように——既に稲葉山城が陥落した事実を知らなかったので——朝倉が領する越前《えちぜん》へと落ち延びた。

覚慶は三好と三好の立てる義栄に対抗して、足利家の当主に就任することを宣言。還俗《げんぞく》して、名を義秋《よしあき》、後に、義昭《よしあき》と改めた。

源吉はこの事態に何とも複雑な想いを抱いた。

源吉自身が時計の針を速めたことにより、十三代将軍義輝の存命中に稲葉山城陥落が現実のものとなろうとした。そのままいけば、史実であった義昭を担いでの上洛ではなく、また別の道を歩むことになったろう。事実、義輝は信長に密使を送っていたのだ。

が、それは叶わなかった。

源吉が時計の針を速めたのと呼応するように、義輝暗殺事変が早まったのだ。

畿内の緊張した力関係を思えば、義輝は常に危険な立場に身を置いていた。なので、史実と異なる流れでも、義輝が暗殺されたことは不思議なことではない。むしろ、なるべくしてなった、と言ってもいいほどである。

しかしそれでも、まるで歴史の修正力が働いたかの如く、義輝が暗殺されたという事実。

多少歴史を変えた所で、結局全ての物事はなるべくしてなる、収まるべくして収まるのでは？

そんな非科学的な、されど拭い難い嫌な想いに源吉は囚われたのだった。

## 永禄七年二月――稲葉山城

昨年の信長による稲葉山城落城から時が過ぎ、年も明けたかと思えば、一月も終わりもう二月となった。

信長は史実通り、小牧山城からここ稲葉山城に居城を移すことに決めたらしい。着々と稲葉山城が造営し直されている。工事が完了すれば、きっと岐阜城と名を変えることになるだろう。

正月が明けて手始めに盛大な宴がこの城で催されたが、宴が終わってからもこの城には来客が絶えなかった。

それというのも、信長がついに美濃を奪ってみせたことを誇示せんと、尾張、美濃国内、あるいはその外部からも、家中の重臣や賓客たちを招き、稲葉山城で一番高い櫓の上から美濃国を見下ろす眺望を見物させたからであった。

一通り貴人らの見物が終わって、ようやく俺たちの番が回ってきたということである。今日は、俺と俺の舅である大橋重長が、熱田、津島を代表して招かれている。

「どうじゃ、二人とも。金華山の一番上から見下ろす美濃の景色は？」

「よい景色です。微力ながら身を粉にして尽くしてきた労が報いられるというもの。上総介様の差配と、上総介様を主君と仰ぐ者たち皆の尽力が、この眺望へと繋がったのですなあ」

義父重長が感無量とばかりに言う。

「ちと大袈裟じゃな。それにこれで終いでもない。まだまだ働いてもらわねばならん」

「おお、そうですな。感慨深くてつい……。申し訳ありませぬ」

「よい。うらなり、貴様はどうじゃ？」

続いて俺にお鉢が回ってきたので、一刀両断することに決めた。

「つまらぬ景色ですね」

「……ほう」

信長の口から低い声が漏れる。重長の笑みはぴしりと固まった。信長はというと、真顔で俺の顔をじろりと見詰めている。

「このような田舎の眺望でなく、いつの日か京の都を見下ろしてみたいものです。上総介様と共に」

俺はまじめくさった表情で言ってのけた。

「たわけが！　またほざきおったな！」

信長が大笑する。重長はほっと胸を撫で下ろした。

「……ウチの娘婿は大胆でかなわん。そも、京を一望できる城などあったかな？」

「なければ造ればよいでしょう」

「くくっ……京か。時機を捉えた発言ではある。うらなり、貴様の予想通り使者が来たぞ」

重長は呆れ返ったような顔付きになる。信長は未だに笑い声を漏らしていた。

「また簡単に……」

信長の言葉に、俺はぴしりと背を正す。

「使者とは……先の公方《くぼう》様の弟君の使者ですね？　やはり上洛を促しに？」

「うむ。亡くなった兄と同じよ。正統なる足利将軍家の当主を助け、上洛すべしと。願ってもない話じゃが……まずは、けんもほろろに断っておいたわ」

「それでよろしいかと」

やはり、義昭の使者が来たか。まあ、これは当然の成り行きであった。

織田は尾張、美濃の二国を領する大大名に躍進した。同盟者である松平、浅井も含めると、三河、尾張、美濃、近江にまたがる一大勢力。

足利嫡流の復権を目指す義昭が、この勢力に目を付けぬはずがなかった。

信長の言う通り願ってもない展開だが、やはり先年の事変のことが頭にちらついて、俺は心穏やかではいられない。しかしそれをおくびにも出さず、『けんもほろろに断っておいたわ』という信長の言葉に頷く。すると、信長は悪戯気な笑みを浮かべた。

「交渉相手を焦らして、よい条件を引き出す。商人の知恵であったな。どうじゃ？　ワシも一角の商人になれそうであろう」

「上総介様にその気があらば、一角の商人になるは容易きことかと。ただ、上総介様には天下人になってもらわねば、手前どもが困ります」

「それは天下人から甘い汁を吸えなくなるからか？　それとも手強《てごわ》い商売敵が生まれるからか？」

「勿論、両方にございます」

「両方か！　仕方ないのう。ワシに尽くす貴様らの忠勤に免じて、商人になるは勘弁してやろう」

「その御言葉で、日の本中の商人が胸を撫で下ろすことでしょう」

再び場に笑いが漏れる。

「ええい！　無駄話ばかりで話が先に進まぬわ！　それでじゃ、義昭め、慌てふためいて文を寄こしおったわ。もう一度使者を送る故、火急話し合いの場を設けて欲しいとな」

「そうでしょうとも」

これも当然のこと。信長を除いて、有力な大名なぞ他に誰がいよう？　真っ先に名が上がるのは、越後《えちご》の上杉に甲斐の武田《たけだ》であろうか？　しかし、越後も甲斐も京からは遠すぎる。はい。分かりました。上洛しましょう。とは、おいそれと言えぬ。

ならば、一度断られようとも、義昭が再び信長に泣きついてくるのは決まりきっていた。

「断られて、今度は本腰入れたと見える。使者の人選も色々と気を遣ったようじゃぞ。何でも、帰蝶《きちょう》の親類に当たる男だそうな」

「鷺山《さぎやま》殿の？」

帰蝶、鷺山殿……信長の正室、いわゆる濃姫のことだが、彼女の親類？

「うむ。帰蝶の母方の一族、それに連なる男だそうだが……」

濃姫の母方の一族と言えば、言えば、確か……。どくんと心臓が跳ねた。まさか？　あの男なのか？　俺は続く信長の言葉に全神経を傾ける。

「名は何と言ったかのう。……おお、そうじゃ！　確か名は――」

金華山上空に急に吹き抜けた風が、信長の言葉尻をさらう。それでも俺には、信長が何と口にしたかが分かった。そう、信長はその名を口にしたのだ。かつての彼に与えられた命運そのものと言っても過言ではない男の名を。

＊

四畳半の書院には造りつけの机が置かれ、窓から差す温かな日の明かりを受けている。

机の前には一人の男が座している。年の頃は三十半ばを過ぎた辺りであろうか？　何やら書き物をしているようで、淀みなく筆を動かしている。書をしたためる男の姿勢は、正にこれぞ手本であると言えるほどに整っている。さらさらと紙面に走る字体は流麗なもの。

これらを切り取っただけでも、男が一角の教養人であることが窺える。

「……殿」

書院の外から、女人のどこか遠慮したような呼び声が掛かる。男は筆を止めて返事する。

「入りなさい」

「はい」

男の許しを得て女が書院に入ってくると、楚々《そそ》と下座に座る。年の頃は三十を過ぎた辺りか。控え目ではあるが、それでもどこか華がある。彼女は男の細君であった。

「急に呼びつけてすまぬな」

「いいえ。丁度、娘たちのお勉強が一段落付いた所でしたので」

「ああ、そうか。今の時分は、娘たちの習い事の時間であったな。どうかね？　娘たちの勉学の進み具合は？」

「はい。殿に似たのでしょうね、大層覚えがようございます」

「それは何より。だが、覚えがよいのは私に似たからかな？　聡明《そうめい》なそなたに似たのだと、私は思うておるが」

「そんな……私など……」

女は恥ずかし気に言葉を詰まらせる。

「ははっ、謙遜するものではない。そなたは、私のような者には勿体無い妻じゃ」

「そんなことは……」

恥ずかし気な表情を一転、女はどこか暗い顔で伏し目がちになる。

「ない、と申すか。確かに私とて、亡き道三公が敗れねば、今でも美濃でそれなりの立場にあったろうが。現実は朝倉様に仕えているとはいえ、大したお役目も与えられず無聊《ぶりょう》をかこつばかりよ」

「そんな！　殿は決してそのような……！」

身を乗り出すようにする女を、男は手で制する。

「よいよい。私がこの地で燻《くすぶ》っているは、本当のことだからなあ」

「殿……」

「ああ、そのような顔はしなくてよい。実は、新しいお役目を任されることになったのじゃ」

「それは……おめでとうございます」

女は言祝《ことほ》ぎながらも、物問いたげな視線を男にやる。男は女の疑問に答えるべく口を開く。

「昨年、朝倉様を頼って先の公方様の弟君が越前に来られたのは知っているね？」

「はい。先だって還俗なされ、足利家の当主就任を宣言なされた御方ですね」

「うむ。畏れ多くも、その足利家の当主直々にお役目を賜った。使者として、織田上総介様に会いに美濃へ行くことになってな」

「まあ！　織田上総介様へのご使者に！」

男は一つ頷く。

「久方ぶりの帰郷というわけじゃ。まあ、明智郷に寄る暇はなかろうが」

「お役目を賜った上に、美濃にも戻れるのですね。ようございました」

「うむ。それも、最近日の出の勢いの織田様にお会いできるのだ。楽しみじゃ……」

女はふふっと笑う。

「殿は近頃、織田様にご興味をお持ちであったようですものね」

「そうじゃな。織田様は勢いあるだけでなく、色々と目新しいことをなされておる。美濃に行けば、変化著しい織田領の一端を見聞することができようし、それらを主導する織田様の為人も知れよう」

「楽しさの余り、お役目をお忘れになりませぬよう」

女はからかうように言う。男は苦笑しつつ、肩を竦めてみせた。

「意地悪を言ってくれるな」

「あら、そうは仰られても。殿は、今天下に名を轟かせておられる織田様にお会いできるのですから。やっかみの言葉くらい耳にしてもらわねば」

「そうかもしれぬな。やはり、そなたも会ってみたいか？」

「それは勿論、お会いしたいですわ」

「そうか。会わせてやれればよいのだが……」

そんな男の言葉に、女は呆れたような顔をする。

「殿、奥を帯同してお役目に向かわれるお積りですか？　天下の笑いものになりますよ」

「はは！　そうじゃのう。妻に付いてきてもらわねば、何も出来ぬ男と笑われかねん。仕方ない。楽しみにしておれ。土産話を沢山持ち帰る故、それで許してくれ」

「はい。楽しみにしております。どのようなお話が聞けるのか、と」

男は虚空を見上げ、思案気な顔付きになる。

「そうじゃな。商人の話など、どうだ？」

「商人？」

女は怪訝《けげん》そうな表情を浮かべる。

「うむ。商人じゃ。どうも、織田様のなされる新しい試みの陰には、常に商人がいるように思う。彼らがきっと、それらの試みの原動力なのだ。なれば、織田様と織田様のなされようとしておられることを知るには、織田様の下にいる商人を知る必要があると思う」

「はあ、左様ですか」

「左様じゃ。特に会ってみたい商人がおってな。……名は確か、大山、浅田屋大山源吉といったか。楽しみじゃ、この齢《よわい》になって、まだ見ぬもの、まだ知らぬものに触れられるかと思うと、楽しみでならん。……予感がするのじゃ。このお役目での出会いが、私の進むべき道を示してくれる、と」

男は焦がれるような声音で言った。

有能なれど時宜を得ず、長らく越前で無聊をかこつばかりであった男が、かつてあった筈の戦国史で最大の事変を引き起こした男が、ついに歴史の表舞台に立つのだった。

本書は二〇一九年十月にレジェンドノベルス・エクステンドとして小社より刊行されました。

|著者| 入月英一　兵庫県西宮市出身。関西大学経済学部卒業。2018年、『魔女軍師シズク』（ヒーロー文庫）でデビュー。

信長《のぶなが》と征《ゆ》く　1　転生商人《てんせいしょうにん》の天下《てんか》取《と》り

入月英一《いりづきえいいち》



2022年３月15日第１刷発行

発行者——鈴木章一
発行所——株式会社　講談社
東京都文京区音羽2-12-21　〒112-8001
電話　出版（03）5395-3510
　　　販売（03）5395-5817
　　　業務（03）5395-3615

Printed in Japan

講談社文庫
定価はカバーに
表示してあります

KODANSHA

デザイン—菊地信義
本文データ制作—講談社デジタル製作
印刷———豊国印刷株式会社
製本———株式会社国宝社



ISBN978-4-06-527340-1

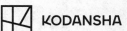

# 講談社文庫刊行の辞

二十一世紀の到来を目睫に望みながら、われわれはいま、人類史上かつて例を見ない巨大な転換期をむかえようとしている。

世界も、日本も、激動の予兆に対する期待とおののきを内に蔵して、未知の時代に歩み入ろうとしている。このときにあたり、創業の人野間清治の「ナショナル・エデュケイター」への志を現代に甦らせようと意図して、われわれはここに古今の文芸作品はいうまでもなく、ひろく人文・社会・自然の諸科学から東西の名著を網羅する、新しい綜合文庫の発刊を決意した。

激動の転換期はまた断絶の時代である。われわれは戦後二十五年間の出版文化のありかたへの深い反省をこめて、この断絶の時代にあえて人間的な持続を求めようとする。いたずらに浮薄な商業主義のあだ花を追い求めることなく、長期にわたって良書に生命をあたえようとつとめるところにしか、今後の出版文化の真の繁栄はあり得ないと信じるからである。

同時にわれわれはこの綜合文庫の刊行を通じて、人文・社会・自然の諸科学が、結局人間の学にほかならないことを立証しようと願っている。かつて知識とは、「汝自身を知る」ことにつきていた。現代社会の瑣末な情報の氾濫のなかから、力強い知識の源泉を掘り起し、技術文明のただなかに、生きた人間の姿を復活させること。それこそわれわれの切なる希求である。

われわれは権威に盲従せず、俗流に媚びることなく、渾然一体となって日本の「草の根」をかたちづくる若く新しい世代の人々に、心をこめてこの新しい綜合文庫をおくり届けたい。それは知識の泉であるとともに感受性のふるさとであり、もっとも有機的に組織され、社会に開かれた万人のための大学をめざしている。大方の支援と協力を衷心より切望してやまない。

一九七一年七月

野間省一